新手

〔美〕雷蒙德·卡佛 著
卢肖慧 译

Raymond
Carver

南海出版公司

新经典文化股份有限公司
www.readinglife.com
出　品

目 录

Contents

1   你们为什么不跳个舞？

11   取景框

18   人都去哪儿了？

36   凉亭

51   想看个东西吗？

63   纵

89   一件小小的好事

134   告诉女人们我们出去一趟

157   倘若这样叫你们高兴

188   家门口就有这么多的水

228　哑巴

252　馅饼

265　平静

275　宝

278　远

295　新手

333　还有一件事

你们为什么不跳个舞？

　　他在厨房里，给自己又倒了一杯酒，望着自家前院里那套卧室家具。床垫子裸着，粉白条纹床单则在带镜五斗柜上，堆在一对枕头旁边。除此之外，物什差不多还是它们在卧室里的老样子——他这边的床头柜和台灯，她那边的床头柜和台灯。他这边，她那边。他啜着威士忌，想着。五斗柜离床脚有那么几英尺。那天早晨，他清空了抽屉，东西都倒进了纸箱，而纸箱在客厅里。五斗柜旁是一台手提电暖。床脚跟前摆了一把藤椅，藤椅里搁了只装饰靠枕。一套抛光的铝制炊具占据了车道一块地方。桌子上覆着一方黄色平纹细桌布，是件礼物，实在太大，从桌沿垂到地上。桌上有一盆蕨草，旁边一盒刀叉，也是件礼物。茶几上放着一台落地式电视机，离开几英尺，放了一张沙发、一把椅子和一盏落地灯。他从房子里拖了根电源延长线出来，电器都接上电源，都能用。书桌被推到车库门前。书桌上放着些器皿，边上是一面挂钟和两幅装了镜框的印刷画。车道上还有一纸箱的杯碟玻璃盏，每件东西都包了报纸。那天早晨，他清空了壁橱，除了客厅里那三口纸箱，其他东西都已搬出房子。时不时有车放慢速度，有人朝这儿望。不过没人停下。他觉得换作自己也不会。

"天哪，准是庭院旧物甩卖。"女孩对男孩说。

女孩和男孩正在为小寓所寻觅家具。

"咱们去看看床叫什么价。"女孩说。

"我想看看电视要多少。"男孩说。

他将车拐上车道，在餐桌跟前刹住。

他们下车，开始检查那些东西。女孩摸了摸平纹桌布。男孩插上搅拌机的插头，将旋钮拨到"绞碎"挡。她拿起一口保温锅。他打开电视，仔细调试。他在沙发上坐下，看起电视。他点上一根烟，望了望四周，将火柴弹进了草丛。女孩坐上了床。她踢掉鞋子，往后一靠。她可以看见傍晚的星星。

"过来，杰克。试试这床。带个枕头过来。"她说。

"怎么样？"他说。

"试试看。"她说。

他朝四周望望。房子黑洞洞的。

"我觉得怪怪的，"他说，"最好看看家里有没有人。"

她在床上一蹦跶。

"先试试再说。"她说。

他在床上躺下，往后脑勺垫了个枕头。

"感觉怎么样？"女孩说。

"硬实。"他说。

她侧过身，手臂环住他的脖子。

"亲亲我。"她说。

"我们起来吧。"他说。

"亲亲我。亲亲我，亲爱的。"她说。

她闭起眼睛。她抱住他。他不得不掰开她的手指。

他说："我来看看这家里有没有人。"不过他只是坐了起来。

电视还开着。沿街附近那些住家的灯已亮起。他坐在床沿。

"那样会不会很有意思，要是……"女孩说着咧咧嘴，没往下说。

他哈哈笑了。他拧亮了床头灯。

她挥开一只飞蚊。

他站起来，将衬衣掖好。

"我来看看这家里有没有人，"他说，"我觉得家里没人。要是有人，我来问问东西叫什么价。"

"不管叫什么价，砍掉十美元，"她说，"他们准是急得没辙了还是怎么的。"

她坐在床上看电视。

"你兴许可以将它开响些。"女孩说着，咯咯笑了。

"挺棒的一台电视机。"他说。

"问他们要价多少。"她说。

麦克斯沿着人行道走来，提着一大袋从市场上买的东西。他买了三明治、啤酒和威士忌。整个下午他一直在喝酒，喝到一个境界，酒似乎让他开始清醒起来。不过时不时仍会犯一阵糊涂。他去市场隔壁的酒吧转了转，用投币点唱机听了一首歌，不知怎的天就暗下来了，他这才想起摊在前院里的家什。

他见车道上有汽车，床上有女孩。电视机开着。接着他看见门廊上的男孩。他便走过院子。

"你好，"他对女孩说，"你发现了这床。很好啊。"

"你好，"女孩说着，爬起来。"我试试它。"她拍拍床，"挺好的床。"

"是张好床，"麦克斯说，"还要我说什么呢？"

他知道自己接下来该说点什么。他放下袋子，取出啤酒和威士忌。

"我们以为这里没人，"男孩说，"我们对床，也许还有电视机感兴趣。也许还有书桌。床你要价多少？"

"我想这床五十美元吧。"麦克斯说。

"四十你肯不肯？"女孩问。

"好吧，四十可以。"麦克斯说。

他从纸箱里取出一只玻璃杯，撕去报纸，打开威士忌的封口。

"电视机呢？"男孩说。

"二十五。"

"二十你肯不肯？"女孩说。

"行啊二十。二十我接受。"麦克斯说。

女孩看着男孩。

"年轻人，要不要来一杯？"麦克斯问，"那个纸箱里有玻璃杯。我得坐一坐。我得在沙发上坐一坐。"

他在沙发上坐下，往后靠去，望着他俩。

男孩找出两只玻璃杯，倒了威士忌。

"你要多少？"他对女孩说。他们都才二十岁，男孩和女孩，相差一个月左右。

"够了，"女孩说，"我想我的要兑些水。"

她拖出一把椅子，在餐桌边坐下。

"那边的水龙头里有水，"麦克斯说，"拧开就成。"

男孩往威士忌里兑了水，他的和她的都兑了。他先清了清嗓子，也在餐桌边坐下。接着他咧嘴笑了。鸟儿在头顶上扑杀虫子。

麦克斯盯着电视机愣神。他喝空了酒杯。他伸手去拧亮落地灯，香烟掉在了两只沙发垫之间。女孩起身帮他一起找。

"你还要别的什么吗，亲爱的？"男孩问。

他掏出支票本。他又替自己和女孩倒了些威士忌。

"喔，我要书桌，"女孩说，"书桌多少钱？"

麦克斯冲这荒唐的问题一挥手。

"说个数就行。"他说。

他望着他俩坐在桌边。台灯灯光下，他们脸上的表情里有某些东西。那表情在一瞬间似乎包含一丝阴谋，随即变得温柔——没别的字眼可以形容。男孩摸摸她的手。

"我要关掉电视，放张唱片，"麦克斯道，"这唱片机也卖。便宜。说个数。"

他倒了更多威士忌，还打开一瓶啤酒。

"样样都卖。"

女孩递过酒杯，麦克斯往里倒进威士忌。

"谢谢你。"她说。

"这酒上头真快，"男孩说，"我有点晕。"

他喝空了酒杯，略踌躇，又倒了一杯。麦克斯找到唱片时，他正在写支票。

"挑张喜欢的。"麦克斯对女孩说，把唱片都拿到了她面前。

男孩继续写支票。

"这张。"女孩指着说。唱片上的那些人名她不熟，但这没关系。冒一次险呢。她从桌边站起又坐下。她不想一直坐着不动。

"我就不写收款人了。"男孩说着，仍在写。

"行。"麦克斯说。他一口喝光威士忌，接着灌进几口啤酒。他又坐回沙发，一条腿跷在另一条上。

他们喝着。他们听着，直到唱片放完。随后麦克斯放上另一张。

"年轻人，你们为什么不跳个舞？"麦克斯说，"这是个好主意。你们为什么不跳个舞？"

"不，我觉得这主意不怎样，"男孩说，"你想跳吗，卡拉？"

"跳吧，"麦克斯说，"这车道是我的。你们可以尽情地跳。"

男孩女孩彼此搭着手，身体紧贴，在车道上来来回回移动着。他们跳着舞。

唱片放完时，女孩邀麦克斯跳。她仍没穿鞋。

"我醉了。"他说。

"你没醉。"女孩说。

"唔，我醉了。"男孩说。

麦克斯将唱片翻了个面，女孩迎着他走来。他们开始跳舞。

女孩朝对街飘窗前聚起的几个人望去。

"对面那些人。在看，"她说，"没事吧？"

"没事，"麦克斯说，"这车道是我的。我们可以尽情地跳。他们以为这里的一切都已经叫他们看去了，可他们还没见过这个。"他说。

很快，他感觉到脖子上她那温热的呼吸，他说："但愿你喜欢你的床。"

"我会的。"女孩说。

"但愿你俩都喜欢。"麦克斯说。

"杰克！"女孩说，"醒醒！"

杰克托着下巴，迷迷瞪瞪地朝他们望过来。

"杰克。"女孩说。

她眼睛闭上又睁开。她把脸埋进麦克斯的肩。她把他拉近自己。

"杰克。"女孩呢喃。

她看看床，弄不明白它在院子里是怎么回事。她越过麦克斯的肩，看着天空。她贴紧麦克斯。她心中充盈着难耐的欢喜。

后来女孩说："这家伙是个中年人。他把所有东西都摊在他家院子里。我不开玩笑。我们喝醉了，还跳了舞。

在车道上。喔，我的天。别笑呀。他放了唱片。瞧这唱片机。他送我们的。这些老唱片也是。杰克和我在他的床上睡了一觉。杰克一早酒还没醒就得去借拖车。运走那人的所有东西。我醒来过一次。他正替我们盖上一条毯子，就是那家伙。这条毯子。摸摸看。"

她不停地说。她跟谁都说。还有更多，她是知道的，只是她没法用语言说出来。过了段时间，她放弃了，不再说了。

取景框

一个没有手的男人上门向我兜售一张我家房子的照片。他五十岁左右，模样普通，除了那两只镀铬钩子。

"你是怎么丢了手的？"他道明来意后，我问他。

"那是另外一回事，"他说，"你家房子的照片，你要还是不要？"

"进来吧，"我说，"我刚煮了咖啡。"

我还刚做了些吉露果冻，不过我没跟他说。

"我兴许要用一下卫生间。"没手的男人说。

我想瞧瞧他怎么用钩子捧住咖啡杯。我知道他是怎么用照相机的。那是一台旧的宝丽来相机，黑色，很大。它被绑在皮带上，皮带套住他的肩，绕过他的背，固定在他胸前。他会站在某幢房子跟前的人行道上，从取景框里给房子定好位，用他的一只钩子钩下操纵杆，一分钟左右，照片就蹦出来了。我一直从窗户后观察他。

"你说的卫生间在哪儿？"

"后面，右拐。"

他这会儿又是弯腰，又是弓背，把自己从皮带里解脱了出来。他把相机搁在沙发上，撸平衣衫。"等我去了你可以看看。"

我从他那里拿过照片。草坪一角、车道、车棚、前门台阶、一扇飘窗和一扇厨房窗户。我为什么会想要这出悲剧的剧照？我再一细看，就看见自己脑袋的轮廓，我的头，在厨房窗户后，离水池几步远。我又看了一会儿，接着就听见马桶抽水声。他沿过道走来，拉上拉链，微微笑着，一只钩子钩住皮带，另一只将衬衣掖好。

"你觉得怎样？"他说，"还行吧？依我个人之见，我觉得效果挺好。我知道我要干什么，说白了吧，拍个房子不是难事。除非天气不好，天气不好，我就不干活，只干室内的。特约的活儿，你知道的。"他拽了一把裤裆。

"咖啡在这儿。"我说。

"你一个人，是吧？"他朝客厅睃了一眼。他摇摇头。"不容易，不容易。"他挨着相机坐下，叹了口气，往后一靠，还闭上了眼。

"喝咖啡吧。"我说。我坐在他对面的一把椅子里。一个星期前，来了三个戴棒球帽的孩子。其中一个说："我们能不能将您的门牌号漆在路缘上，先生？ [1] 街上人人都这么干。只要一美元。"两个男孩在人行道边等待着，一个脚边一桶白漆，另一个手里一把刷子。三个男孩都卷着袖管。

"前些天三个孩子来这里要把我的门牌号漆上路缘。他们只要一美元。你大概不知道这事儿吧，对吗？"瞎猜而已。但我仍盯着他看。

他郑重其事地往前倾了倾，杯子被两只钩子稳稳架住。他小心地将杯子摆在小案几上。他看向我。"这就荒唐了，你瞧。我单干。从来如此，往后也是。你说的这叫什么话？"

"我只是联想一下。"我说。我犯了头痛。咖啡对此毫无益处，果冻有时倒管用。我拿起照片。"我当时在厨房里。"我说。

"我知道。我从街上看见你来着。"

---

① 美国很多州要求居民将房子的门牌号漆在门前的路缘上。这样有利于消防和救护人员快速查找地址。

"经常碰上这种情形吗？把人连同房子一起拍进照片？我一般都在后屋。"

"常有的事，"他说，"这样一准卖出手。有时候他们见我拍房子，会走出来叫我一定把他们也放进照片。兴许是房子女主人，她要我抓拍老公洗车。或者有个男孩在使割草机，她就说，拍他，拍他。我就拍他。要不然就是小小一家子聚在露台上，吃一顿美滋滋的午饭，要不要来一张呢。"他抖起右腿来。"所以他们拔腿走人了，是不是？打点好东西就走了。挺伤人的。我不懂孩子。不再懂他们。我不喜欢孩子。连自己的孩子我都不喜欢。就像我说的，我单干。照片？"

"我要了。"我说，起身去收那两只杯子，"你不住附近。那住哪儿呢？"

"眼下我在市中心有间屋。还凑合。我搭公交车出门，你瞧，等我把附近街坊都拍了，我就上别的地方去。还有更好的活法，不过我就这么对付着。"

"你的孩子们怎样？"我端着两只杯子等着，看他挣扎着从沙发里站起来。

"去他们的。也去他妈的！是他们给我弄成这样的。"

他把钩子举到我面前。他转身开始套上皮带。"我是想原谅、想忘记的，你瞧。可我做不到。我还伤着心。这就是问题。我原谅不了也忘不了。"

钩子正摆弄着皮带，我又盯着它们看。看看他究竟能用钩子对付多少事，挺不错。

"多谢你的咖啡，还让我用了卫生间。你眼下正受着折磨。我同情你。"他举起钩子又放下，"我能做点什么吗？"

"再多拍几张照片，"我说，"我想要你连房子带我一起拍。"

"不管用，"他说，"她不会回来的。"

"我不想要她回来。"我说。

他哼哼一声。他看着我。"我可以给你开个价，"他说，"一美元三张？再低我就要亏本了。"

我们走到户外。他调整快门。他告诉我站哪里，我们开始拍。我们绕着房子拍。很是有条理，我们俩。我时而侧目，时而直面镜头。仅仅走到户外，就觉得好多了。

"好。"他会说，"不错。那张出来效果很棒。咱们来看看。"我们绕房子转完一圈又回到车道时，他说："二十张了。你还要再拍吗？"

"再拍两三张，"我说，"上屋顶。我爬上去，你可以从下面拍我。"

"天哪。"他说。他上上下下打量着街道。"嗯，也成，去吧——不过当心点。"

"你说得没错，"我说，"他们就那么起身搬了出去。和所有东西一起。你真是一语道破啊。"

没有手的男人说："哪怕你一个字都不说。你一开门，我就明白啦。"他朝我晃了晃钩子，"她就是这样给你来个措手不及！打趴了你。看看吧！这就是他们留给你的。去它的。"他说。"你还要不要上屋顶？我得走了。"那人说。

我搬出一把椅子，放在车棚屋檐的下面。可我还是够不到。他站在车道上瞧着我。我找到一口木板箱，放在椅子上。我爬上椅子，再爬上木板箱。我爬上车棚，朝屋顶走，手脚并用好歹翻过木瓦，到了烟囱旁一块稍平缓的窄地。我站直身体，看了看四周。一阵微风吹过。我挥挥手，他也挥挥钩子回应我。接着我就看见了那些石块。就像小石巢，堵在烟囱洞口的网罩上。准是孩子们扔上去的，想要扔进烟囱。

我捡起一块石头。"准备好了？"我喊道。

他将我定位在取景框里。

"好嘞。"他回答。

我一个转身，往后抡起手臂。"来吧！"我喊。我像抛曲线球般将石头尽力一投，往远处，往南方。

"我不知道，"我听见他说，"你动了，"他说，"我们一分钟后见分晓，"过了一会儿他说，"欸，还行。"他看着照片。他举起它。"你瞧，"他说，"挺不错。"

"再来一张。"我喊道。我又捡起一块石头。我咧开嘴。我觉得自己能腾空而起。高飞。

"来吧！"我喊道。

人都去哪儿了？

我是见过点儿事的。那天我想去我母亲那儿待几晚，可刚爬完楼梯，我一望，她在沙发上亲一个男人的嘴。那是夏天，房门敞着，彩色电视机开着。

我母亲六十五岁，过得寂寞。她是一个单身俱乐部的成员。即便如此，即便明白这一切，还是挺难的。我站在楼梯口，一只手把着扶栏，看那男的拉着她越吻越深。她回吻他，电视机在屋子另一端响着。那是个星期天，下午五点光景。公寓楼里的人都下楼去泳池了。我返身走下楼梯，走出大楼，走向我的车。

那天下午之后，发生了许多事，但总的来说，现在情形好些了。不过那段日子里，就是我母亲和那个她刚认识的男人勾搭的那段日子，我丢了饭碗，酗酒，一团混乱。我的孩子们一团混乱，我老婆一团混乱，还跟个她在匿名戒酒者协会里认识的失业航空工程师有那么"一回事"。

他也是一团混乱。他叫罗斯，有五六个孩子。他走路一瘸一拐，因为枪伤，是他第一任老婆送的。他眼下没老婆；他想要我老婆。我不明白那段日子里我们大家都在动什么脑筋。他第二任老婆嫁了又跑了，好几年前朝他大腿开枪，把他弄瘸的第一任老婆，如今又弄得他每隔六个月左右进出法庭或拘留所，理由是未如期交纳抚养费。我愿他现在过得好些。可当时不一样。那段日子里我不止一次提到枪械。我冲我老婆吼叫道："我要宰了他！"但什么也没发生。日子跟跟跄跄地过着。我从未与这男人谋过面，但在电话里说过几次话。一次我在翻我老婆的手提包时，果真搜到他的两张照片。他是个小个子，并不算太矮，留着胡子，套一条纹针织衫，在等一个小孩子滑下滑梯。另一张照片上，他站在一栋房子跟前——我家房子？我说不上来——抱着双臂，西装笔挺，打着领带。罗斯，你他娘的狗崽子，我希望你现在过得去了。我希望你现在情形也好些了。

他最后一次进拘留所，是那个星期天之前的一个月，我从女儿那里得知她母亲去保释了他。女儿凯特，才十五岁，她并不比我更能包容这事儿。倒不是说她在这件事上对我有任何忠诚——她对我或对她母亲在任何事上都没一丝忠诚可言，倒是更乐意出卖我们中的任何一个来捞点好处。不，因为家里有严重的现金流转问题，要是钱流到了罗斯那里，流到她那里的就会少很多。所以罗斯上了她的黑名单。而且她不喜欢他的孩子们，她说过的，可她之前也跟我提过一次，总的来说罗斯还行，碰上他不喝酒还挺有趣和好玩。他甚至还给她算过命。

他如今靠修东西过日子，因为没保住航天业的工作。我从外面见过他家房子，那地方看上去简直像个垃圾场，尽是各式各样再也不能洗、不能煮、不会响的旧器具和破设备——那堆玩意儿统统立在他的敞开式车库、车道和前院里。还有几辆开不了的破车，他喜欢倒腾倒腾它们。在他们风流情事的初级阶段，我老婆告诉我他"收集古董车"。那是她原话。我就开车去那里想探个究竟，我看见几辆他的车停在他家房子跟前。二十世纪五六十年代的旧车，坑坑瘪瘪、座椅套破烂不堪。废车而已。我就知道。我有他的电话号码。我们倒是有不少共同之处，除了都开旧车，还都拼命想抓住同一个女人。管他是不是个修理工，反正他没能把我老婆的车调弄好，我家那台电视机失灵了，出不来图像，他也没能修好。我们听得见声音，但看不见图像。倘若我们想了解新闻，晚上我们就得围坐在屏幕边，听电视。我会喝着酒，冲孩子们阴阳怪气地损几句修理先生。哪怕现在，我还是不清楚我老婆是不是真信那玩意儿，古董车之类的。不过她顾念他，她甚至爱他；现在看来，倒是挺清楚的。

辛西娅想戒酒，一星期要去三四次戒酒会，他们就那样认识了。我自己也进进出出戒酒会有几个月了，只是当辛西娅遇见罗斯时，我正在外头酗酒，每天花五分之一时间喝酒，弄到什么喝什么。我听见辛西娅在电话里跟人提到我，说我跟戒酒会有过接触，真想抓救命稻草是知道往哪里去抓的。罗斯去过戒酒会，又故态复萌喝了起来。我觉得，辛西娅认为也许他比我更有救，她想要帮他。为使自己保持清醒她去了戒酒会，接着就上他家替他做饭，或是打扫他的房子。这方面他的孩子们一点都不管用。辛西娅在那里时，他家除了她，没人会动一根手指头。但他们越是不染指，他越是喜欢他们。这倒是奇了怪了。我则恰恰相反。那段日子里我讨厌我的孩子。我那时会坐在沙发上，拿一杯伏特加掺葡萄柚汁，这时其中一个孩子放学回家了，把门甩得砰砰响。有个下午，我怒吼着跟我儿子干了一架。我威吓说要把他捣成碎片，辛西娅不得不出来阻止。我说我要宰了他。我说："我给了你一条命，我也可以收走它。"

疯狂。

孩子们——凯蒂和迈克——却乐于利用这崩溃的局面。孩子们似乎是在对彼此，以及对我们的威吓和霸凌中茁壮成长起来的——暴力，惊惶，一团混乱。现在回想起来，尽管时隔多日，也会叫我对他们心生怨怼。我记得好些年前，在我变成全天酗酒之前，在一个叫伊塔洛·斯韦沃[①]的意大利人写的某部小说里，读到过一个奇特场景。叙事人的父亲奄奄一息，一家子聚在床侧，流着泪等老头断气，这时他睁开眼睛，最后再看一眼身边的每个人。当他的目光落在叙事人脸上时，他突然动起来，眼睛里有了东西，靠最后迸出的一口气，他抬起身，扑过床来，照他儿子脸上狠命甩过一记耳光。随后跌回床上，死了。那

[①] 伊塔洛·斯韦沃（Italo Svevo，1861—1928），意大利文学家，被誉为20世纪最出色的小说家之一。他的成名作《泽诺的意识》开意大利心理小说的先河。

段日子里，我经常想象自己的临终之景，我看见自己也这么干了，只是我希望我的那口气够把每个孩子都打一记，并且我给他们的最后的话，会是一个临终之人才敢说出口的话。

不过他们认出了全方位的混乱，恰好合了他们的意，我确信。他们以此为食，茁壮成长。我们不断搞砸事情，他们就利用我们的愧疚，乐得自作主张，无法无天。他们有时也许会过得不容易，但他们自行其是。对于我们家中发生的任何事，他们并不觉得窘迫或烦恼。恰恰相反。这倒提供了他们与朋友聊天的谈资。我听到过他们拿那些耸人听闻的事取悦他们的狐朋狗友，把我和他们母亲之间那些不堪入耳的细节抖出去，然后哄然大笑。除了在经济上还依附于辛西娅——她多少还有份教职，每月有工资进账，这台戏他们想怎么唱就怎么唱。而这的确就是，一台戏。

有一次，他母亲在罗斯那里过夜后，迈克把她关在了门外……我不记得那天夜里我在哪儿，大概在我母亲那里。我有时去那里过夜。我会和她一起吃晚饭，她会跟我提起她如何为我们所有人牵肠挂肚；接着我们会看电视，再试着聊些别的事，聊聊除了我的家庭状况之外的正常话题。她会在沙发上替我搭个铺——就是那张沙发，她在上面做过爱的，我想，不过我照样睡下了，并且感激那一席之地。一天早晨七点，辛西娅回家来，想换个衣服去学校，却发现迈克把所有的门窗都锁死了，不许她进门。她站在他的窗外，求他放她进屋——求你，求你，让她换好衣服上班去，要是她丢了饭碗怎么办？他会在哪里？我们每个人又会在哪里？他说："你已经不住这儿了，我干吗放你进来？"这就是他对她说的话，他站在窗后，虎着脸，满面怒气。（是后来她告诉我的，那时他喝醉了，我则清醒着，握住她的手，由她说。）"你不住这儿。"他说。

"求你，求你，求你，迈克，"她乞求道，"放我进去。"

他一放她进屋，她就冲他大骂。他照她肩膀猛揍好几拳，就那样——嘭，嘭，嘭——又掴她头顶，结结实实伺候了她一顿。最后她总算得以换好衣服，弄了弄脸，赶去学校。

这一切都发生在前不久，三年左右吧。那段日子真是够可以的了。

我撇下我母亲和沙发上那男的，开车转了一阵。那天我既不想回家，也不想去酒吧消磨时间。

辛西娅和我有时候会讨论一些事——我们称之为"局面评估"。极少见地，我们会谈几句与"局面"不相关的事。有天下午，我们在客厅，她说："怀迈克那会儿，我病得厉害，我起不来床，你背我上卫生间。你背我来着。没人会那么干的，没人会像那样爱我，那么爱。我们有过，不管怎么说。我们彼此爱过，没人能比，也不会再那么爱一个人了。"

我们彼此望着。也许我们还彼此碰了碰手，我不记得了。接着我想到我们那时正坐着的沙发垫底下，还藏着我的半品脱威士忌或伏特加或杜松子酒或苏格兰威士忌或龙舌兰酒（啊哈，妙极！），我开始巴望她也许会马上起身去别的地方——去厨房，上卫生间，去清理车库。

"也许你可以给咱俩煮些咖啡，"我说，"来一壶咖啡挺不错。"

"你要吃点什么吗？我可以做点汤。"

"也许我可以吃点，不过咖啡是肯定要喝的。"

她去了厨房。我一直等到听见她开始接水。然后，伸手去沙发垫底下摸瓶子，拧开瓶盖，开喝。

在匿名戒酒者协会我从不提这些事。戒酒会上我向来少言寡语。我会"轮空",如他们所言:轮到你说话时,你什么都不说,只说"今晚我轮空,谢谢。"不过我会听,听到骇人的事会摇摇头哈哈笑,做个表示。我一开始去那些戒酒会时,通常已经喝醉。你怕了,你需要的不仅仅是小甜饼和速溶咖啡。

不过触及爱情和往昔的话题少而又少。倘若我们谈话,我们讨论正经事,生存,一切的底线。钱。钱从哪里来?电话要被掐断,电灯和煤气也已受威胁。凯蒂怎么办?她需要衣服。她的分数。她的那个男朋友是个飞车党。迈克,迈克将会怎样?我们大家将会怎样?"上帝啊。"她说。可上帝不想与这事沾一点儿边。上帝撂下我们不管了。

我想让迈克去当兵,海军或海岸防卫队。他无可救药。危险人物一个。哪怕罗斯都认为当兵对他有好处,是辛西娅告诉我的,而她很不高兴听见他跟她说这话。不过我倒是很高兴听见这话,高兴地发现我和罗斯在这件事上又达成了共识。据我看,罗斯有了点儿长进。可这叫辛西娅恼火,尽管迈克有暴力倾向,有他这样的人在身边是够悲惨的,但她认为这只是一个阶段,很快会过去。她不想让他当兵。可罗斯告诉辛西娅迈克就是当兵的料，在军队里他可以学会尊重别人、懂点规矩。这事是在某个早晨迈克和罗斯在罗斯家车道上进行了一场对打赛，迈克把他趴在人行道上之后，罗斯跟她说的。

罗斯爱辛西娅，可他还有个名叫贝弗莉的女孩，二十二岁，怀着他的孩子。尽管罗斯向辛西娅保证说他爱的是她，而不是贝弗莉。他们已经不在一起睡觉了，他告诉辛西娅，可贝弗莉怀了他的孩子，他爱自己所有的孩子，包括还没生出来的，他不能就那么一脚踢掉她，是不是？他是哭着鼻子把这话说给辛西娅听的。他喝醉了。（那段日子总有人喝醉。）我能想象出那一幕。

罗斯从加州技工学院毕业后，直接进了美国国家航空航天局在山景城的分部。他在那里干了十年，直到倒霉的事都落在他头上。我从未与他谋面，就像我说过的，但我们在电话上说过几回话，关于这样那样的事。有一回我打电话过去，那次我喝醉了，辛西娅和我在争执某些可悲的话题。他的一个小崽子接了电话，等罗斯来听电话时，我问他要是我退出（当然我无意退出，就是要骚扰骚扰他），他是否有意养活我老婆和我们的孩子。他说他正在切一块烤肉，这是他说的话，他们正要坐下来吃晚饭，他和他的孩子们。他能否再给我打回来？我挂断了。过了一小时左右，他打回来，我已忘了先前的电话。辛西娅接的电话，"是"了一声又"是"一声，我知道是罗斯，他在问我是不是喝醉了。我夺过电话。"嗨，你养不养他们？"他说他对自己在整件事情中扮演的角色感到抱歉，但是，不，他估计自己养不了他们。"所以是'不'，你不养他们。"我一边说，一边望着辛西娅，似乎这样就把所有事情搞定了。他说："是的，是'不'。"可辛西娅的眼睛连眨都不眨。我后来细想，那事他们已经开诚布公地谈过了，所以没什么好惊讶的。她早已知道。

　　他是在三十五六岁时走下坡路的。我那时一捞着机会就笑话他。鉴于他那照片，我尊他为"黄鼠狼"。"这是你们母亲的男友的尊容。"要是孩子们在边上，我们又聊着天，我就会这么说。"像条黄鼠狼。"我们就嘻哈大笑。或"修理先生。"我喜欢用这绰号称呼他。上帝保佑你，眷顾你，罗斯。我现在已经一点儿不记恨你了。可那段日子里，尽管我叫他黄鼠狼或修理先生，威胁要他的命，在我的孩子们和辛西娅眼里，他可是落难英雄之类的角色，我想，因为他曾帮忙把人弄到月亮上去了。我不止一次地听到，他干过"登月计划"火箭发射的活儿，他与巴兹·奥尔德林和尼尔·阿姆斯特朗①是老交情。他告诉辛西娅，辛西娅告诉了孩子们，孩子们又告诉了我，说倘若这几位宇航员来我们这儿，他就会为他们引见。可他们并没有来，或者他们来是来了，可忘了联络罗斯。月球探测后不久，时去运倒转，罗斯酗酒次数多起来。他开始旷工。接着和他第一任老婆之间有了问题。到最后，他开始把酒灌进一只保温杯里，揣着去上班。那里可是现代化运作，我见识过——在自助餐厅排队，有专门的高管餐厅，诸如此类，每间办公室里都有咖啡先生牌咖啡机。可他自带保温杯去上班，不久大家就知道了，议论纷纷。他就被炒了鱿鱼，或是他自己辞了职——我问过这问题，可没人能给我一个直截了当的答案。他继续酗酒，当然。人是会那么干的。之后他就开始着手搞破电器，修电视机，整汽车。他对占星术、命理和风水之类的营生感兴趣。我不否认他够聪明，也有趣，很古怪，就像我们以前的大多数朋友。我

①巴兹·奥尔德林（Buzz Aldrin）和尼尔·阿姆斯特朗（Neil Armstrong）搭乘"阿波罗11号"，于1969年首次登陆月球。

告诉辛西娅，总的来说，倘若他不是个好人，她是不会在乎他的，这一点我敢肯定。（我那时还无法用"爱"这字眼来提那层关系。）"跟我们一样。"我是这么说的，企图显得大度。他不是个坏蛋或恶棍，罗斯。"没有哪个是恶棍。"我跟辛西娅这么说过一回，那次我们在谈我自己的那档子风流事。

我父亲是喝醉后睡死过去的，八年前。那是个星期五的夜晚，他五十四岁。他从锯木厂下班回家，从冰箱里取了些香肠出来当第二天的早餐，他在餐桌边坐下，打开一夸脱瓶装的四玫瑰波旁酒。那些天，他情绪相当好，在失业三四年、得了败血症，还因为什么病接受了几次电击疗法之后，他非常高兴自己又有了一份工作。（那时我已成家，住在另一个城市。我有孩子，又要工作，自己的麻烦事都顾不过来，就没太注意他的麻烦。）那天晚上，他把一瓶酒、一碗冰块儿、一只酒杯搬进客厅，一边喝一边看电视，直到我母亲从咖啡店下班回家。

他们聊了几句威士忌，他们总是这样。她自己不怎么喝。我长大之后，只有在感恩节、圣诞节和新年里见她喝酒——蛋酒或奶油朗姆酒，且从不贪杯。有一回她喝多了，是好些年前（我听父亲说的，他是当笑话说的），他们去了尤里卡城外的一个地方，她喝了好多杯威士忌酸酒。就在他们坐进车里正要离开时，她觉得不舒服，不得不打开车门。不知怎么搞的，她的假牙掉了下来，汽车往前一滚，轮子碾过她的假牙。打那以后，除了节日，她再也不喝酒了，即便节日也从不过量。

那个星期五的夜晚我父亲一直喝着，尽量不理会我母亲，她就坐在厨房里，抽着烟，想给她在小石城的姐姐写信。最后他站起身，上床躺下。没过多久我母亲也上床了，那会儿她肯定他是熟睡着的。后来她说她没注意到有任何异样，只是他的呼吸好像重了些，沉了些，她也没法让他侧过身挪一挪。接着她就睡了。她醒来时，我父亲的括约肌和膀胱都已松脱。日头刚升起。鸟儿在啁啾。我父亲仍仰躺着，闭着眼，张开嘴。我母亲望着他，哭喊着他的名字。

我继续开车乱转。天已黑。我把车开到自己家门口，所有灯大亮着，车道上却不见辛西娅的车。我去了常去的那间酒吧，从那里打电话回家。凯蒂接了电话，说她母亲不在家，而我又在哪儿？她需要五美元。我嚷了几句，就挂了电话。之后我给六百英里之外的一个女的打了个付费电话，我已好几个月没见她了，她是个好女人，上次我见她时，她说要为我祷告。

她接受了这笔钱。她问我从哪里打电话给她的。她问我怎么样了。"你没事儿吧？"她说。

我们聊了聊。我问起她丈夫。他曾是我的朋友，现在不跟她和孩子们一起住。

"他还在里奇兰。"她说。"这一切都是怎么发生在我们身上的？"她问，"大家起初都是好人。"我们又聊了一阵，之后她说她依旧爱我，她会继续为我祷告。

"为我祷告吧，"我说，"是的。"随后我们说了再见，挂了电话。

后来我又打电话回了家，可这回没人接。我拨母亲家的电话。第一声铃响，她就接了起来，她的声音很谨慎，好像在等待麻烦登门。

"是我，"我说，"不好意思打来了电话。"

"没有，没有，亲爱的，我没睡，"她说，"你在哪儿？没事吗？我以为你今天会来。我找过你。你从家里打来的吗？"

"我不在家，"我说，"我不知道家里人都在哪儿。我刚打过去。"

"老肯今天来了这里，"她继续说，"老杂种。他今天下午过来的。我有一个月没见他，他就这么说来就来了，那老东西。我不喜欢他。他只想说他自己，吹他自己，说他在关岛怎么混的，同时交往三个女人，他怎么去过这地方那地方。他就是个吹牛大王，仅此而已。我跟你说起过舞会的事，我就是在那里认识他的，可我不喜欢他。"

"我可以过去吗？"我说。

"亲爱的，你干吗不过来？我来做些吃的我们一起吃。我自己也饿了。我从下午到现在都还没吃东西呢。老肯下午带来了些肯德基。过来吧，我们来炒几个鸡蛋吃一吃。你要我去接你吗？亲爱的，你没事儿吧？"

我开车过去。进门时，她亲了亲我。我别过脸。我不想让她闻到伏特加的气味。电视开着。

"洗手去，"她打量着我说，"可以吃饭了。"

后来她在沙发上替我搭了个铺。我去了趟卫生间，她在那里给我留了父亲的一套睡衣裤。我从抽屉里取出来，端详着它们，然后开始脱衣服。我走出来时，她在厨房里。我把枕头弄好，躺下来。她干完了事，关了厨房灯，在沙发一端坐下。

"亲爱的，我不想由我来告诉你这个，"她说，"告诉你这个叫我心痛，可孩子们都知道，他们告诉我了。我们谈过这事。辛西娅在外面有男人。"

"没关系，"我说。"我知道，"我说，眼睛盯着电视，"他叫罗斯，他是个酒鬼。他跟我一样。"

"亲爱的，你得替自己想想办法。"她说。

"我知道。"我说，继续盯着电视。

她俯下身，抱住我。片刻后她放开我，抹了抹眼睛。"早晨我会来叫醒你。"她说。

"我明天没什么事要做。你走后我或许会睡一会儿。"我想：等你起床了，等你用完卫生间，穿戴好，我就到你的床上去，躺在那里打瞌睡，听你厨房里的收音机播报新闻和天气。

"亲爱的，我太担心你了。"

"别担心。"我说。我摇摇头。

"现在你休息吧，"她说，"你需要睡觉。"

"我会睡的。我很困了。"

"电视你想看多久就看多久。"她说。

我点点头。

她俯身来亲我。她嘴唇好像青肿了。她替我拉上盖毯。随后她去了自己的卧室。她没关门，过了片刻，我听见她打起了呼噜。

我躺在那里，对着电视愣神。荧屏上是身着制服的男人的图像，含糊不清的低声，接着是坦克，一个男人端着火焰喷射器扫射。我听不见声音，我不想起身。我一直盯着电视，直到感觉自己眼皮合上了。可我猛地一下子惊醒，睡衣裤已经汗湿。满屋子雪白的光。一声巨吼当头而来。屋里一片訇訇然。我躺在那儿。一动不动。

凉亭

那天早晨，她把提切尔威士忌洒在我肚皮上，然后舔去。到下午，她又试图跳窗。我再也受不了了，我这么告诉了她。我说："霍莉，不能这么继续下去了。这太荒唐。非得了结不可。"

我们坐在楼上一个套间的沙发里。这里有很多空房间可以选，都能用，但我们需要一个套间，有可以活动和说话的地方。所以那天早晨我们锁上汽车旅馆办公室，上楼进了某个套间。

她说："杜安，这简直要命。"

我们喝着兑水加冰的提切尔。我们在早晨和下午之间睡了一会儿。随后她下了床，只穿着内衣，威胁说要从窗户爬出去。我不得不抱住她。尽管我俩就在二楼，那也不行啊。

"我受够了，"她说，"我再也受不了了。"她将一只手背贴向脸颊，闭上眼睛。她来回晃动着脑袋，还发出某种哼哼声。见她这副模样，我难受得想死。

"受不了什么？"我问道，我当然是知道的，"霍莉？"

"我不必再跟你明说一遍，"她说，"我没了自制力。我失了自尊心。从前的我可是个骄傲的女人。"

她是个有魅力的女人，刚三十出头。高挑，黑长发，绿眼睛，是我唯一认识的绿眼睛女人。以前我常常说起她的绿眼睛，她告诉我她知道自己生来就不一般。我当然也知道。事情一件接一件，让我觉得糟糕透顶。

我听见楼下办公室的电话又响了。这一整天铃声响一阵停一阵。甚至刚才我迷迷糊糊睡着时，也能听得见。我睁开眼睛望着天花板，听着电话铃响，琢磨落在我们头上的事。

"我的心碎了，"她说，"成了一块石头。我管不了了。这是最最糟的事，我再也管不了了。早晨我甚至都不想起床。杜安，我花了很长时间才做出这个决定，我们得各走各的路。结束了，杜安。我们得认。"

"霍莉。"我说。我去握她的手，可她躲开了。

一开始，我们搬到这里成为这家汽车旅馆的管理员时，觉得自己这是走出困境了。免房租和水电费，一个月还有三百美元，你找不到比这更好的事了。霍莉管账，她对数字很在行，大部分客房都是她租出去的。她待人好，人家也待她好。我负责照看庭院，修剪草坪，清除杂草，维持游泳池的清洁，干些小修小补的活计。头一年一切都不错。我晚上还打另一份工，小夜班，我们的日子有了起色，有了许多计划。然后某个早晨，我也说不好，这墨西哥小女工进来做清洁时，我刚给一间客房的卫生间铺好几块瓷砖。霍莉雇的她。我实在不能说以前留意过她，虽说遇见也会说上几句。她称我为先生。反正，一来二去我们聊了起来。她不蠢，聪明伶俐，心地也好。她爱笑，会在你说话时全神贯注地听着；她说话时，则会直直看向你的眼睛。那个早晨之后，一见到她我便多有留意。她是个体态玲珑的女人，一口漂亮的白牙。我常在她大笑时盯着她的嘴看。她开始叫我的名字。一天早晨，我在另一间客房的卫生间里替换一只水龙头的垫圈。她不知道我在里面。她进了屋，打开电视，一副女工们清洁房间时的做派。我撂下手里的活儿，走出卫生间。见到我她吃了一惊。她莞尔一笑，叫了我的名字。我们相互看着对方。我走过去，掩上她身后的房门。我搂住她。随后我们倒在了床上。

"霍莉，你仍是个骄傲的女人，"我说，"你仍是最棒的。别这样，霍莉。"

她摇摇头。"我心里有什么东西死了，"她说，"折腾了很长一段时间才死，但它还是死了。你杀了它，你就像给了它一斧子。现在一切都成了污泥。"她喝空了酒杯。接着她哭了起来。我想去拥抱她，可她起身进了卫生间。

我给我俩添了点酒，看向窗外。两辆外州牌照的车停在办公室前。开车的两个男人站在办公室门口，正在说话。一个跟另一个说完了什么，扬起下巴打量着客房。还有一个女人，脸贴着玻璃窗，一只手挡住光线，朝里张望。她推了推门。办公室的电话又响起来。

"甚至刚才我们做爱时，你还在想她。"霍莉从卫生间出来后说，"杜安，这非常伤人。"她接过我递去的酒。

"霍莉。"我说。

"不，这是真的，杜安。"她穿着内裤和文胸，手里拿着一杯酒，在房间里走来走去。"你婚内出了轨。你毁掉的是我们之间的信任。也许这在你听来老派，但我不在乎。我现在感觉就像，我不知道怎么说，就像污泥，我就是这么感觉的。我脑子很乱。我不再有人生目标了。你曾是我的人生目标。"

这次她让我握着她的手。我在地毯上跪下，将她的手指摁在我的太阳穴上。我爱她，天哪，是的，我爱她。可就在那个瞬间，我还在想胡安妮塔，想她那次用手指揉着我的脖颈。这太糟糕了。我不知道接下来会发生什么。

我说："霍莉，亲爱的，我爱你。"眼下这情形，我不知道自己还能说什么，或者还能给什么了。她的手指在我前额上来回摸索，像个盲人，有人要她描述我的相貌。

停车场那里有人在摁喇叭，停下，又接着摁。霍莉抽开她的手，抹了抹眼睛。她说："弄杯酒给我。这杯没酒味儿。让他们摁，我不在乎。我想我要搬去内华达。"

"别说疯话。"我说。

"我没说疯话。"她说，"我只是说要搬去内华达。这事一点也不疯。我也许能在那里找到个爱我的人。你可以和你的墨西哥女工待在这儿。我想我要搬去内华达。要么那样，要么我就自杀。"

"霍莉！"

"霍莉个屁。"她说。她坐在沙发上，曲起双膝抵住下巴。室内室外都暗下来了。我拉上窗帘，拧亮台灯。

"我说了再弄一杯酒给我。"她说，"狗娘养的，那些摁喇叭的。让他们去马路那头的旅人之家。你的墨西哥女友现在是不是在那里干活？旅人之家？我打赌她每晚都要替那头瞌睡熊① 换上睡衣。喂，再给我弄杯酒，这次倒点苏格兰威士忌。"她抿紧嘴唇，丢给我一个恶狠狠的眼色。

喝酒这事儿挺滑稽。我回头看，发现所有重大决定都是在我们喝酒时做的。甚至在讨论必须少喝酒时，我们也是坐在餐桌或公园的野餐桌边，面前放着半打啤酒或一瓶威士忌。当我们决定搬过来，接受这份汽车旅馆的工作，离开我们的小镇、亲朋好友，以及所有的一切时，我们整夜没睡，喝酒，讨论，掂长量短，结果就这么醉了。不过我们曾经还能把控住。今天早晨，当霍莉建议我们得严肃讨论我俩的人生时，在我们锁上办公室、上楼谈话之前，我干的第一件事就是赶到酒庄买提切尔。

我把最后一点酒倒入我们的杯子，加了些冰块，兑了一点水。

霍莉离开沙发，四仰八叉地躺到床上。她说："你在

---

① 经济型连锁酒店——旅人之家（Travelodge）的吉祥物。

这张床上也跟她做过吗？"

"我没有。"

"好啦，没关系，"她说，"不再有多大关系了，反正。我得让自己缓过来，这才是更有关系的。"

我没回答。我精疲力竭。我把杯子递给她，自己坐进大扶手椅里。我一边喝酒一边想，现在怎么办？

"杜安？"她说。

"霍莉？"我手指捏紧酒杯。我的心跳慢了下来。我等着。霍莉是我的真爱。

和胡安妮塔的事已经发展到一星期五次，每次从十点到十一点，持续了六个星期。一开始，她在哪间客房做清洁，我们就装作在哪儿撞见。我会直接走进她正在打扫的房间，顺带关上门。可过了一阵，那样似有风险，她便调整了清洁顺序，于是我们开始在二十二号客房碰头，那间房在汽车旅馆尽头，朝向东面的山，无法从办公室的窗户看到它的门。我们彼此缠绵，但动作迅速。我们动作迅速又彼此缠绵。可那样挺不错。这享乐新鲜又意外，滋味尽在其中。然而在一个晴好的早晨，另一个女工鲍比，闯进房间撞见了我俩。这些女人只是一起干活，彼此并不是什么朋友。就这样她去办公室告诉了霍莉。她干吗这么干，我那时不懂，现在还是不懂。胡安妮塔又羞又怕。她穿上衣服，开车回了家。过了一会儿，我把鲍比叫出去，请她走人了。结果那天是我自己清理的客房。霍莉一直待在办公室，喝酒，我猜。我保持着清醒。可上夜班前我回了趟公寓，她在卧室里，门关着。我竖耳听。我听见她在让就业服务中心再介绍一名女工来。我听见她挂断电话。接着她就开始了那种哼哼。这回我是完了。我去上了班，但我知道这笔账还是要算的。

　　我想我和霍莉或许能挺过去。虽说那晚我下夜班进门时，她醉得一塌糊涂，朝我扔了个玻璃杯，还说了些彼此再也无法忘掉的难听话。那晚我有生以来第一次揖了她，随后求她饶恕我揖了她，饶恕我跟别人有染。我求她饶恕我。我们哭得厉害，反省了很多，酒喝得更多：几乎整晚都没睡。之后我们筋疲力尽地爬上床，做了爱。那事儿，和胡安妮塔的事，再没被提起过。爆发过，接着我们就像没发生过那事般继续过下去。所以或许她肯原谅我，即便她忘不掉那事，日子也可以过下去。我们没能料到的是，我发觉自己想念胡安妮塔，有时想她想得好几夜都睡不着。霍莉熟睡着，而我则躺在床上，想胡安妮塔的小白牙，接着想到她的乳房。深色的乳头，温软的触感，乳头正下方还长着几根细细柔柔的汗毛。胳肢窝里也有。我准是疯了。就这样过了几个星期，我意识到我非见她不可，上帝啊，救救我。某晚，我上班时给她打了电话，讲好我下班顺道过去。那天夜里我下班后就去了她家。她和她丈夫分居了，带着两个孩子住在一栋小房子里。我到那儿时刚过午夜十二点。我不大自在，可胡安妮塔懂，马上让我放宽了心。我们在餐桌边喝啤酒。她起身走到我的椅子后面，替我按摩脖颈，让我放松，放松，放轻松。她穿着睡袍，挨着我的脚坐下，拿起我的手，用一把小锉刀清洁起我指甲里的积垢。然后我亲了亲她，扶起她来，我们走进了卧室。过了一小时光景，我穿上衣服，跟她吻别，回到汽车旅馆的家。

霍莉知道。两个关系曾经如此亲密的人，这种事你瞒不了多久。也不想瞒很久。你知道这种事不能一而再再而三，得有个结果。更糟的是，你知道自己一直活在欺骗里。日子可不是这么过的。我还打着夜班的工，那活儿猴子都能干。但汽车旅馆这边却每况愈下。我们不再对它上心。我不再清洁游泳池，池子里开始漂起水藻，客人没法儿用。我也不再修理水龙头，不再铺瓷砖，不再去补漆。即便有心去做，也没时间，事情一件又一件，尤其是喝酒。要是你全心投入喝酒这件事，它会耗去你大量时间和精力。这期间，霍莉开始独自喝得很凶。无论去没去胡安妮塔那里，我下班回来时，霍莉不是在酒气熏天的卧室呼呼大睡，就是坐在餐桌边抽她的过滤嘴香烟，面前放着一杯什么东西，我进门时，她那红红的眼睛直盯着我。她给住客登记也出错，不是多收钱就是少收钱，更常少收。有时她给三位住客安排一间只有一张双人床的客房，或者把一间配有特大号床和沙发的套房安排给单个客人，并且只收单人间的费用，诸如此类的事。客人们抱怨，有时还说些难听的话。人们会要求退款，然后卷起行李另谋他处。汽车旅馆的管理层寄来一封警告信。接着又寄来一封挂号信。还有不少电话打来。城里来了人调查情况。但我们已经不再上心，这是实情。我们知道事情有变，我们在汽车旅馆的日子快到头了，风向转了——我们的人生出了岔子，得重新振作。霍莉是个聪明女人，我想她在我还没明白前就看清了，生活掉了底。

就在那个星期六早晨，对我们的处境经过一整夜的反复审度仍找不到出路之后，我俩在宿醉中醒来。我们睁开眼睛，转身对视。我们同时意识到，我们走到了某个尽头。我们像往常一样起床，穿衣，喝咖啡，就在那时，她说我们得谈一谈，现在就谈，没有干扰，不接电话，不接待住客。就在那时，我开车去了趟酒庄。回来后，我们锁上办公室，拿着冰块、玻璃杯和提切尔，上了楼。我们堆起枕头，躺进床里，光顾着喝酒，什么都没谈。我们看着电视，嬉闹作乐，放任楼下电话响着。我们喝苏格兰威士忌，吃从楼道的自动售货机弄来的乳酪脆片。有种奇怪的感觉，如今我们意识到什么都已失去，那么什么都可能发生。我们不用开口便明白有些事已经结束，但又会有什么即将登场并取而代之，我们各自心里都没数。我们打盹，白天晚些时候，霍莉从我臂弯里抽身起来。她一动，我就睁开了眼睛。她坐在床上。接着她尖叫一声，迅速从我身边冲向窗边。

"那时候我们还没结婚，都还是孩子，"她说，"那时候我们每天夜晚都开车转悠，尽可能每一分钟都一起消磨，我们谈论远大计划和期望，你记得吗？"她坐在床中间，双手抱膝，还拿着酒杯。

"我记得，霍莉。"

"你不是我的第一个男友，我第一个男友名叫怀亚特，我家里人觉得他不怎么样，但你是我第一个爱上的人。你是我的第一个爱人，你从此就是我唯一的爱。想一想，我不觉得自己错过多少。现在，谁知道这些年里我究竟错过了多少呢？可我那时是幸福的。是啊，我的确是。你曾是我的一切，就像那首歌里唱的。可我现在不明白那些年来我到底是怎么回事，只爱你、只有你。我的上帝，我是有过机会的。"

"我知道你有，"我说，"你是个有魅力的女人。我知道你有过机会。"

"可我没逮着机会就利用，这是关键，"她说，"我没有。我无法出轨。那是我远远不能理解的。"

"霍莉，求你了，"我说，"别再提了，亲爱的。我们别再折磨自己了。我们现在该怎么办？"

"听好了，"她说，"你还记得那次我们开车去亚基马外的老农场吗？过了泰瑞斯高地的那个？我们只是开车到处转转，那天星期六，和今天一样。我们去了那些果园，接着上了一条小土路，又热又满是尘土。我们继续开，就看见了那栋老农舍。我们停下车，走上去敲了敲门，问我们是不是可以讨一杯凉水喝。你能想象我们现在这么干吗，到陌生人家门前，讨一杯水喝？"

"我们会讨得一颗枪子儿。"

"那对老人现在肯定已经入土了，"她说，"并排埋在泰瑞斯高地的墓园里。不过那天老农夫和他妻子，不仅给我们水喝，还请我们进屋吃糕点。我们在厨房里聊天，吃蛋糕，后来他们还问可不可以领我们到处看看。他们待我们真好。我忘不了。那样的好心肠我是很感激的。他们领我们逛了圈农舍。他们俩那么相爱。我还记得农舍里面的样子。我常常梦见农舍，农舍里面，那些房间，但那些梦我从没跟你提过。人得有些自己的秘密，是不是？他们领我们在农舍里面到处看，舒服的大房间还有里面的陈设。后来他们带我们转到农舍背后。我们走到一处，他们指给我们看一个小小的——他们怎么叫它？凉亭。我以前从没见过。在一块地里，一些树下。有个小尖顶，不过油漆已剥落了，台阶上长满野草。老太太说许多年前，甚至远在我们出生前，乐手会在星期天来这儿演奏乐器。她和她丈夫还有朋友、邻居会穿上去教堂的礼服围坐着，听音乐喝柠檬水。我当时眼前一亮，我不知道还能怎么说。不过我瞧着老太太和她丈夫，想到某一天我们也会老成那样。年纪是大，但高贵，你瞧，就像他们。依旧恩爱，愈发彼此关怀，还有孙辈来探望。所有那些事儿。我记得你那天穿着裤腿剪短的短裤，我记得我们站在那里看着凉亭，想着那些乐手，当时我刚巧瞧了一眼你赤裸的腿。我暗想，哪怕那两条腿又老又细，上面的汗毛也变白了，我依旧会爱它们。哪怕到那时，我依旧爱它们，我想，它们依旧是我的腿。你懂我在说什么吗？杜安？之后他们送我们到车边，跟我们握手。他们说我们是可爱的年轻人。他们请我们再去，当然我们再也没去。他们现在已经入土了，他们肯定已经入土了。可我们还在。我现在看清了那时看不清的事。我怎么可能还看不清呢！人没法预见将来，这真是一件大好事，是不是？可现在瞧瞧我们，在这晦气的小镇上，一对酗酒的男女，照管一家门前有个又旧又脏的游泳池的汽车旅馆。你爱上了别人。杜安，我是世上跟你走得最近的人。我觉得自己被钉上了十字架。"

我一时说不出话来。之后我说："霍莉，这些事情，等我们老了的时候，我们有天会回头看它们的，而且我们会一起老的，你会看到的，我们会说：'还记得那家有个破游泳池的汽车旅馆吗？'然后我们会笑话自己干的傻事。你会看到的。一切都会好起来。霍莉？"

可霍莉坐在床上，手里端着空杯子，只是盯着我。随后她摇摇头。她看清了。

我走到窗前，从窗帘后往外看。下面有人在说着什么，使劲摇晃办公室的门。我等着。我的手指捏紧了酒杯。我祈求霍莉能给我一个表示。我睁着眼睛祈求。我听见一辆车发动了。接着又是一辆。车灯扫过旅馆的建筑，一前一后，开走了，汇入公路上的车流。

"杜安。"霍莉说。

在这事上，就如在绝大多数的事上一样，她是对的。

想看个东西吗？

　　听见院门门闩拉开时，我正躺在床上。我竖耳细听。却再也没听见了。可我分明听见了响声。我想弄醒克里夫，可他睡死过去了。我爬起来，走到窗前。硕大的月亮挂在环抱这座城市的群山上。一轮白月，布满伤疤，轻易就让人联想到人脸——眼窝，鼻子，甚至嘴唇。月光够亮，我能看清后院的每件东西，草坪椅，那株柳树，杆子间拉的晾衣绳，我的牵牛花，围起院落的栅栏，那大敞的院门。

　　可外面不见有人走动。也不见什么黑影。一切都躺在明晃晃的月色里，连最最细小的东西我都一一注意到了。比如，绳上一排排整齐的晾衣夹。还有两把空草坪椅。我将手贴在冰凉的窗玻璃上，遮挡月光，又再看了一会儿。我听了听。然后回到床上。可我睡不着了。我翻来覆去。我想着那大敞的院门，如同一个邀请。克里夫的呼吸粗嘎刺耳。他的嘴大张着，两条手臂抱住自己赤裸的白胸脯。他占着他那边的床和我这边的一大半。我推了他几下。他只咕哝了一声。我在床上又躺了一会儿，直到我意识到这样无济于事。我起身，找到拖鞋。我来到厨房，泡杯茶，端着它在餐桌边坐下。我抽了克里夫的一支无滤嘴香烟。夜已深。我不想去看时间。再过几小时，我就得起来工作了。克里夫也得起来，不过他几小时前就上床睡觉了，闹钟响起应该没事。也许他会头疼。他会灌下很多咖啡，在卫生间里磨蹭磨蹭。四片阿司匹林下去，他便没事了。我喝着茶，又抽了一支烟。过了一会儿，我决定出去把院门闩上。我找到睡袍。然后我走到后门口。我四望，能看见星星，不过还是月亮吸引了我的注意力，它照亮了一切——房子、树木、电线杆和电缆，以及整片居民区。我先往后院四下细细探看，才抬脚走下门廊。一阵微风吹来，我不禁紧了紧睡袍。我朝敞着的院门走去。

隔开我家和山姆·劳顿家的栅栏那边有响动。我立刻望过去。山姆身体前倾，胳膊肘架在栅栏上，正盯着我。他举起拳头到嘴前，干咳一声。

"晚上好，南希。"他说。

我说："山姆，你吓我一跳。你在干什么，山姆？你听见什么没有？我听见我家院门门闩打开了。"

"我在这里有一会儿了，可我没听见什么，"他说，"也没看见什么。兴许是风。没错。不过，要是闩上了，门不该是打开的。"他嘴里嚼着什么东西。他朝敞开的院门看了看，又朝我看了看，耸耸肩。月光下他头发白银似的，一根根竖在头上。外面亮得我都能看清他的长鼻子，甚至他脸上深深的皱纹。

我说："你在干吗呢，山姆？"我走近栅栏。

"捕杀，"他说，"我在捕杀。想看个东西吗？到这边来，南希，我给你看。"

"我这就过去。"我说，沿着我们家这侧走到前方的院门口。我走出门，顺人行道走。穿着睡衣睡袍在外面走，让我觉得很怪。我心想我必须记住这事，我穿着睡衣睡袍在外面走。我看见山姆穿着睡袍在他家房子旁不远处站着，睡裤的裤脚刚巧停在白棕拼色的牛津鞋鞋面上。他一手握着大手电筒，另一手拿了一罐什么东西。他以电筒光示意我。我打开了院门。

山姆和克里夫曾是朋友。然后某天晚上他们喝着酒。

他们争执起来。接着山姆就在两栋房子之间修了一道栅栏。克里夫决定也修一道自己的栅栏。这事发生在山姆失去米莉，又再婚、当上父亲之后不久。所有这一切都发生在一年多一点的时间里。山姆的第一任妻子米莉，直到她离世都是我的好朋友。她心脏衰竭去世时才四十五岁。她刚要开车拐上她家车道时，心脏病发作了。她扑倒在方向盘上，车继续往前冲，从后面撞进车棚。山姆赶出来时，发现她已断气。夜里，有时我们会听见从那里传出的号哭声，一定是他发出的。我们听见那声音，彼此望着，什么话也说不出来。我浑身发抖。克里夫会给自己再弄一杯酒。

山姆和米莉有个女儿，十六岁就离家到旧金山做佩花嬉皮士①去了。多年来，她时不时会寄来明信片。但她从未回过家。米莉死时，山姆想找她，可没能找到。他哭着说他先失去了女儿，又失去了她母亲。米莉下了葬，山姆号啕大哭过了，没多久，他开始和某劳瑞约会，一个更年轻的女人，是小学老师，还兼职替人报税。确定关系很快。他们二人都孤单，都有需要。所以他们结了婚，接着

① 指 20 世纪 60 年代在美国出现的一批佩戴鲜花，宣扬"爱与和平"的反战嬉皮士。

有了个小娃娃。但说来可悲。那小婴儿有白化病。他们从医院抱他回家几天后，我去见过。是白化病，毫无疑问，连那可怜的小小手指尖都没放过。他的眼睛虹膜周围是粉红的，而不是白色；头发白得像个老人。头也显得过大。可我并没见过太多小婴儿，所以那也可能只是我的想象。我第一次见他时，劳瑞站在摇篮的另一侧，抱着双臂，手背上的皮肤全破了，焦虑使她的嘴唇抽搐着。我明白她怕我朝摇篮一瞥后，倒抽一口气之类的。但我有所准备。克里夫已跟我通过气。无论如何，我通常都能很好地掩藏真实情绪。所以我伸出手去，摸了摸那两边白白的小脸蛋，试图笑一笑。我唤了他的名字，我说："山米。"可我原以为自己这么说的时候会哭出来。我有所准备，但还是无法长时间和劳瑞目光接触。她站在那里等待着，而我暗自庆幸这是她的孩子。不，无论如何，我不想要这样一个孩子。我和克里夫很久以前就决定不要孩子，算是我的福报了。可在不擅看人的克里夫看来，孩子出生后，山姆像变了个人。他变得易怒、急躁，对一切都愤愤然，克里夫这样说。之后他和克里夫就发生了那次争执，山姆筑了那道栅栏。我们很长时间不再说话了。两家之间谁都不。

"瞧这个。"山姆说，提了一把睡裤蹲了下来，睡袍扇子般在他的膝头散开。他将手电筒照向地面。

我看过去，见一片光裸的泥地上蠕动着几条粗粗的白色鼻涕虫。

"我刚请它们吃了一剂这玩意儿。"他说，举起一个看上去像阿甲克司杀虫剂的罐子。那罐子看上去比阿甲克司的更大更重，标牌上还有个骷髅头和两根交叉的骨头。"鼻涕虫正在占领这儿。"他一边说着嘴里还嚼着什么。他朝旁边一扭头，把可能是烟草的东西啐了一口出去。"我得每晚坚持这么干，才勉强跟它们打个平手。"他将手电筒朝一只广口玻璃瓶照去，里面几乎装满了那玩意儿。"我夜里放下诱饵，然后瞅着机会就带这东西出来捕杀它们。这些狗杂种到处都是。我敢打赌你家后院也有。要是我家后院有，你家就也有。它们简直是犯罪般糟蹋了院子。还有你的花。来这儿瞧瞧。"他说。他站起身。他拉过我的胳膊，把我领到玫瑰花丛这边。他指给我看叶子上的小窟窿。"鼻涕虫，"他说，"夜里你在这儿到处看看，都是鼻涕虫。我布下诱饵，再出来尽力抓住那些不吃我为它们准备的大餐的，"他说，"讨厌的造物，鼻涕虫。不过我把它们攒在那只广口瓶里，等攒满一瓶，又沤熟沤好时，就把它们撒在玫瑰丛下。它们可是好肥料。"手电筒的光慢慢从玫瑰花丛上扫过。过了片刻，他说："也是种活法，对不对？"他摇了摇头。

一架飞机从头顶飞过。我抬眼，望着它一亮一亮的灯光，灯光后面是它拖长的白色尾气，像夜空中所有东西一样清晰。我想象着飞机上的乘客，系着安全带坐在座位上，有的在阅读，有的就只是冲着窗外愣神。

我扭头看向山姆。我说："劳瑞和小山姆怎么样了？"

"他们挺好。你知道的。"他说着耸耸肩。他嚼了嚼一直嚼着的什么东西。"劳瑞是个好女人。最好的。她是个好女人，"他又说了一遍，"要是没她，我真不知道自己会怎样。要不是她，我会想去找米莉，去她在的地方。管它是什么地方。就我所知，我估计那是哪儿都不是的地方。这事上我就是这么看的。哪儿都不是的地方，"他说，"死亡就是去哪儿都不是的地方，南希。你尽可以用我的这句话。"他又啐了一口。"山米病了。他老感冒。他摆脱不掉。她明天又要带他去看医生。你们怎样？克里夫怎样？"

我说："他挺好。老样子。老克里夫还是老样子。"我不知道还能说什么。我又朝玫瑰花丛瞥了一眼。"他正睡着呢。"我说。

"有时，我出来捉这些讨厌的鼻涕虫，会越过栅栏朝你家方向望上一眼，"他说，"有一次——"他停下来轻笑了一声，"对不住，南希，只是现我在觉得挺滑稽。有次我越过栅栏看时，见克里夫在你们的后院里，冲那些牵牛花尿尿来着。我差点说上几句，开个小玩笑什么的。可我没有。看情形他喝了酒，所以要是我说了什么，不知道他会作何反应。他没看见我。我也就没吱声。很可惜我和克里夫闹翻了。"他说。

我慢慢点着头。"我想他也一样觉得可惜，山姆。"过了片刻，我说，"你和他曾是朋友。"然而克里夫站着拉开裤链冲牵牛花撒尿的情景在我脑海挥之不去。我闭上眼睛试图摆脱它。

"不错，我们曾经是好朋友。"山姆说，他又继续下去，"夜里等劳瑞和孩子睡了，我就跑出来。首先是让自己做点什么。你们也睡了。大家都睡了。如今我再也睡不好觉了。我做的事是值得做的，我相信是那样。瞧那边，"他说着"嘶"地抽了口气，"那里有一条。看见了吗？就在我手电筒照着的地方。"他将手电筒的光束指向玫瑰丛底下的泥土。我看见了那条鼻涕虫在爬动。"你看好了。"山姆说。

我双臂抱胸，往光束照亮的地方弯下腰去。鼻涕虫停住不爬了，头盲目乱晃。接着山姆在它头上举起罐子，喷了一下又一下。"滑溜溜的东西见鬼去吧，"他说，"天哪，我恨它们。"那条虫子开始蠕动，扭来扭去的。接着蜷曲起来，再一打挺。然后它又蜷曲起来，不再动弹了。山姆拿过一把玩具铲子。他铲起它来。他伸出手臂远远拿着广口瓶，拧开盖子，扔进那条虫。他又拧上盖子，将广口瓶搁在地上。

"我戒酒了，"山姆说，"并非全戒了，只是少喝很多。非如此不可。我有一阵喝得颠三倒四、不分东西。现在家里照旧还有，不过我不怎么和它沾边儿了。"

我点点头。他看着我，就那样一直看着。我觉得他在等我说什么。可我什么也没说。有什么好说的呢？没有。"我得回去了。"我说。

"当然，"他说，"嗯，我再干一会儿，然后就回去。"

我说："晚安，山姆。"

"晚安，南希。"他说，"对了，"他停住咀嚼，舌头把嘴里的东西顶到下嘴唇后面，"告诉克里夫老伙计我问他好。"

我说："我会的。我会告诉他你问他好，山姆。"

他点点头。他抬起一只手抚过白银的头发，似要叫它服一次软。"晚安，南希。"

我回到房子前，沿人行道往回走。我的手搭在自家院门上，停了片刻，环顾四下沉寂的街区。不知为什么，可我突然觉得自己离少女时曾熟悉和喜欢的每个人如此之远。我想念人们。我在那儿站了半晌，希望能重回那段时光。接着又清楚地想明白，我不可能做到。不可能。不过我意识到，我的人生和那时我原本想拥有的人生相去甚远，那时的我，年轻，心怀希望。现在我不记得那些年里我想怎么计划自己的人生，但和每个人一样，我也有过计划。克里夫也是有过计划的人，这就是为什么我们会相遇，会待在一起。

我走进房子，关掉所有灯。回到卧室，我脱下睡袍，叠好，摆在伸手可及的地方，那样闹钟一响我就能拿到。我又检查一遍，确认闹钟已定好，但没去看时间。随后我便睡下，拉过被子，闭上眼睛。克里夫开始打呼噜。我捅捅他，但根本不管用。他继续着。我听着他的鼾声。接着我想起忘了闩上院门。最后我干脆睁开眼，就这么躺着，任目光在屋内的物什上流连。过了一会儿，我侧过身，将一只手臂搭在克里夫腰间。我轻轻摇了他一下。他有一会儿停止了打呼。之后他清了清喉咙。他咽了下口水。他的胸腔里有什么东西卡住了，发出咯咯声。他重重一叹，又打起了呼噜。

我说："克里夫。"然后使劲摇了摇他，"克里夫，听我说。"他咕哝一声。浑身抖了一下。那一刻他似乎停止了呼吸，落入某个深底。不由自主地，我的手指，抠进他臀部温软的皮肉里。我屏住气，等待他重新开始呼吸。间隔片刻，他再次呼吸，深沉，均匀，一如往常。我的手上移至他胸口。停在那里，张开五指，接着轻拍了起来，似乎正琢磨着接下来该干什么。"克里夫？"我又说，"克里夫。"我把手放在他咽喉上。我摸到了脉搏。接着我捧住他胡子拉碴的下巴，手背上感觉到他温热的呼吸。我细细端详他的脸，指尖轻轻探寻他的五官。我触碰他紧闭的眼皮。我轻抚他额前的深纹。

我说："克里夫，听我说，亲爱的。"在我把想说的一切都对他说之前，我先说了我爱他。我告诉他我一直爱着他，会一直爱下去。这些话需要在说其他事前先说。接着我开始说了。他在别的地方，听不见我说的话，这没什么关系。再就是，我话说到一半时，突然意识到他已经明白我要说的一切，也许比我更明白，且更早。想到此，我打住了话头，停了片刻重新打量他。尽管如此，我还是想把我的话说完。我继续告诉他那埋在我心里的一切，不带一丝怨气和怒气。我最终说出了那句话，那最坏的、最后的话，那就是，我觉得我们正直直奔向哪儿都不是的地方，是时候承认了，尽管也许毫无办法。

你也许会觉得说了这么多啊。可说出来了，我感觉好些了。我擦去脸颊的泪，躺下。克里夫的呼吸听来正常，响得我都听不见自己的声息。我又想了一想家外的世界，然后除了想着自己也许能睡着了，我什么都不再想了。

纵

十月里的一天，空气潮湿。从我住的旅馆窗户望出去，可以望见这座灰色的中西部城市的绝大部分；就在刚才，有些楼里零零落落地亮起了灯，城市边缘高耸的烟囱里冒出的浓烟，缓缓爬入渐黑的天空。这儿除了有个大学的分校区——跟其他校区实在不可同日而语——就没什么值得一提的了。

我想讲一个故事，是去年我在萨克拉门托稍作停留时，父亲告诉我的。故事牵扯了他近两年的丑事，是在他和我母亲离婚之前发生的。可能有人会问这故事是否重要到值得一说——值得我的时间和精力，以及你付出时间和精力——为什么我在此之前从没提过？我回答不上来。首先，我不知道它是否有那么重要——尤其对除我父亲和其他当事人之外的人来说。其次，或许更一针见血地说，这事跟我又有什么关系呢？这个问题更难回答。我承认，我觉得那天我对待父亲有够差劲的，也许那时我本来可以帮他一把，却叫他失望了。可是别的事又告诉我，他已无可救药，我怎么都帮不了他，而那几小时里我们之间唯一发生的，就是他让——也许迫使更恰当——我朝自己的深渊看了一眼；正如歌星珀尔·贝利[1]说的，一切自有来由，我们都从经验中学到了这一点。

我是个图书销售，是中西部一家知名教科书出版公司的代理。我的大本营在芝加哥，业务范围包括伊利诺伊全州，以及爱荷华州、威斯康星州的部分地区。那时我正在洛杉矶参加西部图书出版商协会的会议，一时冲动起了个念头：在回芝加哥途中，花个把钟头看望一下我的父亲。我犹豫是因为自他离婚后我很不想再看见他。但趁自己还没改主意，我已从皮夹里找出他的地址，发了份电报给他。第二天一早我将自己的行李寄往芝加哥，上了一班去萨克拉门托的飞机。天有点儿阴，那是个凉爽、潮湿的九月早晨。

---

[1] 珀尔·贝利（Pearl Bailey，1918—1990），非裔美国歌唱家、演员。凭借在音乐剧《你好，多莉！》中的表现获 1968 年托尼特别奖，当年同获该奖的还有奥黛丽·赫本。

我花了一分钟才认出他来。他站在出口后几步远的地方，白头发，戴眼镜，一条棕色免烫棉布裤子，一件灰尼龙夹克衫，里面还有件白衬衫，最上面的纽扣没扣。他盯着我看，我意识到自己一走下飞机，十有八九就落入他的视线里了。

"爸，你怎么样？"

"莱斯。"

我们飞快地握握手，开始朝航站楼走。

"玛丽和孩子们怎么样？"

回答之前，我好好打量了他一眼。当然，他不知道我们已分居了快六个月。"大家都还行。"我说。

他打开一个白色糖果袋。"我给他们挑了些小东西，也许你可以带回去。没多少。一点儿乐家杏仁糖给玛丽，库提游戏给艾迪，还有一个芭比娃娃。晶晶会喜欢吧？"

"她肯定会喜欢。"

"走时别忘了拿。"

我点点头。一群面色通红、兴奋地聊着天的修女向登机区走来，我们让到一边。他老了。"我们要不要喝点酒或来杯咖啡？"

"听你的。我没开车，"他抱歉道，"这里实在不需要。我打车来的。"

"我们不用去别的地方。就去吧台坐一坐，喝一杯。早是早了点，不过我可以喝一杯。"

我们找到休息厅，我一边走向吧台，一边挥手示意他坐进厢座。在吧台等待时，我很是口渴，便要了一杯橙汁。我朝父亲看去；他两手交握着搁在桌上，入神地盯着能俯视停机坪的彩色玻璃窗。一架大飞机正在让乘客登机，更远处的另一架在降落。隔着几个吧台座位，有个年近四十岁的女人，红头发，穿一套白色针织套装，坐在两名衣着考究、比她年轻的男人之前。其中一个男人正在跟她咬耳朵。

"来吧，爸。干杯。"他点点头，我们俩都喝了一大口，接着点上香烟。"嗯，你过得怎么样？"

他耸耸肩，摊开两只手。"还算凑合。"

我在座位上往后一靠，深吸一口气。他有种苦相，叫我禁不住心烦。

"我估计芝加哥机场是这里的三四倍大吧。"他说。

"还要更大。"

"想来是很大的。"

"你什么时候戴上眼镜了？"

"也没多久。几个月前吧。"

过了一两分钟，我说："我想得再来一杯了。"酒保朝我们这边看，我点点头。这回一个穿红黑双色连衣裙的苗条可人的女孩过来替我们下单。吧台边的座位这时都坐了人，几个穿西装的男人坐在厢座里。天花板上吊着一张渔网，里面扔了些五颜六色的日式浮标。自动点唱机里佩图拉·克拉克①正唱着《闹市区》。我又想起父亲现在过着单身的日子，晚上在一家机修厂当车床操作工，一切似乎都不是真的。突然，吧台前的那女人朗声大笑起来，仰身靠向椅背，拽住她左右两个男人的衣袖。女孩端着酒回来，这回，我和我父亲碰了碰酒杯，叮当作响。

"我觉得那件事让我死了倒好。"他慢吞吞地说，手臂沉重地搁在玻璃杯两侧，"你是有文化的人。莱斯，你也许能懂。"

① 佩图拉·克拉克（Petula Clark，1932—　　），英国女歌手、演员。1965 年，她凭借专辑《闹市区》，打败了披头士乐队，获得第 7 届格莱美最佳摇滚专辑奖。

我略微点点头，没看向他的眼睛，等他继续往下说。他用一种低哑且单调的嗡嗡声开始说话，一听那声音我立刻感到恼火。我翻起烟灰缸，看它底部的字："里诺①和塔霍湖的哈拉俱乐部"。是找乐子的好去处。

"她是个推销士丹利产品的女人。一个小个子女人，小手小脚，头发乌黑。她不是世上最美的女人，但心眼好。三十岁，有孩子，不过，不过她是个正派女人，不管发生了什么。

"你母亲总是从她手里买东西，扫帚、拖把、烤馅饼馅料之类的东西，你知道你母亲的。那天是星期六，我一人在家，你母亲去了个什么地方。我不知道她在哪里。那天她不上班。我在前厅看报喝咖啡，就这么歇着。有人敲门，是这小个子女人，萨利·韦恩。她说她有东西给我老婆，帕默太太。'我是帕默先生，'我说，'帕默太太这会儿不在家。'我请她进门来，你知道，我想把她那些东西的钱给付了。她不知道自己该不该进来，就这么提着个小纸袋和收据，站了片刻。

"'哦，我来拿这个，'我说，'你干吗不进来，先坐一

---

① 美国内华达州西部城市，该地是20世纪初美国极其著名的"离婚之都"。

坐，等我看看能不能找些钱出来。'

"'没关系，'她说，'你可以先欠着。我可以随时来取。许多人都这么做，没关系。'她冲我笑笑，让我知道这没关系。

"'不，不，'我说，'我有的，我宁可现在付。省得你再跑一趟，也省得我再欠一笔账。进来吧，'我又说了一遍，打开了纱门，'叫你站在外头不太像话。'那是上午十一二点的样子。"

他咳嗽了一声，从桌上我的烟盒里取了一支。吧台边那女人又大笑起来，我朝她瞟去一眼，又将视线收回到父亲身上。

"她走了进来，我说：'请稍等。'就去卧室找我的皮夹。我在衣柜里看了看，没见着。我找到些零钱、火柴，还有我的梳子，可就是找不到皮夹。你母亲已经做完了每天早晨例行的大扫除。我走回前厅，说：'哎，钱我还得再找找。'

"'请不用费事了。'她说。

"'不费事，'我回答道，'反正我得找到皮夹。你请随意些。'

"'瞧这个,'我在厨房门口站住说道,'东边那个大劫案,你听说了没?'我指指报纸,'我刚才正读到这个。'

"'昨晚从电视上看到了,'她说,'他们有照片,还采访了警察。'

"'他们得手后溜之大吉了。'我说。

"'很有一手啊他们,是不是?'她说。

"'我想,是个人大概都幻想过有朝一日干一次完美犯罪,不是吗?'

"'但不是谁都能逃脱得了的。'她说。她拿起报纸。头版上有辆装甲车的照片,头条标题写的是百万美钞抢劫案之类的。你记得那事吗,莱斯?那些家伙扮成了警察?

"我不知道还有什么能说的,我们就站在那里,看着彼此。我转身去门廊,在洗衣筐里找我的裤子,我想你母亲准是把它搁在那里了。我在裤子的后口袋里找到了皮夹,接着回到原先那屋,问我该付她多少钱。

"'这下我们可以把账结了。'我说。

"一共三或四美元,我付给了她。随后,也不知道为什么,我问她要是她有了那些钱,那些家伙抢到的钱,她会拿它干什么。

"她听了这话哈哈大笑，露出了她的牙齿。

"我也不知道那时是怎么个鬼使神差，莱斯。五十五岁了。孩子都成人了。我很是知道不该那样的。这女人的岁数顶多只有我一半大，孩子还在上学。她只是在孩子们去学校的这段时间里干干这份卖士丹利的活儿，让自己有点事可忙。当然她也可以挣些零花钱，不过主要还是让自己有事可忙。她并不是非得工作不可。他们家日子还过得去。她丈夫拉里，他，他替统一货运公司开车。挣不少钱。卡车司机，你知道的。他挣的钱够他们过日子，不用她去上班。不是非得找事做不可的状况。"

他打住话头，捋了一把脸。"我想试着让你理解。"

"你不用再多说什么，"我说，"我也没问你任何事情。谁都会犯错。我理解。"

他摇摇头。"这事我必须跟人说一说，莱斯。我从未告诉过任何人，但我想告诉你，我想让你理解。"

"她有两个小男孩，斯坦和弗雷迪。他们在上学，两人相差一岁左右。我从没见过他们，谢谢上帝，不过后来她给我看过几张他们的照片。我说到那笔钱时，她笑起来，说她估计自己从此不会再卖士丹利产品，他们会搬去圣地亚哥，在那里买栋房子。她在圣地亚哥有亲戚，要是他们有那么多钱，她说，他们就搬到那儿去，开一家体育用品店。这是他们一直谈论着要做的事，开一家体育用品店，一旦将来他们挣得足够多的话。"

我又点上一支烟，瞄了一眼手表，在桌下跷起腿，放下，又跷起。酒保朝我们这边看，我举起酒杯。他示意那女孩子，她正在给另一张桌下单。

"她在沙发上坐下，自在多了，浏览报纸时，她抬起头问我有没有烟。说她把自己的忘在另一只包里了，从家里出来后她还没抽过烟呢。说她知道家里还有一大盒，不乐意再去售货机那里买。我递给她一支，划了根火柴给她，可我的手指哆嗦个不停。"

他又打住了，盯着桌子看了一会儿。吧台前的那女人用双臂勾住两侧男人的手臂，三个人跟着自动点唱机唱着：夏天的风，吹拂而来，从那片大海。我的手指沿着酒杯上下挪动，愁眉苦脸地等他继续往下说。

"后来的事有些记不清了。我问她要不要来点咖啡，说我刚煮了一壶，但她说她得走了，不过喝一杯的时间兴许还是有的。从头到尾，我们都不曾提到你母亲，我俩都没有，实际上她随时都可能走进来。我去了厨房，等着咖啡加热，我非常紧张，端着杯子回来时，它们都碰出声音来了……我跟你说，莱斯，我向上帝起誓，自从和你母亲结婚后，我从来没背叛过她。一次都没有。也许闪过那么几次念头，或是有过机会……你不像我那样了解你母亲。有时她，她是有可能——"

"够了，"我说，"你不用往那方面再多说一个字。"

"我不是那个意思。我爱你母亲。你不知道。我只想试着让你理解……我端来咖啡，那时萨利已经脱下了外套。我在沙发另一端坐下，我们开始聊些更私人的话题。她说她有两个孩子，上罗斯福小学，还有拉里，他是司机，有时出一趟门就是一两个星期。北到西雅图，南到洛杉矶，或到亚利桑那州的凤凰城。总是在外地。很快我们就开始觉得聊得很投机，你知道，都觉得这么坐着聊天挺享受。她说她父母都已去世，她是由住在雷丁的姑姑带大的。她上高中时认识了拉里，他们结了婚，不过她继续上学直到念完高中，这一点让她挺自豪的。不多久，我说了一件能这么理解也能那么理解的事儿，她笑了一声，接着又不停地笑，之后她问我有没有听说过一个上门兜售鞋子的男人去一个寡妇家的故事。她讲完以后我们笑了好一阵，接着我又讲了个更下流的，她咯咯大笑，又抽了一支烟。就这么顺理成章，很快我就挪到了她身边。

"把这些告诉你——我自己的亲生骨肉，真叫我无地自容，可之后我就亲了她。我想我当时笨手笨脚的，我把她的头往沙发上靠去，亲了她，我感觉她的舌头碰上了我的嘴唇。我不知道，不知道该怎么说这事，莱斯，可我强奸了她。我指的不是违背她的意愿强奸了她，完全不是那样，可不管怎么说，我强奸了她，像个十五岁孩子那样毛手毛脚地摸她弄她。她并没有怂恿我，如果你知道我的意思，但她也没阻止我……我不知道，一个男人可以一直这么过下去，过下去，规规矩矩的，然后突然……

"统共一两分钟就全完事了。她爬起来，扯平了衣服，一脸窘色。我实在不知道该怎么办，我去厨房再给我俩添上点咖啡。回来时，她已穿好外套，准备走了。我放下咖啡，走上前捏了捏她。

"她说了句'你准以为我是个婊子什么的'之类的话，然后低头看她的鞋。我又捏了她一下，说：'你知道不是那样的。'

"她走了。我们没有告别也没说再见。她只是一转身闪出了门，我看着她上了自己停在街边的车，开走了。

"我既兴奋又一片混乱。我把沙发周围摆齐整，把靠枕翻过来，叠好所有的报纸，还把我们用的两只杯子洗了，咖啡壶也弄干净了。这期间我都在想该怎么面对你母亲。我清楚自己得出去待一阵，好有机会想一想。我去了凯利那儿，一整个下午都在那里喝啤酒。

"就是这样开始的。之后的两三个星期，什么也没发生。你母亲和我还像平常那样过日子，事过两三天，我就不再想另一个人了。我的意思是，一切我都记得——我怎么可能忘掉呢？——我只是压根儿不去想它了。后来有个星期六，我在前院修割草机，看见她在街对面停下车来。她提着个拖把和两三只纸袋下了车，正去送货。当时你母亲在屋里，只要她刚巧朝窗外一瞥，便能看见一切，但我知道我得找个机会跟萨利说几句话。我留意着，她从街对面的房子走出来时，我尽量摆出寻常模样，慢慢悠悠走过去，手里还抄了一把螺丝刀和一把钳子，看上去好像要和她做什么正经买卖。我走到车旁时，她已进了车，不得不探过身来，摇下车窗。我说：'你好，萨利，一切都好吗？'

"'都挺好。'她说。

"'我想再见见你。'我说。

"她只是望着我。并不气恼或是怎么样，只是直直地、不动声色地望着我，手还扶着方向盘。

"'想见你。'我又说了一遍，我的唇舌变得黏糊糊的，'萨利。'

"她咬住嘴唇又松开，说：'今晚你想来吗？拉里出城了，去了俄勒冈州的塞勒姆。我们可以喝杯啤酒。'

"我点点头，从车旁后退一步。'九点之后，'她又说，'我会留着灯。'

"我又点点头，她发动汽车，踩下离合，开走了。我穿过街道走回来，双腿发虚。"

离吧台不远，一个穿着红衬衣、瘦削的深肤色男人拉起手风琴来。拉的是一支拉丁曲子，他拉得很投入，手臂来回晃动那件大乐器，有时他还抬起一条腿，从大腿绕过一圈。女人背靠吧台坐在那儿听着，手上还拿着酒杯。她听着曲子，看着他拉琴，在座位上和着音乐开始摇晃。

"现场表演。"我说，试图分散父亲的注意力，他只是朝那边瞥了一眼，然后喝空了酒杯。

忽然，那女人从座位上滑下，几步就走到场地正中，跳起舞来。她左右甩着头，鞋跟击地时两手一起打响指。在场所有人都在看她跳舞。酒保停止了调酒。外面的人开始往里瞅，不一会儿门口就聚起一小撮看热闹的人，可她照跳不误。我想大家起初很着迷，但也有点为她感到又惊又窘。至少我是这样。她那头红色长发什么时候扯松了，垂落在她背后，她却只是大喊并越来越快地跺起脚。她将手臂举过头顶，打起响指，在场地中央转起小圈。现在，一群男人围住了她，但越过他们的脑袋，我能看见她的两只手，白白的手指正打着响指。后来，随着最后一顿跺脚和一声叫喝，结束了。音乐停止了，女人往前一甩头，头发猛地扫过她的脸庞，她单腿跪地。手风琴手带头鼓掌，她近旁的男人们往后挪步，给她腾出空间。她在场地上跪了片刻，颔首，大喘着气，然后才站起来。她看来有点晕眩。她舔了舔粘在唇边的发丝，环顾周围那一张张脸。男人们继续鼓掌喝彩。她郑重而缓慢地点头、微笑，徐徐转身，直到接受了每个人的致意，这才勉强走回吧台，端起酒杯。

"你看到了吗？"我问。

"看到了。"

他显得再漠然不过了。有一刻，我觉得他实在讨厌，不得不掉转视线看向别处。我知道自己在犯傻，再过一个钟头我就走了，但我能做的只是克制自己，忍住不告诉他我对他那桩丑事的看法，还有那件事对我母亲造成的伤害。

自动点唱机从一支曲子的中间唱起来。那女人一动不动地坐在吧台前，只是支着一只胳膊，盯着镜子里的自己。她面前排了三杯酒，先前跟她聊天的其中一个男人挪开了，坐到吧台尽头。另一个男人将手掌心贴在她背部下方。我长长地吸了口气，嘴上挤出一丝笑，转向我父亲。

"就这样持续了一段时日，"他又开始往下说，"拉里的行程相当有规律。只要瞅着机会，我每天晚上都过去。我跟你母亲说我要去麋鹿会①，或告诉她我在机修厂里有活儿要做完。随便什么，随便什么事，只要能开几个钟头小差。"

"第一次，当天夜晚，我把车停在三四条街外，沿路走过去，径直走过了她家房子。我把手插进外套兜里，脚

————————
① 美国的一家民间慈善互助会，以麋鹿为标志。

步不紧不慢，径直走过她家的房子，试图给自己鼓气。她果然开着门廊的灯，窗帘都放了下来。我走到街道尽头，再折回来，放慢脚步，跨上人行道来到她家门前。我知道要是碰上拉里来应门，这件事便就此完结。我会说我来问个路，然后走掉。再不回来。我耳朵里只听得心脏咚咚地跳。就在摁门铃前的一瞬间，我拔下指间的婚戒，丢进口袋。我想，我想就在那时，站在门廊上，在她来开门之前，那是唯一一次我顾及，我是说真正顾及我在对你母亲干什么。就在萨利开门前那个瞬间，那个瞬间我知道了我在干什么，而我在干的事大错特错。"

"可我还是干了，我准是疯掉了！莱斯，自己还浑然不知，我准是从一开头就疯掉了，疯狂就在那里等着我啊。为什么？为什么我要那么干？像我这样一个老混蛋，孩子都成人了。为什么她要这么干？狗娘养的荡妇！"他咬紧牙齿想了想，"不，我不是那意思。是我为她发了疯，我承认……只要捞着机会我甚至白天都会过去。我一知道拉里出门了，下午就会从机修厂溜走，直奔那儿去。她的孩子们总在学校里。多谢上帝，我从未与他们打过照面。要是遇到过，现在就会难多了……不过那第一次，是最不容易的一次。"

"我们俩都很不自在。我们在厨房里坐着，喝了好久的啤酒，她开始跟我讲很多话，有关她自己，有关她的秘密念头，她这样称呼它们。我渐渐放松下来，感觉也更自在了，我也不知不觉跟她讲起一些事。比如说到你，说起你打工、攒钱、出去念书，后来又回到芝加哥生活。她说她小时候坐火车去过芝加哥。我告诉她我这辈子做过什么——至今没多少作为，我说。我还告诉了她我仍想去做的一些事，一些我仍打算去做的事。在她身边时，她让我有那种感觉，好像我并没有把一切都抛在身后。我告诉她我还没太老，还可以有打算。'人要有打算，'她说，'你得有打算才行。等我老到做不了打算，老到没了期待，那时他们就可以来请我入土喽。'这是她的话，还有，我开始觉得我爱上她了。我们坐着，我也不知道坐了多久，聊遍了世间万事，后来我才用双臂环住了她。"

他摘下眼镜，闭了一会儿眼睛。"这件事我没跟任何人说过。我知道我这会儿可能有些醉了，我不想再喝了，不过我得把这件事跟人说一说。我再也憋不住了。所以说，所以说要是我说的所有这些让你烦了，你得，请你得包涵，再多听一小会儿。"

我没搭腔。我瞄了一眼窗外的停机坪，又瞄了一眼自己的手表。

"哎！——你的班机什么时候起飞？你可不可以改晚一点的航班？我给我俩再买杯酒，莱斯。再要两杯。我会讲快点，再有一分钟就讲完了。你不知道我有多么需要把这些从心头卸掉。听着。

"她把他的照片摆在卧室里，就在床边……我想把这件事全讲出来，莱斯……一开始这东西叫我很不自在，我们爬上床就看见它在那儿，她关灯之前我最后看见的，还是它。不过这只是最初几次的情形。过了一阵，我就习惯了它在那里。我的意思是，我喜欢上它了，我们爬上他的床，他冲我们微笑，笑得和气又安详。我几乎是期待着见到它了，要是它不在那里，我甚至会若有所失。以至于我发展成最喜欢在下午干那档子事，因为那时光线总是够亮，只要我想，我就可以望过去，看见他。"

他摇摇头，头有点摇摇晃晃的。"难以置信，是不是？你简直认不出你父亲了，是不是？……哎，这一切都没什么好结果。这你是知道的。你母亲离开了我，她完全有权那么做。这你全都知道了。她说，说她再也不想看我一眼了。即便这样，也不是最严重的事。"

"你什么意思？"我说，"那还不严重？"

"我会告诉你的，莱斯。我会告诉你牵涉其中的最严重的事。你知道有些事，比那严重得多的事。比你母亲离开我——从长远来看，这不算什么——严重得多的事……一天夜里，我们待在床上。准是十一点钟左右，因为我一直特意赶在午夜前回家。孩子们都睡了。我们只是躺在床上说着话，我和萨利，我的胳膊搂着她的腰。我想，我迷迷糊糊打着盹，听着她说话。那样半睡半醒，半听不听，很是惬意。同时我又醒着，我记得自己还记挂着不久就得起身回家去，就在那时，有辆车开进了车道，有人下车并猛地关上了车门。

"'天哪，'她尖叫道，'是拉里！'我跳下床，还想在走廊里把衣服穿上时，听见他走上门廊打开了前门。我准是疯了。我好像记得当时自己是这么想的，要是我从后门逃走，他会把我堵在后院的大栅栏那儿，或许会宰了我。萨利发出了一种怪声。就好像她喘不过气来了。她穿上睡袍，但没系好，她站在厨房里来回晃着脑袋。这一切都发生在同一时间。我，半裸着，手里抱着所有衣服，而拉里打开了前门。我一跳。我跳向他们家前厅的大窗，直接一头撞出玻璃而去。我掉进一片灌木丛，跳起来，碎玻璃从我身上直往下掉，我就这么开始在街上奔跑。"

你他娘的比老狗崽子还要疯癫，你。荒唐之极！这件事整个是发神经，倘若不是事关我母亲，这事从头到尾，简直是滑天下之大稽。我死死盯了他片刻，可他没对上我的眼睛。

"但是你逃掉了？他没追出来还是怎么样？"

他没回答，只是盯着跟前的空酒杯，我又看了眼手表。我伸了个懒腰，感到眼睛里有一种轻微而持续的疼痛。"我想我最好抓紧赶过去了。"我摸了摸下巴，拉了拉衣领，"我估计这就是全部了，嗯？你和母亲分手，你搬到萨克拉门托。她还在雷丁。就是这么回事了？"

"不，并非完全如此。我的意思是，的确，是的，是的，但——"他抬高了声音，"你什么都不知道，对不对？你其实什么都不知道。你三十二岁，可是，可是除了读书你什么都不知道。"他横了我一眼。眼镜后，他的眼睛看上去发红，很小，很远。我就这么坐着，横竖什么感觉都没有。差不多该走了。"不，不，并非就这么回事……对不住。让我来告诉你还出了什么事。要是，要是他揍她什么的，或者出来追我，上门堵我。任何什么事。那都是我活该，我任凭他发泄……但他没有。他根本没那么干。我想，我想他是崩溃了，心态完全崩溃了。他只是……完全崩溃了。他躺在沙发上哭。她一直没出厨房，也在哭，跪下来大声祈求上帝，说她懊悔啊，懊悔，过了一阵她听见了关门声，她回到客厅，他已经走了。他没开车，车还停在车道上。他是步行离开的。他走去市中心，在第三大道的杰斐逊旅馆开了一间房。他在一家二十四小时营业的杂货店里弄来一把水果刀，进了房间，就开始，就开始直捅自己肚子，想自杀……两天后有人破门而入，他还活着，身上有三四十处小刀伤，房间里到处是血，可他还活着。他捅碎了自己的内脏，医生说。一两天后他死在医院。医生说他们也无能为力。他就那样死了，没开口说一句话，没要任何人来。就那样死了，五脏俱碎。"

"我感觉，莱斯，我也死在那里了。一部分的我死去了。你母亲离开我是对的。她该离开我。可他们不得不埋掉拉里·韦恩，这本是不该发生的！我不想死，莱斯，不是那样的。我想说到底，我宁可埋在地下的是他不是我。要是非得做个选择不可……生和死，这些事情，我不明白一切到底是为什么。我相信人只有一条命，没了就没了；可是，可是我良心上绕不开那条命。我不断想起它，我的意思是，我没法消除脑子里那念头，他因我而丧命。"

他开始说一些别的事，但摇了摇头。接着他略微朝桌前倾身，嘴还张着，想探寻我的目光。他想要什么。他想以某种方式将我牵扯进这件事，好吧，可能还不只这个，他还想要别的。一个答案，也许，但答案并不存在。也许只要我做个表示，拍拍他的手臂，也许。也许那就够了。

我解开领口，手腕捋了一把前额。我清了清喉咙，仍然无法迎向他的目光。我开始感觉到一阵不确定的、非理智的害怕穿透我，眼睛里面的疼痛愈发厉害。他盯住我直看，直到我局促不安起来，直到我们俩都明白我什么都给不了他，在这件事上，不管是谁，我什么都给不了。我面上故作平静，心里却空空如也。我很震惊。我眨了一两下眼睛。点烟时，我的手指在哆嗦，但我小心地没让他注意到。

"兴许你会觉得我不该说这话，可我想那男的之前准就有什么地方不对头。就因为他老婆在外面乱搞，他便干了那样的事。我的意思是，一个人一定先前就不太正常，才会干出那样的事……可是你想不通啊。"

"我知道这事很糟，让你良心不安，可你不能永远活在自责里。"

"永远。"他朝四下看了看，"那是多久？"

我们彼此无话，又坐了几分钟。酒早就喝光，女孩也没再过来。

"你要再来一杯吗？"我说，"我来买。"

"你还有时间再喝一杯？"他问，仔细瞧了瞧我，又说，"不了，不了，我想最好别再喝了。你得赶飞机。"

我们从厢座里起身。我帮他穿上外套，我们往外走，我的手引着他的胳膊。酒保望望我们，说："多谢两位喽。"我挥挥手。我的胳膊发僵。

"我们呼吸一下新鲜空气去。"我说。我们走下扶梯来到外面，在白亮的午后强光下眯了眯眼睛。太阳刚巧躲到了云朵背后，我们站在门外，没有说话。人们从我们身边匆匆而过。所有人看来都行色匆匆，只有一个穿牛仔裤的男人，拎了一只皮的过夜包，鼻子流着血，从我们边上走过。他手里那块用来捂住脸的手帕因为沾上血而硬邦邦的，走过去时他还朝我们瞧了瞧。一个黑人出租司机问我们要不要车。

"我送你上车，爸，送你回家。你的地址是？"

"不，不，"他说，从街沿趔趄着后退了一步，"我送你。"

"没关系。我想最好就在这里告别吧，在这前面。反正我是不喜欢告别的。你知道那是怎么一回事。"我又加了一句。

我们握握手。"什么也别担心，眼下这是最要紧的。我们没有人，没有人是完美的。重新站起来就是，别担心。"

我不知道他是否听见了我的话。反正他没应答。出租司机打开后车门，转向我，问："去哪儿？"

"他没事。他会告诉你。"

出租司机耸耸肩，关上车门绕到前面去了。

"放宽心，写信过来，好吗，爸？"他点点头。"照顾好自己。"我最后说道。出租车开走时，他从后车窗回头望我，那是我见他的最后一眼。回芝加哥的半途中，我想起他送的礼物袋子，忘在休息厅了。

他没有写信来。那之后我也没听到他的消息。我是想写信给他、看看他过得如何的，但我恐怕已弄丢了他的地址。然而请告诉我，说到底，像我这样的人，他能指望从我这儿得到什么呢？

一件小小的好事

　　星期六的下午，她开车去购物中心的那家面包店。翻遍活页夹里一页页的蛋糕照片后，她预订了巧克力的，是他的最爱。她选中的这只蛋糕，点缀着些许白色的星星，星空下的一端裱着宇宙飞船和发射台，另一端是一颗糖霜做的红色行星。他的名字，斯科蒂，会用凸起的绿色字母标在行星下方。西点师是一个上了年纪的粗脖男子，当她告诉他斯科蒂下星期一就要八岁了，他只是听着，不吭一声。西点师穿了条白围裙，看上去就像套了件罩袍。带子从他两只胳膊下穿到背后，绕了一圈再回到前面，在他粗硕的腰上系牢。他听她说着话，两只手在围裙前面擦了擦。他一直低着眼睛看照片，由她讲去。他由着她慢慢讲。他刚开始上班，整晚都会待在这儿，烘焙，他实在没什么好着急的。

　　她选定了太空蛋糕，然后给西点师留下了她的名字，安·维斯，还有电话号码。蛋糕星期一早晨可取，新鲜出炉，赶斯科蒂下午的生日派对，时间绰绰有余。西点师没什么乐呵劲儿。他们二人不投缘，只简短说了几句，交换必要的信息。他让她感到不自在，这叫她不悦。当他捏着铅笔，弯腰伏在柜台上时，她研究起他粗糙的长相，纳闷除了烘焙，他这一辈子还干过什么其他营生。她是个三十三岁的母亲，在她看来任何人，尤其是到了西点师这把年纪——老到可以做她父亲，肯定有孩子，经历过蛋糕和生日派对这种特殊阶段的孩子。他们之间肯定有这个共同点，她想。可他却待她如此失礼，不是粗鲁，是失礼。她打消了跟他交朋友的念头。她往面包店的后厨望去，见一张笨重的长木桌，桌子一端码着做馅饼的铝盘，桌子旁有一口金属器皿，里面装满空格架。那儿还有个大型烤箱。收音机里正放着西部乡村音乐。

西点师在专门的预订卡上一笔一画写下信息，合上活页夹。他看着她说："星期一早晨。"她说了声谢谢就开车回家了。

星期一下午，斯科蒂和一个朋友放学一起步行回家。他俩来回传着一袋薯片，斯科蒂想搞清楚他朋友当天下午会送他什么生日礼物。他没看路，在十字路口一脚刚跨下街沿便被一辆轿车撞倒。他侧身倒地，头杵进下水沟，腿伸在路上。他闭着眼睛，两条腿开始来回地动，好像要往什么上面爬。他朋友手中的薯片掉了地，开始大哭。那轿车往前开了一百英尺左右，停在了马路当中。驾驶座上的男人扭头望过来。他等着，直等到男孩头重脚轻地站起来。男孩摇晃了一下。他好像有些晕乎，但没大事。司机换上挡，开走了。

斯科蒂没哭，但也没说什么话。朋友问他被车撞倒是什么感觉，他也不答。他径直走到家门口，朋友就在那里离开他，跑着回家了。斯科蒂进了家门，把这事告诉他母亲后，她和他紧挨着坐在沙发上，将他双手捧在膝上说："斯科蒂，亲爱的，你肯定自己没事儿吗，宝贝？"正想着无论如何都得给医生打个电话，这时，他突然往后一倒，闭上眼睛，小身体软了下去。她叫不醒他，便冲向电话，打给还在上班的丈夫。霍华德让她保持镇定，保持镇定，随后他替斯科蒂叫了救护车，自己也赶往医院。

生日派对自然是取消了。男孩轻度脑震荡，休克，住进了医院。他呕吐过，肺部有积水，当天下午就要抽出来。现在，他看上去只是沉沉地睡着——但没昏迷，弗朗西斯医生看见那对父母眼里的恐慌时，他强调，没昏迷。星期一夜里十一点，在经过多次 X 光检查、化验后，男孩似乎睡得很安稳，现在只等他什么时候醒来、恢复知觉了，霍华德这才离开医院。他和安自从那天下午就一直守在医院陪着斯科蒂，他要回家一会儿，泡个澡，换一身衣服。"我过一个钟头就回来。"他说。她点点头。"没事，"她说，"我守在这里。"他亲了亲她前额，相互碰了碰手。她坐在床边的椅子上，看着斯科蒂。她一直在等他醒来，等一切没事。那样她才能放下心来。

霍华德开车从医院回家。他超速行驶在潮湿的夜路上，然后他适时打住，放慢了车速。直到今天，他的人生都很顺畅，一切如他所愿——上大学，结婚，为获得更高的商科学位又在大学里多待了一年，成为一家投资公司的初级合伙人。做了父亲。他是幸福的，至今也是幸运的——他心里明白。他父母还健在，兄弟姐妹个个事业有成，大学的朋友们都走上社会，占据了一席之地。那种真正的伤害，那种他知道它们存在，并知道一旦世事突转、厄运临头便能击垮一个人的力量，至今为止，他一直没碰上过。他驶上自家车道，将车停下。他的左腿开始发抖。他在车里坐了片刻，想尽量理性地面对横在眼前的景况。斯科蒂被一辆车撞了，住进了医院，但他会没事的。他闭上眼睛，抬手摸了一把脸。过了一会儿，他下车走向前门。那狗，斯勒格，在房子里汪汪叫。在他开门、摸索电灯开关时，电话一直在响。他真不该离开医院，他真不该啊，他骂自己。他拿起听筒说："我刚进门！喂！"

"这里有个蛋糕没取走。"电话另一头一个男人的声音说道。

"什么？你说什么？"霍华德问。

"蛋糕，"那声音说，"一个十六美元的蛋糕。"

霍华德将听筒贴在耳朵上，想弄个明白。"我根本不知道什么蛋糕不蛋糕的，"他说，"天哪，你在说什么？"

"甭给我来这套。"那声音说。

霍华德挂断电话。他走进厨房，给自己倒了些威士忌。他打电话去医院，可斯科蒂的情形还是老样子，他仍在睡，那里什么都没变。他一边给浴缸放水，一边往脸上抹肥皂沫，刮了胡子。电话又响起时，他正舒展四肢，闭目泡在浴缸里。他费劲地从浴缸爬起来，抓过一条浴巾，急步穿过房子，嘴里直说，"真蠢，真蠢"，因为自己离开了医院。可等他拿起听筒吼道："喂！"那头没了声音。接着打电话的人就挂了。

十二点刚过不久，他回到医院。安仍坐在病床边的椅中。她抬头望了一眼霍华德，又继续去看斯科蒂。男孩一直闭着眼睛，头上依旧绑着绷带。他的呼吸安静且平稳。床上方的器械上挂着一瓶葡萄糖，瓶里一根输液管连着男孩的右臂。

"他怎么样？"霍华德问，"这是干吗？"冲那葡萄糖和输液管一挥手。

"是弗朗西斯医生要求的。"她说。"他需要营养。弗朗西斯医生说他需要保持体力。要是他没事，他为什么不醒呢，霍华德？"她说，"我不明白。"

霍华德将手落在她的后脑勺上，手指顺过她的头发。"他会没事的，亲爱的。他一会儿就会醒过来。弗朗西斯医生知道怎么回事。"

过了一会儿，他说："也许你该回趟家，让自己歇一歇。我留在这儿。只是别理会一个不停打电话来的讨厌鬼。马上挂断。"

"谁打电话来？"她问。

"我不知道是谁，就那些没正事干专给人打电话的家伙。你现在就走吧。"

她摇摇头。"不，"她说，"我没事。"

"说真的，"他说，"回家待一会儿，要是你想，早晨再回来替我。会没事的。弗朗西斯医生怎么说的？他说斯科蒂会没事的。我们不必担忧。他现在只是在睡觉，仅此而已。"

一名护士推开门。她朝他们点点头，径直走到床边。她从被子下掏出那只左臂，将手指按在手腕上，搭准脉搏后，用她自己的表测数。过了片刻她把手臂放回被中，走到床尾，往附在床边的带夹写字板上写了什么。

"他怎样了？"安问。霍华德的手重重压在她肩头。她感觉到他的手指在用劲。

"他情况稳定。"护士道，接着又说，"医生很快会再过来。医生回医院了，他正在查房。"

"我刚才在说她也许可以回家去，歇一歇。"霍华德说。"等医生来过后。"他加了一句。

"她可以的，"护士说，"要是愿意，我觉得你俩都可以回家歇一歇。"护士是个高大的北欧女人，金发，护士服的前襟被丰乳撑得鼓鼓的。她说话隐约带着点口音。

"我们听听医生会怎么讲，"安说，"我想跟他说几句。我觉得他不该一直这么睡着。我觉得这不是个好迹象。"她抬手捂住眼睛，头略微往前倾。霍华德扶着她肩头的手紧了紧，接着他的手挪向她的脖颈，手指开始揉捏那里的肌肉。

"弗朗西斯医生几分钟后就到。"护士说。随后离开了病房。

霍华德盯着自己的儿子望了一阵，那小胸脯在被子下面静静地一起一落。自安打电话到他办公室的那可怕的几分钟以来，这是第一次，他感到一种真正的恐惧从自己的手脚开始滋生。他开始摇晃脑袋，企图阻挡那感觉。斯科蒂没事，只不过没睡在家里他自己的床上，而是睡在了医院的床上，头上缠了绑带、手臂上插了输液管而已。此刻他需要的正是这个，这种有帮助的东西。

弗朗西斯医生走进病房，虽说几小时之前他们已经见过彼此，他还是和霍华德握了握手。安从椅子上起身。"医生？"

"安。"他边说边点点头。"我们先来看看他怎样了。"医生说。他走到床的一侧，测了测男孩的脉搏。他翻开一只眼皮，又翻开另一只。安和霍华德站在医生身边看着。当看到斯科蒂眼皮翻起，只见眼白、不见瞳孔时，安轻呼了一声。医生掀开被子，用听诊器听了听男孩的心脏和肺。他用手指在腹部这里摁摁那里摁摁。等他查完，他走到床尾，仔细看了看病历记录。他根据自己的手表填上时间，又潦草地写下什么，这才朝等待着的安和霍华德望过来。

"医生，他怎么样？"霍华德说，"他到底是怎么回事？"

"他为什么不醒呢？"安说。

医生是个肩膀宽厚的帅气男子，脸晒得黑黑的。他身穿蓝色的三件套西装，条纹领带，象牙色袖扣。他灰白的头发梳得服服帖帖，他看上去就像刚从一场音乐会上回来。"他没事，"医生说，"没什么好紧张的，他会好转的，我想。不过他没事。当然，我也希望他会醒。他不久就该醒了。"医生又看了看男孩，"再过个把小时，等那几个化验结果出来，我们会了解得更多。不过他没事，相信我，除了颅骨的轻微骨裂。他的确有这情况。"

"哦，不。"安说。

"还有些脑震荡，像我之前说过的。当然，你们知道他还处于休克，"医生说，"有时，休克病例中会碰到这种情况。"

"可他真的脱离危险了吗？"霍华德说，"你之前说他并没有处于昏迷状态。你不把这叫昏迷，是不是，医生？"霍华德等着，眼巴巴地看着医生。

"不，我不想把这叫作昏迷，"医生说，又扫了一眼男孩，"他只是处于深度睡眠状态。这是一种恢复性行为，是身体自行采取的一种措施。他没有任何真正的危险，这一点我可以肯定，是的。不过等他醒来，再综合另外几项化验结果，我们就会了解得更多。别担心。"医生说。

"是昏迷，"安说，"某种昏迷。"

"还不算是昏迷，不全是，"医生说，"我不想把它称为昏迷。不管怎么说，还不是。他经历了休克。碰上休克病例，这种反应相当常见；是身体对创伤的一种临时反应。昏迷——唔，昏迷是长期的深度无意识状态，它可能持续几天，甚至几个星期。据我们所知，不管怎么说，斯科蒂并不处于那样的境地。我能肯定的是，他的情况到早晨会好转。不管怎么样，我敢说明早会好转。等他醒来，我们会了解更多，应该用不了多久了。当然，你们愿意怎样就怎样，守在这里，或回家待一会儿，不过要是想离开一会儿，请千万自便。碰上这事不容易，我懂。"医生的目光又转向男孩，望着他，然后才转头对安说："请你尽量别担心，年轻的母亲。相信我，我们在尽全力。现在只是个再多一点点时间的问题。"他朝她点点头，又和霍华德握握手，走出了病房。

安将手放在斯科蒂的前额，过了一会儿。"至少他没发烧。"她说。随后她又说："天哪，可是他摸上去真凉。霍华德？他摸上去就该这样吗？你来摸一摸他的头。"

霍华德将手放在男孩的前额上。他自己的呼吸也放慢了。"我想眼下他摸着是该这样的。他还在休克中，记得吗？医生这么说的。医生刚才还在这里。要是斯科蒂不对头，他会说的。"

安在那里又站了一会儿，用牙齿咬着自己的嘴唇。然后她挪回到椅子那儿，坐下来。

霍华德坐在她身边的椅子上。他们彼此望着。他想说些别的让她安安心，可他又不敢。他拉过她的一只手，搁在自己膝头，有她的手在，让他感觉好些。他拿起她的手，紧了紧，然后就这么握着。他们就这样坐了一段时间，望着男孩，彼此无言。他时不时紧一紧她的手。最后，她抽出手去揉了揉自己的太阳穴。

"我一直在祷告。"她说。

他点点头。

她说："我觉得自己几乎忘记如何祷告了，不过又想了起来。我只要闭上眼睛念着，祈求您，上帝，帮帮我们——帮帮斯科蒂；剩下的就顺了。祷词都在这儿了。如果你做过祷告的话，也许就会知道。"她对他说。

"我已经祷告过了，"他说，"今天下午——应该是昨天下午了，你打电话过来后，我开车去医院的路上就祷告了。我一直在祷告。"他说。

"那就好。"她说。几乎是第一次，她感到他们在一起面对这个，这个难关。她意识到，之前这事只发生在她和斯科蒂身上。她没让霍华德参与，虽说他一直在，她也需要他。她看得出他累了。从他的脑袋似乎沉甸甸地佝在胸前的样子可知。她对他泛起一阵怜惜。她庆幸自己是他的妻子。

原先那个护士过了一阵又来了，又搭了搭孩子的脉搏，查看病床上方挂着的输液瓶的情况。

过了一个钟头，来了另一位医生。他说自己叫帕森斯，是放射科医生。他留着毛茸茸的大胡子。他穿着乐福鞋，白大褂下是一件西部风衬衫和一条牛仔裤。

"我们要推他下楼再拍些片子，"他告诉他们，"我们需要再拍几张片子，还要做一次扫描。"

"扫描，"安说，"那是什么？"她站在这位新冒出来的医生和病床之间，"我以为该拍的 X 光片你们都已经拍过了。"

"我恐怕我们还得再拍几张，"他说，"没什么好紧张的。我们只是得再拍几张，我们想给他做一次脑部扫描。"

"我的上帝啊。"安说。

"碰上此类病例，这种程序再正常不过了，"这位新医生说，"我们只是需要弄清楚他为什么还不醒。这是正常的医治流程，一点也不需要紧张。我们要推他下去几分钟。"医生说。

不一会儿，两名护工推着一张平车来到病房。那是两个身穿白色工作服的黑发、黑肤色男人，他们取下男孩的输液管，将他从病床搬上平车时，彼此用外语交流了几句。随后他们将男孩推出了病房。霍华德和安跟着进了同一台电梯。安站在平车一侧，紧盯着一动不动地躺着的男孩。电梯下降时，她闭上了眼睛。两名护工一言不发地站在平车的两端，只有那么一次，其中一人用他们的语言对另一人嘀咕了句什么，另一人慢吞吞地点头回应。

那天早晨晚些时候，太阳从放射科外那间候诊室的窗户照进来时，他们将男孩推了出来，送回病房。霍华德和安又陪他坐电梯上楼，再一次回到病床边守着他。

他们守了一整天，可男孩还是没醒。他们二人中偶尔有一人离开病房到楼下餐厅喝一杯咖啡或果汁，然后突然想起什么似的或是感到内疚，便从桌边猛地起身，匆忙赶回病房。弗朗西斯医生下午又来过，又对男孩进行了一番检查，走之前还是跟他们说他没事，现在随时都可能醒来。护士们——不是昨晚那些——时不时会进来。之后化验室的一个年轻女人敲敲门，走进病房。她身穿宽松白长裤、白上衣，将手里装了些物什的小托盘搁在床头柜上。她没跟他们打招呼，就开始从男孩手臂上抽血。女人找好男孩手臂上下针的地方，推入针头时，霍华德闭上了眼睛。

"我不明白这个。"安对女人说。

"医生要求的，"年轻女人说，"吩咐我什么我就干什么。他们说抽哪位的血，我就抽。话说回来，他是怎么回事？"她说，"这么个小可爱。"

"他被车撞了，"霍华德说，"司机撞了人就跑。"

年轻女人摇着头，又看了看男孩。然后她收拾托盘，离开了病房。

"他为什么不醒呢？"安说，"霍华德？我想从这些人那里得到一些答案。"

霍华德什么都没说。他又在椅子上坐下，一条腿跷在另一条上。他揉揉脸颊。他望了眼自己的儿子，往后靠去，眼睛一闭，睡了过去。

安走至窗前，眺望外面的大停车场。这会儿是晚上了，停车场里进进出出的车辆都亮起了车灯。她就那么站着，手紧紧把住窗台，心里了然他们现在碰上了事，麻烦事。她感到害怕，牙齿开始打战，她不得不咬紧牙关。她看见一辆大轿车在医院门口停下，一个穿着长外套的女士上了车。那一瞬间，她希望自己就是那个女人，希望有人，随便什么人，将她从这接走，去另一个地方——那地方，她一下车，就会发现斯科蒂在那儿等着她，等不及要唤"妈妈"，还让她伸开双臂抱住他。

过了不久，霍华德醒了。他又看了看男孩，然后从椅子里站起，伸伸手脚，走到窗前，站在她身边。他们都盯着窗外的停车场，没说话。此刻，他们似乎能感觉彼此的内心，好像焦虑已经自然而然地把他们变透明了。

门打开了，弗朗西斯医生走进来。这回他换了一套不同的西服和领带，头发还是老样子，看上去好像刚刮过胡子。他径直走至床前，又对男孩做了一番检查。"他现在理应醒了。他这样子说不通啊，"他说，"不过我可以告诉你们，我们一致认为他完全脱离了危险，等他醒过来，大家都会松口气。为什么现在他还没很快醒来，这没道理，绝对没道理。哦，他一醒来头会很痛，这是肯定的。不过他所有的迹象都没问题。正常得不能再正常。"

"那这算是昏迷吗？"安问。

医生摸着他光溜的脸颊。"直到他醒来，我们暂且那么叫吧。不过你们一定十分疲倦了。这么等着是挺焦心的。想去外面吃点东西就去吧，"他说，"会对你们有好处。要是你们想离开的话，你们一走，我就会派个护士来这儿。去吧，去给自己弄点东西吃。"

"我吃不下，"安说，"我不饿。"

"当然，去干你们需要干的事，"医生说，"不管怎么样，我想告诉你们所有的迹象都没问题，化验结果也是好的，没有一丁点儿不好，只等他一醒，就柳暗花明了。"

"谢谢你，医生。"霍华德说。他又同医生握了握手，医生拍拍他的肩，走了。

"我想我们俩谁该回家看一看，"霍华德说，"其一，该喂斯勒格了。"

"给邻居打个电话，"安说，"打给摩根家。只要你开口，谁都能帮忙喂个狗。"

"好吧。"霍华德说。过了一会儿他说："亲爱的，你干吗不回一趟家呢？你干吗不回一趟家看看，再回来？这对你有好处。我在这里守着他，说真的，"他说，"我们得省着自己的体力来对付这事。甚至他醒来之后，我们可能还得在这里守一阵子。"

"你干吗不回一趟？"她说，"给斯勒格弄点吃的。也给你自己弄点东西吃。"

"我回去过了，"他说，"我离开了整整一小时十五分钟。你回家待个把钟头，拾掇一番，再回来。这里有我守着。"

她想考虑一下，可她太累了。她闭上眼睛，想再考虑考虑。过了一会儿，她说："也许我会回家几分钟。也许只要我不坐在这里时时盯着他看，他就会醒来，就会没事。你看？也许只要我不在这里，他就会醒过来。我回家泡个澡，换一身干净衣服。我会去喂斯勒格。然后我再回来。"

"我就守着这里，"他说，"你回一趟家，亲爱的，再过来。我会待在这里看着点的。"他眼睛充血，眯缝着，像是酗了很长一段时间的酒，衣服也皱皱巴巴的。他的胡子又长了出来。她摸摸他的脸，又抽回她的手。她知道他想要独自待一会儿，不与人诉说或是分担忧惧。她从床头柜上拿起手提包，他帮她穿上外套。

"我不会离开很久。"她说。

"你到家后坐下歇一歇，"他说，"吃点东西。泡个澡，再坐着歇一会儿。对你会很有好处，你会看到的。然后再过来。"他说，"让我们尽量别给自己操心操出病来。你听见弗朗西斯医生刚刚是怎么说的了。"

她穿着外套站了片刻，努力回忆着医生的原话，寻找他的言语背后可能藏着的任何暗示，以及任何言外之意。她努力回忆着医生弯腰检查斯科蒂时，脸色有没有变。她记得他翻开男孩眼皮，然后去听呼吸时，他的五官是怎样的镇定坦然。

她朝门口走去，又转身回望。她望着男孩，又望向孩子的父亲。霍华德点点头。她走出去，在背后拉上了门。

她一路走一路找电梯，经过护士值班站，一直走到走廊尽头。她在走廊尽头往右拐，只见一间小接待室，一家黑人正坐在里面的柳条椅上。一个中年男人穿卡其布衬衫、长裤，头上的棒球帽翘着。一个大块头女人身着家居服，脚踩拖鞋，瘫坐在另一把椅子上。一个十几岁的女孩，穿着牛仔裤，头发编成几十根小辫子，松松垮垮地歪在另一把椅子上，绞着脚踝，抽着烟。安走进去时，那家人刷地掉转目光一起瞅向她。小桌上凌乱地丢着汉堡包装纸和一次性热饮杯。

"尼尔森，"大块头女人欠起身说，"是说尼尔森？"她瞪大了眼睛，"现在告诉我吧，女士，"女人说，"是关于尼尔森的吗？"她想从椅子里站起来，不过那个男的一把拽住了她胳膊。

"好了，好了，"他说，"伊夫琳。"

"对不起，"安说，"我在找电梯。我儿子住院了，我找不到电梯。"

"电梯在那头，左拐。"男人说着，手往另一条走廊一指。

女孩吸了一口烟，盯着安瞧。她把眼睛眯成一条缝，厚唇慢吞吞隙开，吐出烟来。黑女人脑袋歪向肩膀，掉转视线不再看安，对她失了兴趣。

"我儿子被车撞了。"安对那男人说。她似乎需要解释一下自己。"他脑震荡了，颅骨上有轻微骨裂，不过他会没事的。眼下他正处于休克状态，也可能是某种程度的昏迷。这是真正叫我们担心的事，昏迷。我出去一会儿，我丈夫守着他。也许我不在，他就会醒了。"

"太糟了。"男人说，在椅子上动了动。他摇摇头。他低头看了一眼桌子，又看向安。她仍站在原地。他说：

"我们尼尔森，他正在手术台上。有人捅了他。想杀他。那是场斗殴，他在场。在一个派对上。他们说他只不过站着看看。没招惹谁。可如今这说明不了什么问题。眼下他正躺手术台上。我们只能希望，只能祷告，能做的只有这个了。"他定睛看着她，然后用力拉了一下帽舌。

安又朝女孩看，女孩仍盯着她；她又朝那年长的女人看看，她的脑袋仍耷拉在肩上，这回连眼睛也闭上了。安望见她嘴唇翕动，无声，但在言语。她有股冲动，想问清那些言语是什么。她想跟这几个同她一样等待着的人再多说些话。她怕，他们也怕。这一点他们是共同的。她本想再说说那场事故，跟他们再说说斯科蒂，告诉他们事情出在他生日当天，星期一，而他仍然不省人事。可她不知道该怎么开口，于是就那么站在那里，看着那家子人，没再多说话。

她走过那男人示意的走廊，找到了电梯。她在紧闭的电梯门前站了片刻，心里仍在犹疑自己这么做对不对。之后她伸出手指，摁了按钮。

她拐上车道，熄了火。斯勒格从房后直奔过来。因为兴奋，它冲着汽车一通大叫，又在草坪上直转圈。她闭上眼睛，把头埋在方向盘上伏了片刻。她听着引擎开始冷却时发出的嘀嗒声。然后她下了车。她抱起小狗，斯科蒂的小狗，走向前门，前门没锁。她打开灯，煮上一壶泡茶用的水。她开了点狗粮，在后门廊喂斯勒格。它吃着，发出饿极时细微的咂嘴声，间或跑来看一看她人是不是还在，再跑去吃一吃。她刚端着茶在沙发上坐下，电话就响了。

"喂！"她冲听筒说，"你好！"

"维斯太太。"一个男人的声音说。那是早晨五点，她觉得能听见电话背景里有机器设备之类的声响。

"正是，正是，什么事？"她提心吊胆地对话筒说，"我是维斯太太，是我。请问什么事？"她听着背景里不知是什么的声响，"天哪，是不是斯科蒂的事？"

"斯科蒂，"那个男人的声音说，"是斯科蒂的事，没错。是和斯科蒂有些关系，这问题。你难道忘了斯科蒂的事了？"男人说。说完他就挂了。

她往医院打电话，请求接到三楼。她想让接电话的护士告诉她儿子的情况。然后她要求和她丈夫说话。有个紧急情况，她说。

她一边等着，一边用手指绕着电话线。她闭上眼睛，只感到胃里一阵难受。她本该让自己吃点儿东西。斯勒格从后门廊跑进屋来，伏在她脚边。它摇着尾巴。它舔她手指时，她便扯扯它耳朵。霍华德接起了电话。

"刚才有人打电话过来。"她说。她绞着电话线，可那线又自己缠了起来。"他说，他说是有关斯科蒂的事。"她哭起来。

"斯科蒂没事，"霍华德告诉她，"我是说他还睡着。没变化。你走之后护士来过两次。他们每隔三十分钟左右来一次。一个医生或一个护士，来一人。他没事，安。"

"有人打电话来，说是有关斯科蒂的。"她说。

"亲爱的，你休息一会儿，你需要休息。然后再回医院来。打电话的准和我碰上的是同一个人。忘了这件事吧。休息一下再过来。然后我们去吃早餐或别的什么。"

"早餐，"她说，"我什么都咽不下。"

"你明白我的意思，"他说，"一杯果汁、一块蛋糕，诸如此类，我不知道。我什么都不知道，安。天哪，我也不饿。安，现在不好说话。我正站在工作台前。弗朗西斯医生今天早晨八点会再过来。他有情况要告诉我们，更确切的情况。一个护士说的。她就知道这么多。安？亲爱的，也许到那时候我们会知道更多情况，八点的时候。八点之前回到这里来。还有，我守在这里，斯科蒂没事。他还是老样子。"他补充了一句。

"电话铃响时，"她说，"我正在喝茶。他们说是有关斯科蒂的事。背景里有种嘈杂声。你接到的电话背景里有嘈杂声吗，霍华德？"

"我真的不记得了，"他说，"准是酒鬼之类的，不过天晓得我真搞不懂。也许是那个司机，也许他是个精神病，不知怎的知道斯科蒂的事。不过我在这里守着他。按你原先打算的，去歇一会儿。泡个澡，七点左右回来，医生来病房时，我们一起同他谈谈。会没事的，亲爱的。这里我守着，左右还有医生和护士。他们说他情况稳定。"

"我怕得要命。"她说。

她放了水，脱下衣服，进入浴缸。她很快洗好，擦干，没花时间洗头发。她换上干净的内衣、羊毛休闲裤和一件毛衣。她走进客厅，斯勒格蹲在那里抬头望她，尾巴拍了下地板。她出门朝车子走去时，外面的天才刚蒙蒙亮。她在潮湿的空街上往医院开，想起差不多两年前那个下雨的星期天下午，斯科蒂当时失踪了，他们担心他已溺亡。

那天下午，天空黑下来，下起了雨，可他还没回家。他们给他所有的朋友打了电话，他们都好好在家待着。她和霍华德去靠近高速公路的那块野地的尽头找他，他在那里用木板和石头搭了座堡垒，可他不在。后来，霍华德和她在高速公路那儿分开沿两个方向找，直到一条排水沟挡了她的去路，那里曾淌着一涓细流，可这时沟渠的两岸间正泛滥着一股浊黑激流。刚开始下雨时，有个朋友和他一起在那里。他们用碎木片和过路汽车扔出来的空啤酒罐做小船玩。他们把空啤酒罐排列在木片上，放入水中，让它们顺流漂走。水流终止于高速公路这端的一个涵洞，那里水流湍急，可以将任何东西一同卷入管道。第一滴雨落下时，朋友离开了，留斯科蒂独自在沟渠岸边。斯科蒂说他要留下来做一只更大的船。她站在沟渠岸边，望着水流冲进涵洞口，消失在高速公路之下。发生了什么在她看来再明白不过了——他掉了下去，此刻他甚至正卡在涵洞里的某个地方。那念头令人毛骨悚然，太说不通，太无法让人接受，以至于她不能去想。可她觉得那是真的，他就在那里，在涵洞里，也清楚那将是从今往后不得不承受、接纳的事：一种没了斯科蒂的日子。但如何面对这个，如何面对这失却，她无法想象。工人和设备整夜在涵洞口作业带来的恐惧，她不知道自己是否忍受得了。那些人在强光下工作，而她在等待着。她非得迈过那道坎，进入此后她已知的那种无边无际的空虚。她为自己知道这点而羞愧，但她想自己好歹可以活下去。以后，很久以后，当斯科蒂不再存在于他们的生活中后，或许那时她会接受那种空虚——或许那时她将学会怎么对付那失却，以及可怕的缺席——她非得那样，就这么回事——可此刻，她不知道该怎样才能对付进入另一阶段前的这一程等待。

她跪下来。她凝望水流，念道，若是上帝容许他们要回斯科蒂，若是他能神奇地——"神奇地"，她大声念——躲过流水和涵洞，她知道他没能，可若是他躲过了，若是上帝容许他们要回斯科蒂，设法别让他卡在涵洞里，那她就发誓她和霍华德愿意改变他们的人生，改变一切，回到他们的故乡小镇，离开这会残忍地夺去你唯一孩子的城郊。听见霍华德喊她名字时，她还跪在地上，那喊声穿过雨帘，从野地的另一端传来。她抬眼见他们朝她走来，他们俩，霍华德和斯科蒂。

"他躲起来了，"霍华德说，又是笑又是哭的，"看见他我高兴得没法治他。他搭了个躲雨窝。他在立交桥下的灌木丛中弄了个地方。他给自己筑了个鸟巢似的小窝。"他说。她站起来时，他们俩还在朝她走。她攥起双拳。"'堡垒漏雨'这小疯子说。我找到他时，他一滴雨都没淋着，混账小子。"霍华德说着迸出泪来。这时安上手来对付斯科蒂了，她怒火冲天地捆他的脸和脑袋瓜。"你这小鬼，你，小鬼啊你。"她边吼边揍他。"安，住手。"霍华德说着，抓住了她胳膊，"他没事，这是最要紧的。他没事。"她抱起孩子，他还呜呜哭着，她把他搂得紧紧的。她把他搂得紧紧的。他们衣衫湿透，鞋子因为泡了水咕吱咕吱响，他们仨开始往家走。她抱着孩子抱了一程，他胳膊搂着她脖子，小胸脯贴在她胸前一起一伏。霍华德走在他们旁边，说："天哪，多吓人。上帝啊，多可怕。"她知道霍华德吓坏了，这会儿已如释重负，可他没有窥见那一刻她想到的事，他不可能知道。

这么快就想到死亡，想到死亡之后的事，这让她怀疑起自己来，怀疑自己是否爱得不够。如果够爱，她不会那么快就想到最糟的情形。她为自己这疯狂的念头来回晃着头。她累得很，不得不停住脚，放下斯科蒂。余下的路，是他们三人一起走的，斯科蒂居中，手拉着手，他们三人一起走回家。

他们并没有搬走，他们也没再提过那个下午。她不时会想起自己的诺言，她奉上的祷告，开始那阵子她略感不安，然而他们一如既往地过着日子——舒适而忙碌的日子，不算坏也不算不正直的日子，事实上，那是一种有许多满足感和小乐事的日子。从此再也没提及过那个下午，久而久之，她就不再去想了。他们至今还在同一座城市，已经过去了两年，斯科蒂又一次落入险境，可怕的险境。她开始把这境况，这事故，以及他的昏睡不醒，视为惩罚。难道是因为她没有如祷告时所言，他们会离开这座城市，回归故乡，在那里他们可以过上一种更简单、更宁静的日子，忘掉上涨的工资，忘掉新的——新到还来不及竖栅栏、植草坪的——房子吗？她想象他们一家每晚围坐在一间大客厅里，在另一个小镇，听霍华德给他们朗读。

她将车开进医院停车场，在靠近前门的地方找到一个停车位。她觉得自己现在不想做祷告了。她感到自己就像个被拆穿的骗子，又愧疚又心虚，好似她多少要为眼下的事情负点责。说不清楚为什么，她觉得自己对此有责任。她又不由得想到那黑人一家子，想起"尼尔森"那名字和那个散布着汉堡包装纸的小桌，以及边抽烟边盯着她看的十几岁女孩。"别要孩子，"走进医院前门时，她对脑中那女孩的形象说，"看在上帝的分上，别要。"

她乘电梯来到三楼，电梯上还有两个正要当班的护士。这是星期三早晨，差几分七点。电梯门在三楼哗啦打开时，恰巧听见广播在呼叫一位叫麦迪逊的医生。她跟在护士们的后面出了电梯，护士往另一方向走，继续着刚才因她走进电梯而中断的谈话。她沿走廊走到那间黑人一家曾等待着的小接待室。他们已经走了，可椅子凌乱得就像有人一分钟前刚从上面跳起来跑掉。她想椅子大概尚有余温。桌上仍散乱着原先那些包装纸和杯子，烟灰缸里全是烟头。

她在离小接待室不远的护士值班站停留了一下。柜台后站着一个护士，正一边梳头一边打哈欠。

"昨夜有个黑人做手术，"安说，"名字叫尼尔森什么的。他家人那会儿在接待室里等。我想请问一下他什么情况了。"

一个护士坐在柜台后的办公桌前，面前有份病历，她抬起头来。电话响起，她接起听筒，可眼睛一直盯着安。

"他死了。"柜台边的护士说。她举着梳子，眼睛一直看着安。"你是这家的朋友还是什么？"

"我昨夜遇到了那家人，"安说，"我自己的儿子在医院里。我想他还在休克中。我们还不确定到底出了什么问题。我只想知道尼尔森先生怎样了，没别的了。多谢。"她顺着走廊继续往前走。这时和走廊墙壁同个颜色的电梯门哗啦打开，一个枯瘦的秃顶男人，穿着白裤子、白帆布鞋，从电梯里拉出一辆沉重的推车。她昨夜竟没留意这电梯门。男人将推车推上走廊，在离电梯最近的病房门前停住，查了查写字板。然后他伸手从推车下拉出一只托盘，轻叩了叩门，走进房间。走过推车时，她能闻到温热饭菜散发出的令人不愉快的气味。她匆匆走过另一处护士站，没朝护士看上一眼，就推开了斯科蒂的病房门。

霍华德站在窗前，背着双手。她进门时他转过身来。

"他怎么样？"她说。她朝病床走去。她将手提包撂在床头柜边的地上。她好像离开了很久。她碰了碰斯科蒂脖子周围的被子。"霍华德？"

"弗朗西斯医生不久前来过。"他说。她定睛看他，觉得他有点佝偻着肩。

"我以为他今天早晨要到八点才过来。"她立即说。

"还有一位医生同来，一位神经外科医生。"

"神经外科医生。"她说。

霍华德点点头。他的肩佝偻了起来，她看得出。"他们说了什么，霍华德？天哪，他们说了什么？是什么？"

"他们说，嗯，他们说他们要推他下楼，对他再做多些检查，安。他们认为他们要动手术，亲爱的。亲爱的，他们要动手术。他们弄不清楚他为什么还不醒。情况不仅仅是休克或昏迷，他们现在只知道这么多。在颅骨里头，那个骨裂，有些问题，和那个有关，他们认为。所以他们要动手术。我打过电话给你，我想你已经离开家了。"

"哦，上帝啊，"她说，"啊，求你，霍华德，求你。"

她说着，抓住霍华德的臂膀。

"看！"就在这时霍华德说，"斯科蒂！看，安！"他把她的身体扳向病床。

男孩睁开眼睛，接着又闭上。他又睁开了眼睛。那眼睛直愣愣朝前方看了片刻，接着慢慢随着头移动，直到停在霍华德和安身上，然后又移走了。

"斯科蒂。"他母亲说着挪到床前。

"嗨，斯科特，"他父亲说，"嗨，儿子。"

他们在床前俯身。霍华德双手握住斯科蒂的左手，开始又拍又捏。安弯下腰去，在他前额一下下地亲着。她两手捧着他的脸。"斯科蒂，亲爱的，是妈妈和爸爸，"她说，"斯科蒂？"

男孩又看了看他俩，然而没有任何认出他们或听懂他们的迹象。他的眼睛再次紧紧闭拢，他张开嘴，发出一声长啸，直到呼出肺里最后一口气。这时他的脸看起来安详而柔和。最后一丝气息从喉咙里，从咬紧的牙缝里溢出后，他的嘴唇微微张开了。

医生们称之为隐性梗塞，说这是一百万例中才能碰上一例的情形。倘若设法查出来，并立即动手术，也许能保他性命，但那可能性微乎其微。不管怎么说，难道他们又找得到什么吗？X光片和化验结果都没有发现什么。弗朗西斯医生很震惊。"我无法告诉你们我感觉多么的糟糕。非常抱歉，我无法告诉你们。"他一边说一边让他们进了医生休息室。休息室里有位医生坐在一把椅子上，两条腿勾住前方另一把椅子的椅背，在看晨间电视节目。他穿着产房的绿色套服，绿色宽松长裤，绿色上衣，一顶绿色帽子包住了他头发。他瞅了眼霍华德和安，又瞅了眼弗朗西斯医生。接着他起身关掉电视，走出了休息室。弗朗西斯医生让安坐到沙发上，挨着她坐下，用一种低沉、安抚的声音开始说话。某个时刻他倾身过来搂住了她。她感觉到他的胸脯压着她的肩胛平缓地一起一伏。她任他搂着，一直睁着眼睛。霍华德去了卫生间，但没关门。一阵恸哭之后，他拧开水龙头，洗了把脸。之后他走了出来，坐在一张搁了电话的小案几跟前。他盯着电话，好像在想该先做什么。他打了几个电话。过了一会儿，弗朗西斯医生也用了电话。

"眼下还有什么我能效劳的事情吗？"他问他们。

霍华德摇摇头。安注视着弗朗西斯医生，像是听不懂他的话。

医生将他们送到医院前门。人们正从医院进进出出。这时是十一点。安意识到她的脚挪得多么慢，多么不情愿。她觉得弗朗西斯医生似乎在请他们走人，而她不知怎么却觉得他们该留下来，留下来才是更正确的。她站在人行道上，往停车场看去，又掉回目光看向医院前门。她开始摇头。"不，不，"她说，"不该这样。我不能留他在这里，不能。"她听见自己说的话，她觉得这太不公平，她唯一说出口的话竟然和电视剧里人们说的话一样，以表达对暴死或惨死的震惊之情。她要说属于自己的话。"不。"她说，不知为什么她想起了黑女人脑袋耷拉在肩上的模样，"不。"她又说了一遍。

"今天晚点我会再和你们谈谈，"医生对霍华德说，"还有些事得做，一些得弄到我们清楚为止的事。还有些事需要说明。"

"解剖。"霍华德说。

弗朗西斯医生点点头。

"我明白，"霍华德说，"哦，天哪。不，我不明白，医生。我不能，我不能。我就是不能。"

弗朗西斯医生伸出一只胳膊搂住霍华德的肩。"我很抱歉。上帝，我太抱歉了。"然后他放开他，伸出一只手来。霍华德望着那手，然后才握了握它。弗朗西斯医生伸出两只胳膊又搂了搂安。他似乎有着满腔叫她不理解的悲悯。她将自己的头靠在他的肩上，可眼睛却睁着。她一直盯着医院。他们开车离开停车场时，她再次回头朝医院看了一眼。

到了家，她两只手插在外套兜里，坐在沙发上。霍华德关上斯科蒂房间的门。他打开咖啡机，又找到一只空盒。他打算把斯科蒂的一些物件收起来。可他却挨着她在沙发上坐下了，把盒子推到一旁，身体往前倾，手臂支在两膝间。他呜呜地哭了。她抱住他的头，搁在自己的大腿上，轻拍他的肩。"他走了。"她说。她一直轻拍着他的肩。在他的呜咽声之上，她听见咖啡机嘶嘶作响，在厨房那儿。"好了好了，"她轻柔地说，"霍华德，他走了。他走了，现在我们得习惯，习惯这种孤独。"

过了一会儿，霍华德起身，开始端着盒子在房子里漫无目的地移动，没把任何物件放入盒子，但收集了些东西，摆在沙发一头的地板上。她仍两手插在外套兜里，坐在沙发上。霍华德放下盒子，把咖啡端进客厅。后来安给家人亲戚打去电话。每拨一个电话，对方一接起，安便会哽出几个字，哭上一阵。接着她会用有节制的声音平静地解释发生了什么，告诉对方他们的安排。霍华德捧着盒子去车库，他在那里看见了斯科蒂的自行车。他丢下盒子，在自行车旁的地上坐下。他笨手笨脚地抱起自行车，让它贴在他胸口。他抱着它，橡胶脚踏板戳着他胸口，弄得轮子在他裤腿上转了转。

安跟她姐姐说完话后，挂上电话。她正在找另一个号码时，电话响了。第一声响，她就接起了听筒。

"喂。"她说，她又一次听见背景里有什么声响，一种嗡嗡的嘈杂声。"喂！喂！"她说，"看在上帝的分上，"她说，"你是谁？你要怎样？说话啊。"

"你的斯科蒂。我把他准备好了，就等着你呢，"那男人的声音说，"你难道忘记他了？"

"你这恶魔狗杂种，"她冲听筒吼道，"你怎么可以这么干，你这恶魔狗杂种？"

"斯科蒂，"男人说，"你是不是把斯科蒂忘掉了？"

那男人跟着挂断了电话。

霍华德听见吼叫声进来时，只见她伏在桌上，头埋在手臂里抽泣。他抄起听筒，只听见拨号音。

过了很久，将近午夜时，在他们处理了诸多事务后，电话又响了。

"你去接，"安说，"霍华德，是那人，我知道。"他们正坐在餐桌边，面前搁着咖啡。霍华德的咖啡杯边上还有一小杯威士忌。铃响三声后，他接起电话。

"喂，"他说，"是谁？喂！喂！"那头挂断了。"不管是谁，"霍华德说，"反正他挂了。"

"是他。"她说。"那杂种。我要宰了他。"她说。"我要一枪崩了他，看着他蹬脚断气。"她说。

"安，天哪。"他说。

"你能听见什么吗？"她说，"背景里？一种嘈杂声，机器的，嗡嗡响的什么？"

"没有，真的。没那种声音，"他说，"时间太短。我想有些许广播音乐。没错，有收音机在响，我只听得出这个。我不知道这到底是在搞什么鬼。"他说。

她摇摇头。"要是我能，能亲手，抓住他。"她记起来了。她知道那人是谁了。斯科蒂，蛋糕，电话号码。她往后一推椅子，站起来。"载我去购物中心，"她说，"霍华德。"

"你说什么？"

"购物中心。我现在知道打电话的是谁了。我知道他是谁。是西点师，那做面包的杂种，霍华德。我让他为斯科蒂的生日做了个蛋糕。就是那人打电话的，就是那人有我们的电话号码，不断给我们打电话。为蛋糕来骚扰我们。做面包的，那杂种。"

他们开车来到购物中心。夜空晴朗，星星出来了。天气很冷，他们打开了车内暖气。他们在面包店跟前停下车。所有的店铺都打烊了，但停车场另一端的双子影院前面还停着些车。面包店的橱窗黑着灯，可当他们透过窗玻璃朝里看时，只见后厨亮着一盏灯，一个穿围裙的大块头男人在一片单调的白光里走进走出。透过玻璃窗，她可以看见展示柜，几张带椅子的小桌。她推推门。她敲了敲窗玻璃。如果说西点师听见了他们，那他也没作任何表示。他也没朝这个方向望过来。

他们开车绕到面包店背后，停了车。他们下车。有一扇亮着灯光的窗，位置太高，他们看不见里面。后门旁有一标牌，上面写道："面包店，专门预订。"她能隐约听见里面的收音机和其他声音——烤箱门？——往下拉开的嘎吱声。她敲敲门，等了等。又敲，敲得更响些。收音机音量小下来，这时听见一道刮擦声，接着一声清晰可辨的声音，是抽屉，是将它拉开又关上的声音。

锁松了，门打开了。西点师站在灯光里，往外瞅向他们。"我打烊了，"他说，"这时候了，你们要干吗？半夜了。你们是醉了还是怎么了？"

她走进从敞开的门里漏出的光亮中，他认出她，眨了眨肥厚的眼皮。"是你。"他说。

"是我，"她说，"斯科蒂的母亲。这是斯科蒂的父亲。我们想进去。"

西点师说："我正忙着。有活要干。"

她不管三七二十一一步跨进门去。霍华德跟着她也进了门。西点师直往后退。"这地方闻着像面包店。这地方闻着是不是像面包店，霍华德？"

"你想干吗？"西点师说，"你大概是来要你的蛋糕吧？那个就是，你决定来要你订的蛋糕了。你订了个蛋糕，对吗？"

"当西点师真是亏了你的聪明，"她说，"霍华德，就是这人不断给我们家打电话。就是这搞烘焙的男人。"她攥紧双拳。她怒视着他。她内心深处正灼烧着一团烈火，愤怒使她感到自己比实际更强大，比这两个男人都要强。

"等等，"西点师说，"你要取走你那个放了三天的蛋糕？是吗？我可不想跟你争，女士。它就在那里，要馊了。我按原先讲定的价格折半给你。不，你要是不是？你拿走就是。它对我没用了，对谁都没用了。做这蛋糕，付出的是我的时间和材料钱。如果你要，行，如果你不要，也行。就请忘了它，走人吧。我得回去干活了。"他望着他俩，舌头在牙齿背后卷了卷。

"再要几个蛋糕。"她说。她知道自己在控制着，控制着正越来越强大的东西。她很镇定。

"女士，我每天在这里干十六个钟头，谋一份生计，"西点师说，他两只手在围裙上擦了擦，"我在这里从早忙到晚，努力维持生活。"安脸上掠过一种神情，叫西点师后退了一步说："现在可别惹事。"他走向柜台，右手抄起一根擀面杖，用它啪啪地拍打另一只手掌心。"蛋糕你要还是不要？我得回去干活了。西点师在夜里干活。"他又说了一遍。他的眼睛很小，面相凶狠，她想，几乎埋在他脸颊周围长着胡茬的肉里了。他那 T 恤领口处的脖颈粗大，挂着肥膘。

"我们知道西点师夜里干活，"安说，"他们还在夜里给人打电话。你这杂种。"她说。

西点师继续用擀面杖敲打自己手心。他瞥了一眼霍华德。"小心点，小心。"他冲他们说。

"我的男孩死了。"她用一种冰冷而平缓的决绝口气说，"他星期一下午被车撞了。我们一直守着他直到他死。当然，不可能指望你会知道这件事，是不是？西点师不可能什么都知道。对不对，西点师先生？可他死了。死了，你这杂种。"就像愤怒瞬间喷涌出来，它又瞬间消退下去，让位给另一种情绪，一种令人头晕目眩的恶心。她靠住那张撒满面粉的木桌子，两只手捂住脸，哭了起来，她的肩膀前后抽搐。"不公平，"她说，"这不公平，不公平。"

霍华德用手抚着她的后背，看向西点师。"你实在无耻，"霍华德对他说，"无耻。"

西点师将擀面杖放回柜台。他解下围裙，往柜台一扔。他站着朝他们看了一分钟，脸上露出笨拙又苦恼的神情。随后他从摆着文件、收据、一台计算器、一本电话簿的牌桌底下拖出一把椅子。"请坐。"他说。"我去找把奇子给你坐，"他对霍华德说，"现在请坐下吧。"西点师走去前厅，拿了两把锻铁小椅回来。"请坐，你俩。"

安抹了把眼睛，看着西点师。"我想宰了你，"她说，"我想要你死。"

西点师在桌上替他们腾出一块地方。他把计算器连同几摞便条纸和收据扫到一边，把电话簿砰地一下推到地上。霍华德和安坐了下来，将椅子挪到桌前。西点师也坐了下来。

"我不怪你们，"西点师说，他把胳膊搁在桌上，慢慢地摇了摇头，"首先。请允许我说我有多抱歉。只有上帝知道我有多抱歉。听我说。我只是个做面包的。我从不声称自己是别的什么。也许曾经，也许多年前我是个完全不同的人，我已经忘了，我不敢肯定。要是我曾经是什么，如今我不再了。如今我只是个西点师。这并不能替我开脱，我知道。我打心底里抱歉。我为你们的儿子感到抱歉，我为自己在这桩事情里的行为感到抱歉。天啊，天啊。"西点师说。他摊开手放在桌上，然后翻出掌心。"我自己没有孩子，所以我只能想象你们是什么感觉。我能跟你们说的就是我很抱歉。饶恕我，如果你们肯的话，"西点师说，"我不是坏心眼的人，我想我不是。不是恶人，像你们电话上说的。请你们一定要明白，到头来我都不知该怎么办好了，看起来是这样。请你们，"男人说，"请允许我问一句你们能否真心饶恕我呢？"

面包店里暖烘烘的，霍华德从桌边起身脱下外套。他帮安也脱下了她的外套。西点师看了他们片刻，然后点点头，从桌边起身。他走向烤箱，关掉几个开关。他找来杯子，从电咖啡机里替他们倒了咖啡。他把一盒奶油放在桌上，还有一碗糖。

"你们大概需要吃点东西，"西点师说，"我希望你们能尝尝我的热面包卷。你们得吃东西，得撑下去。碰上这种时候，吃东西就是一件小小的好事。"他说。

他给他们拿来刚出炉、还淌着糖霜的热肉桂卷。他把黄油放在桌上，还有抹黄油的几把小刀。随后西点师自己也在桌边坐下。他等着。他直等到他们每人从盘子里都拿了一个开吃了起来。"吃点东西挺好的，"他看着他俩说，

"还有呢。吃掉它。想吃多少就多少。这里多的是各种面包卷。"

他们吃着面包卷，喝着咖啡。安突然感觉到了饿，面包卷热乎又香甜。她连吃三个，这叫西点师很高兴。他这才开口说话。他们用心听他讲。尽管他们很累，很痛苦，他们还是听着西点师说话。西点师说到孤独，说到中年之惑和有限的精力，他们则点点头。他告诉他们这么多年没有孩子是什么感觉。就这样一日复一日伴着烤箱无休无止地满了又空，空了又满是什么感觉。派对甜品、庆贺蛋糕，他都做过。糖霜有一指节那么厚。新郎新娘互相挽着手臂的模样，做过几百个不止，不，做到现在怕是已有几千只。生日派对。光说蛋糕上的蜡烛吧，你就想象它们一齐点燃的样子好了。他做的生意是大家都需要的。他是个西点师。他庆幸自己不是开花店的。做点东西给大家吃，这更好。不是那种给大家摆一阵子就得扔掉的东西。气味也比鲜花更好。

"来，闻闻这个，"西点师说着掰开一个黑面包，"这面包紧实，不过香味很浓。"他们闻了闻，然后他又让他们尝了尝。它吃起来是蜜糖和粗粮的味道。他们听他讲着。他们放开了吃。他们吞下黑面包。荧光灯下，明亮如白昼。他们聊啊聊，一直聊到大清早，银亮的晨光已投进橱窗来，而他们无意离去。

告诉女人们我们出去一趟

　　比尔·贾米森一直和杰瑞·罗伯茨走得很近。他们俩都在旧集市附近的南区长大，一起上小学和初中，又一起进了艾森豪威尔高中，尽可能地选同一个老师、同一门课，换着穿彼此的衬衫、毛衣、收腿裤，跟同一个女孩约会或一起结伴玩——这也算是顺理成章。

　　暑假时，他们俩一起干活——浇灌桃树，采摘樱桃，串绑啤酒花好让它们攀藤，随便什么能挣几个小钱好让他们撑到秋天的活计，那些他们不用担心老板每隔五分钟就来监工的活计。杰瑞不喜欢听人教导。比尔不在乎；他挺高兴杰瑞肯出头，杰瑞向来这样。高中最后一年前的夏天，他们俩凑了三百二十五美元，买了辆一九五四年的红色普利茅斯。杰瑞用一个星期，然后轮到比尔。他们习惯了彼此分享东西，有一段时间这样还挺好。

　　可第一学期结束前，杰瑞结了婚，占着车，辍了学，去罗比百货找了一份固定工作。这是唯一一次他们之间关系有些紧张。比尔喜欢卡罗尔·亨德森——他认识她有几年了，跟杰瑞认识她的时间几乎一样长——可杰瑞和她结婚之后，两个朋友之间就再也不同往日了。他经常去他们那里，至少一开始是这样——有成家的朋友，让他觉得自己长大了——去吃午饭或晚饭，夜晚去听埃尔维斯·普雷斯利①、比尔·海利和他的彗星乐队②，有几张胖子多米诺③的唱片他也挺喜欢。可每每碰上杰瑞和卡罗尔当他的面开始亲吻，几乎要亲狎起来，他总觉得挺尴尬。有时候，他不得不告辞，独自走去迪松加油站买可乐，因为他们的公寓里只有一张床，一张在客厅正当中展开放着的折叠床。另外一些时候，杰瑞和卡罗尔会腿腿相缠跌跌撞撞地直往卫生间里去，比尔就进到厨房，假装忙着在柜子、冰箱里翻找东西，尽量不去听。

因此他去得不那么勤了，到六月他毕了业，在达瑞果

①埃尔维斯·普雷斯利（Elvis Presley, 1935—1977），美国歌手、演员和音乐人，有"摇滚乐之王"的称号，也被称为"猫王"。
②比尔·海利和他的彗星乐队（Bill Haley & His Comets），1952年由"摇滚乐之父"比尔·海利组建，美国著名摇滚乐队。
③胖子多米诺（Fats Domino, 1928—2017），美国R&B和摇滚钢琴家、创作歌手。1986年入选摇滚名人堂，1987年获格莱美终身成就奖。

德牛奶厂找了份工作，还参加了国民警卫队。只一年工夫，他就有了自己的送奶线路，和琳达·威尔逊的关系也定了下来，琳达是个干净利落的好姑娘。他和琳达一个星期左右去一回罗伯茨家，喝喝啤酒，听听音乐。卡罗尔和琳达相处得不错。当卡罗尔私下跟比尔说，她认为琳达"真是好样的"，比尔觉得很受用。杰瑞也喜欢琳达。"她是个很棒的小妞。"他告诉比尔。

比尔和琳达结婚时，当然，由杰瑞做伴郎。后来在唐纳利酒店举行的喜宴上，有点旧日重来的意思，比尔和杰瑞一起欢闹，彼此勾肩搭臂，将一杯杯潘趣酒一饮而尽。可有一回，正在兴头上，比尔看着杰瑞想，他看上去多显老啊，比二十二岁要老多了。他的发际线开始后退，跟他父亲一样，臀部也肥了起来。他和卡罗尔有两个孩子，而她又怀上了。他还在罗比百货，眼下已是副经理。喜宴上杰瑞喝醉了，先是和两个伴娘调情，又想跟一个男迎宾打架。卡罗尔不得不在他把事情闹大前，开车载他回家。

他们每隔两三个星期聚一聚，有时次数会更多些，得看天气。要是天气好，就像现在，他们或许星期天会在杰瑞家聚一聚，烤热狗或汉堡，让孩子们在浅水池里放开手脚耍玩，浅水池是杰瑞从店里一个女收银手里几乎不花分文得来的。

杰瑞有一栋舒适的房子。他住在乡间的一处小山上，可俯瞰纳切斯河。附近零星散着六七户住家，但跟住城里比，他好歹是独门独院。他喜欢请朋友到他家来——替所有孩子洗好澡、穿戴齐、再塞进车里（一辆一九六八年的红色雪佛兰硬顶车），实在太麻烦。他和卡罗尔如今有四个孩子，都是女孩，卡罗尔又怀了孕。生下这个，他们就不想再要了。

卡罗尔和琳达在厨房里洗碗收拾。那是下午三点光景。杰瑞的四个女孩跟比尔的两个男孩正在房子下方近栅栏那一角玩闹。他们有一只大红塑料球，它被不停地扔向浅水池，水花四溅，孩子们大呼小叫。杰瑞和比尔坐在露台的草地躺椅上，喝着啤酒。

主要是比尔在说话——说他俩都认识的人，达瑞果德的头儿们在波特兰总部上演的权力游戏，还有他和琳达想买的那辆四门庞蒂亚克卡特琳娜。

杰瑞偶尔点点头，可大多数时候只是盯着晾衣绳或车库愣神。比尔想他准是情绪低落了，不过他已注意到从去年以来杰瑞就愈发深沉。比尔在椅子里动了动，点上一支烟，终于开口道："哪里不对劲了，哥们儿？"

杰瑞喝完啤酒，顺手捏扁了啤酒罐。他耸耸肩。"你说咱们出去一会儿怎么样？开车转转，再停下喝罐啤酒。天哪，每个星期天都这么一坐一整天，人都要坐蔫儿了。"

"我看不错。行啊。我去告诉女人们我们出去一趟。"

"就我俩，记着。老天，别全家出动。就说我俩去喝杯啤酒什么的。我在车里等你。开我的车。"

他俩很久没一起做点什么了。他们沿着纳切斯河高速公路往格利德开，杰瑞开车。天气温暖，阳光明媚，风穿过车内，拂上他们的脖子和手臂，十分惬意。杰瑞咧嘴笑了。

"我们去哪里？"比尔说。看到杰瑞情绪高涨起来，他感觉就好了很多。

"你说我们去老瑞里那里轮番打几局如何？"

"好啊。嘿，哥们儿，我们很久没一起这么玩啦。"

"人得常出门，不然就要蔫儿了。懂我意思吗？"他朝比尔看着，"光干活没乐子是不行的。你懂我的意思。"

比尔吃不准。他乐意在星期五晚上和厂里的伙计们一起参加保龄球联谊会；他也喜欢每星期有那么一两回，下班后和杰克·布罗德里克一起去哪里歇个脚、喝几罐啤酒，可他也爱待在家。不，他不会那样说，说他感到蔫儿了。他瞅了一眼自己的手表。

"还没倒闭啊，"杰瑞说着，将车开上格利德娱乐中心前面的碎石子道，"以前时常来这里，你知道，可我有一年左右没踏进门了。不再有时间了。"他啐了一口。

他们往里走，比尔替杰瑞扶着门。杰瑞走过他身边时，照着他肚子轻轻捶了一拳。

"嗨——小伙子们！你们过得怎么样？我都不记得多久没见你们喽。你们都躲哪去了？"瑞里从柜台后绕出来，龇牙咧嘴地笑着。他是个光头大汉，穿着一件印花短袖 T 恤，没掖进牛仔裤里。

"嘿，少废话老头儿，来两罐奥林啤酒，"杰瑞说着，朝比尔眨了眨眼，"你怎么样？"

"不错，不错，还不错。小伙子们，你们过得怎么样？你们都躲哪去了？外头搭上谁了？杰瑞，上次我见你，你老婆怀孕六个月了。"

杰瑞站在那里，眨眨眼。"是多久前，瑞里？有那么久吗？"

"来罐奥林怎么样？"比尔说，"你跟我们喝一杯吧，瑞里？"

他们在靠窗的高凳上坐下。杰瑞说："你这里算个什么地方，瑞里，星期天下午居然连个女孩都见不着。"

瑞里哈哈笑起来。"我恐怕是人不够，兜不过来啊，小伙子们。"

他们每人喝了五罐啤酒，花两个小时玩了三局轮番撞球、两局斯诺克。瑞里没有事情要忙，便绕出柜台，坐上高凳，跟他们聊天，看他们打台球。

比尔时不时瞅瞅自己的手表，然后再看看杰瑞。最后他终于说："你觉得我们现在是不是该走了，杰瑞？我的意思是，你觉得怎样？"

"行，好吧。我们喝完这罐，就走。"杰瑞很快就喝空了他那罐，摁扁，又在高凳坐了片刻，手里转动着罐子。"再会喽，瑞里。"

"回头再来，小伙子们，听见了吗？悠着点儿。"

回到高速公路上，杰瑞有点野了——一阵阵地，车突然加速至八十五到九十英里之间——可路上毕竟还有其他车辆，从公园和山上回来的人，他最多也就只能满足于偶尔超个车，之后以五十英里的时速随大流慢慢开。

看见两个骑自行车的女孩时，他们刚超了一辆载着家具的旧皮卡。

"看那儿！"杰瑞说着减了速，"我倒是可以上一上。"

他超过去，可两人都扭回头看。女孩望见他们，笑了笑，继续沿路肩骑车。

杰瑞又往前开了一英里，在公路的宽阔地带停下来。"咱们回去吧。咱们去试试。"

"天哪。嗯，我说不好，哥们儿。我们该回去了。再说那俩妞儿还太小。嗯？"

"年纪已经大到会来月经，大到会……你知道那句俗话是怎么说的。"

"是，可我说不好。"

"妈的。咱们就跟她俩玩玩，逗她们一下而已。"

"好吧，没问题。"他瞄了一眼手表，又望望天空，"你去搭话。"

"我！我开车。你搭话。再说，她们在你那边。"

"我说不好，哥们儿。我生疏了。"

杰瑞掉转车头时摁了下喇叭，按原路往回开。

和女孩们的位置差不多平齐时，他放慢了车速，把车开到她们对面的路肩上。"嗨，你们去哪里？要不要搭车？"

女孩彼此瞧了瞧，嘻嘻一笑，仍继续骑车。靠路边骑的那个女孩，十七八岁的样子，黑发，俯身骑车的模样修长且窈窕。另一个女孩差不多年纪，矮小些，浅色头发。她俩都穿着短裤和挂脖背心。

"骚货，"杰瑞说，"咱们会搞上手的。"他等着路上车辆开过去好掉头。"我要那个黑发的，你要小个子的。定了？"

比尔在前座椅背上蹭蹭背脊，扶了扶墨镜的鼻梁架。"见鬼，反正我们是在浪费时间——她们什么都不会干的。"

"别呀，哥们儿！我的天，别还没上就泄了气。"

比尔点上一支烟。

杰瑞开车穿过公路，一两分钟内就跟在女孩们的身后了。"得，干你的吧，"他对比尔说，"现在施展你的魅力，替咱俩把她们骗到手。"

"嗨，"他们的车在女孩们的边上慢吞吞开着时，比尔说，"我叫比尔。"

"那挺好。"黑发说。另一个女孩嘻嘻笑起来，黑发也跟着笑了。

"你们去哪里？"

女孩们没搭理。小个子吃吃笑。她们继续骑车，杰瑞慢吞吞地在她们边上开着车。

"嘿，得啦。你们去哪里？"

"不去哪里。"小个子答道。

"不去哪里是哪里？"

"就是不去哪里。"

"我把名字告诉你们了。你们的呢？他叫杰瑞。"

女孩彼此看了看，又嘻嘻笑了。她们一直在骑车。

一辆车从后方开过来，司机一个劲地摁喇叭。

"啊，闭嘴！"杰瑞说。不过，他还是将车往路肩上偏了偏，过了片刻，那辆车的司机见机超过他们，加速开走了。

他们又赶上那俩女孩。

"让我们捎你俩一程吧，"比尔说，"你们想去哪里，我们就送你们去哪里。一言为定。骑那自行车你们一准累了。你们看上去就很累。锻炼得太过对你们不好，你们懂的。"

女孩们嘻嘻笑。

"得啦，说说你们叫什么名字。"

"我叫芭芭拉，她是莎伦。"小个子说。她又嘻嘻一笑。

"好，有进展，"杰瑞跟比尔说，"再问她们去哪里。"

"女孩们，你们要去哪里？芭芭拉……你去哪里啊，芭比？"

她嘻嘻笑。"不去哪里，"她说，"就沿这条路走。"

"沿这条路走去哪里？"

"要我告诉他们吗？"她跟另一个女孩说。

"我无所谓。说不说都一样；反正我是不会跟他们去任何地方的。"

"嗯，我也不会，"她说，"我不是那意思。"

"妈的。"杰瑞说。

"你们去哪里？"比尔又问，"你们是去画岩风景区吗？"

女孩们哈哈大笑。

"她们就是去那里，"杰瑞说，"画岩风景区。"他稍稍加了点速，拐上女孩们前面的路肩，停下车。这样一来，她们要想骑过去，非得经过他这边不可。

"别那样，"杰瑞说，"得啦，上来吧。我们都介绍过彼此了。到底怎么回事？"

女孩们只是笑着骑走了，听见杰瑞说"得啦，我们又不咬人"便笑得更厉害了。

"我们怎么知道？"小个子扭头喊道。

"相信我，妹妹。"杰瑞压低嗓门说。

黑发女孩回头睃了一眼，碰上杰瑞的视线，她一蹙眉，移开了目光。

杰瑞又开回公路上，后轮溅起碎石和尘土。"咱们回头见。"他们加速经过时，比尔喊道。

"到手了，"杰瑞说，"瞧见那骚货给我的眼神没？我告诉你，我们这是搞定了。"

"我说不好，"比尔说，"也许我们该赶回家去。"

"不行不行，我们搞定了！相信我。"

到画岩风景区时，他们驶离公路，停在一片小树林下。高速公路在这里分岔，一条道通往亚基马，另一条——是主道——通向纳切斯，思努克劳，奇诺克通道和西雅图。离公路一百码开外，是一座陡峻的黑岩岗，是丘

145

陵的山麓部分，其间散布着小径和洞穴，有几处洞穴的岩壁上零零落落可见印第安人画下的符号。岩岗陡峻的那侧，面对高速公路，上有标牌和告示，诸如：纳切斯67——格利德野猫——耶稣救助——击败亚基马，大多是用红漆或白漆写的七歪八扭的蠢笨字迹。

他们坐在车里吸烟，望向高速公路，听着小树林间偶有啄木鸟的嗒嗒声。几只蚊子飞进车内，绕着他们的手和胳膊嗡嗡飞舞。

杰瑞调着收音机，想听听什么，直给了仪表板一巴掌。"巴不得这会儿再来它一罐啤酒！妈的，我真想来一罐。"

"是啊，"比尔说，他看看手表，"快六点了，杰瑞。我们还要等多久？"

"天啊，她们随时都会到。她们到了要去的地方总得停下来，是不是？我赌三美元——口袋里就这么多——她们两三分钟内就到。"他冲比尔努努嘴，顶了顶他的膝盖。接着他开始拍打操纵杆的把手。

女孩们出现在视线里时，她们在高速公路的另一侧，对着来往的车流。

杰瑞和比尔下了车，倚在车子的前挡泥板上，候着。

女孩们拐下路肩，到小树林这边时，她们看见了这两个男人，开始加速踩踏板。因为使劲蹬车，那个小个子的身体从车座上轻轻抬起，还嘻嘻笑着。

"记着，"杰瑞说着，离开车边开始往外走，"我要黑发的，你要小个子的。"

比尔停下来。"我们要怎么样？哥们儿，我们最好小心点。"

"见鬼，我们就找点乐子。我们让她们停下来，聊一聊，就这么回事。谁会在乎？她们不会说什么的；她们正乐着呢。她们就喜欢别人注意到她们。"

他们开始往峭壁那里闲逛。女孩们下了自行车，开始从其中一条小道往上跑。她们的身影消失在一个拐角处，跟着又在更高的地方出现，她们在那儿停下来，往下看。

"你们干吗跟着我们？"黑发冲下面喊道，"啊？你们要干什么？"

杰瑞没回答，径直往那条道上走。

"我们跑吧，"芭芭拉说，她还在笑着，有些喘不过气，"快。"

她们转身，开始小跑着往上爬。

杰瑞和比尔则以步行的速度往上走。比尔还抽着烟，走十来步就停下来吸上一大口。他开始希望自己此刻是在家里。天气依旧温暖、明亮，但头顶上方的岩石和树木在他们面前的小道上投下的阴影开始拉长了。小路回转处，他扭头看去，最后看了一眼他们的车。他没意识到他们已经爬了那么高。

"快，"杰瑞喝道，"你跟不上吗？"

"我这就来。"比尔说。

"你往右，我直接上。我们堵住她们。"

比尔拐向右边，他继续爬着。他停了一下，坐一坐喘口气。他既看不见他们的车，也看不见高速公路。他的左边，可以望见纳切斯河，如一条缎带，绕着一片微缩的白云杉林闪闪发光。他的右边，可以俯瞰山谷，望见齐整地依傍着山峦的苹果园、梨园，沿山脊往下铺展，泻入谷地，时有寥落的房屋，时有车辆反射着夕光，在小路上忽闪忽闪移动。一切都相当安宁与静谧。他坐了片刻后站起来，手往裤子上擦了擦，沿着小道又开始爬。

他往上走了一段，接着小道往下斜，左拐，向山谷伸去。当他绕过一道转弯处，他见那两个女孩蹲伏在一块凸岩背后，往下朝另一条小道张望。他停下脚，想轻松地点支烟，可有点吃惊地看到自己的手指在发抖，接着他尽量装作漫不经心的样子，朝女孩们走去。

她们听见岩石在他脚下发出的响动，猛地扭头见了他，跳起来，小个子尖叫一声。

"得啦，等等！咱们坐下说吧。我走累了。嗨！"

杰瑞听见说话声，沿小道慢跑过来，也出现了。"等等，妈的！"他想截住她们的去路，但她们掉头朝另一个方向冲去，小个子尖叫着，还咯咯笑，她们俩光着脚丫从比尔前面的页岩和泥地上跑过去。

比尔心想，不知道她们把鞋留在什么地方了。他往右边挪去。

小个子猛一转弯，直往山上去；黑发转了一圈，顿了顿，然后朝一条沿山侧通往谷地的下行小道跑去。杰瑞追她而去。

比尔瞅了一眼手表，接着在一块岩石上坐下，摘下墨镜，又望了望天空。

黑发继续跳着，跑着，直到碰上一处洞穴，上方是块巨大的悬石，洞内的一切都藏在森森阴影里。她尽可能往深处爬，坐下垂着头，大口大口喘着气。

过了一两分钟，她听见他沿小道过来。到了那块悬石，他停下脚。她屏住呼吸。他拾起一块页岩，抛进黑暗中。石头砸中她脑袋上方的洞壁。

"喂，你想干吗——砸出我的眼珠子来？别扔石头！你这个混蛋！"

"想来你可能躲在里头。举起双手快出来，不然我就进去抓你。"

"等等。"她说。

他跃上悬石下的一小块凸岩，朝黑暗里瞅。

"你想干吗？"她说，"你别来缠我们，行不行？"

"嗯，"他说，盯着她看，眼睛慢慢从上到下打量她的身体，"那你别跑，我们就不缠。"

她走近他，猛地一下想溜走，可他伸出一条手臂撑在岩壁上，挡了她去路。他撇嘴一笑。

她撇嘴一笑，然后咬住嘴唇，想从另一边走开。

"你知道，你笑起来挺招人疼。"他想抱住她的腰，但她一扭身，摆脱了他。

"好了！住手！放我走。"

他又挪到她面前来，用手指碰了碰她乳房。她打掉他的手，他一把握住她乳房，使了狠劲。

"哦，"她说，"你伤着我了。求你，求你。你伤着我了。"

他松了手，但没放她走。"好吧，"他说，"我不伤害你。"说完便让她走了。

她一把将他推了个趔趄，躲过他跃上小道，往下飞跑。

"你他妈的，"他吼道，"回来！"

她跑上右边一条小道，又开始往上爬。他在一丛杂草上脚一滑，摔了个跟头，跌跌撞撞爬起来，又开始追。接着她拐上一条很狭窄的山间隘道，一百英尺长，小道尽头可见亮光和山谷。她跑着，赤裸的脚丫跳跃在石头上啪啪作响，在他自己粗哑的喘气声之上回荡。到了小路尽头，她回头喝道："别缠着我！"声音是颤抖的。

他没搭腔。她一转身，又不见了。等他到了隘道尽头，抬头往上看，见她手膝并用，一个劲地继续往上攀。他们在山谷这侧，她正朝一个小山顶攀爬。他知道要是让她爬上去了，他可能就得不了手了；可他再也爬不动了。他聚起浑身力气，手抓着岩石和杂草，爬上了那山侧，他的心脏怦怦狂跳，呼吸急促。

她刚爬上山顶，他拽住了她的脚踝。他们同时爬上了那块小高地。

"你他妈的。"他嗫嚅着说。他还捏着她的脚踝，她用另一只脚使劲猛踹他脑袋，踹得他耳朵嗡嗡响，眼迸金星。

"狗，狗崽子。"他眼泪直流。他扑倒在她大腿上，揪住她手臂。

她想用膝盖顶他，但他稍微一侧身，将她摁倒。

他们那样倒在那里喘了一阵。女孩的大眼睛来回转动着，满是惊恐。她不停地摇头，咬嘴唇。

"听着，我会放你走。你要不要我放你走？"

她立刻点点头。

"那好，我会的。首先我还是想要。懂不懂？别给我惹麻烦。嗯？"

她躺着没吭气。

"嗯？嗯，我说的？"他摇晃她。

过了片刻，她点点头。

"好。好。"

他放开她手臂，欠起身，开始摸索她的短裤，想拉开拉链，将短裤扯下她的臀部。

她动作迅捷，捏紧拳头照他耳朵擂去，同时侧身一滚。他向她扑过去。她大叫起来。他骑在她背上，把她的脸往地上摁。他一直卡着她的后脖颈。过了一会儿，见她不再挣扎，他开始扯下她的短裤。

他站起来，背对着她开始掸衣裤上的尘土。等他再去看她时，她坐了起来，盯着有擦痕的地面，揉了揉额前的几缕散发。

"你会告诉别人吗？"

她没吱声。

他舔舔自己的嘴唇。"我但愿你不会。"

她身体前倾，哭了起来，很轻，一只手背遮着脸。

杰瑞想点烟，可他把火柴盒弄掉地上了，他没去捡，便抬腿离开那地方。可他接着又停下脚，回头看去。有一瞬间，他弄不清楚自己刚才在那里干了什么，那女孩又是谁。他不安地朝山谷看了看，此刻，夕阳正徐徐沉入山岭。他感觉迎面吹来一阵微风。山谷正在合拢，合拢山脊、岩石、树林落在大地上那一页页的阴影。他又望向那女孩。

"我说我但愿你不会说出去。我……天哪！我很抱歉，我真的很抱歉。"

"走……走开。"

他走近她。她正要站起。就在她刚跪起一条腿时，他飞快上前一步，举起拳头冲她脑袋一侧揎去。她尖叫一声扑倒在地。她再想站起来时，他捡起一块石头，猛地砸向她的脸。他确实听见了她牙齿和骨头的碎裂声，鲜血从她唇间流淌出来。他丢下石头。她重重地倒在地上，他在她身侧蹲下。见她身体开始蠕动，他又捡起那块石头，又砸她，砸后脑勺，这次没那么狠。之后他丢下石头，碰碰她的肩。他开始摇晃她，不一会儿他又将她翻过身来。

她眼睛睁着，呆滞，她迟缓地摆动着自己的头，舌头艰难地在嘴里转动，像要把血、把碎牙吐出来。她脑袋一左一右地摆动，眼睛死盯住他，之后又滑走。他站起来，走出几步，又折回来。她想坐起来。他跪下去，双手摁住她的肩，想再叫她躺倒。但他的手滑至她脖颈，开始掐她喉咙。可他没能掐断她的气，只掐到他一松手，粗气便从她的气管里猛溢出来。她倒下去，他站起来。他弯

154

腰搬动地上一块大石头。他举起石头，举到眼睛的高度，随后又举过头顶，尘土从岩石底部扑簌簌落下。随后，他放了手，石头砸向女孩的脸。声音就像在掴耳光。他又搬起那石头，尽量不去看她，又一次丢下。接着，他又搬起石头。

比尔好不容易走过了那条山间隧道。已经很晚了，几近傍晚。他见有人往山上跑，便转身顺原路返回，向另一条比较好走的道走去。

他赶上了那小个子，芭芭拉，但也就这样了；他没想去亲她，更不用说其他了。他实在没那想法。不管怎样，他有点怕。也许她愿意，也许她不愿意，可他要拿太多东西去冒险了。她此刻到了山下的自行车那儿，等她朋友。不，他只想和杰瑞汇合，趁还不太晚马上打道回府。他知道琳达要冲他发火，另外，她可能也急得发疯。太晚了，他们几个钟头之前就该回家了。他愈发不安，到山顶的最后那几步，他是飞跑上去的，到了那个小高地。

他同时看见他们二人，杰瑞站在女孩边上，举着石头。

比尔感觉自己在收缩，变得单薄、失重。同时，他又有种顶着狂风的感觉，狂风正掴着他耳光。他想挣脱开去，跑，跑掉，但有什么东西向他移来。那黑影走过岩石投下的阴影时，岩石的阴影和下方的一切都跟随着那黑影移来。在角度怪异的光影之下，大地似乎移了位。他不合情理地想到山脚下汽车旁那两辆等待着的自行车，似乎弄走一辆就会改变这一切，会在他登上山顶那一瞬，让那女孩停止出现在他眼前。可杰瑞此刻正站在他眼前，松松垮垮地挂在衣裤里，像被抽走了骨头。比尔感觉到他们彼此的身体是那么近，不到一臂。接着，那颗脑袋耷在了比尔肩头。他抬起一只手，开始轻拍、抚摸另一人，就好像现在分开他们的那段距离至少值得他这么做，而他的眼泪就这么落了下来。

倘若这样叫你们高兴

　　伊迪丝·帕克一只耳朵戴着耳机听磁带，一边抽着一支他的香烟。电视开着，但静了音，她盘腿坐在沙发上，翻看一份新闻杂志。詹姆斯·帕克走出那间被他改作办公室的客房。他穿着尼龙风衣，看见她，他显得很惊讶，然后是失望。她看到他便取下耳机。她将香烟搁在烟灰缸里，用穿着丝袜的一只脚朝他勾了勾脚趾。

　　"宾果①，"他说，"今晚我们还去不去玩宾果？我们要迟到了，伊迪丝。"

　　"我去的，"她说，"当然去。我想我被吸引住了。"她喜欢古典音乐，而他不喜欢。他是会计，退休了，仍替些老客户报税，他今晚一直在忙。她不想放她的音乐，那样

----
① 一种赌博游戏。玩家须购买标有数字的宾果卡牌，每张卡牌数字随机。游戏开局后，报号者随机抽取号码，玩家持有的宾果卡牌上号码可连成一线时即为中奖，须大喊一声"宾果"。

他会听见，会受到干扰。

"要是我们去，这就得走。"他说。他望了一眼电视，走过去将它关了。

"我去的，"她说，"先让我用一下卫生间。"她合上杂志站起来，"莫急莫急，亲爱的。"她说着，笑了笑。她走出房间。

他去查看后门是否锁上，走廊灯是否打开，随后回来在客厅里站着。去社区中心开车要十分钟，他看得出他们要错过第一场游戏了。他喜欢准时，就是说提前几分钟到，那样他就有机会跟上个星期五晚上后再没见过的人打声招呼。他喜欢一边给一次性热饮杯中的咖啡加糖、搅拌，一边跟弗里达·帕森斯开几句玩笑。她是负责俱乐部星期五之夜宾果游戏的女人之一，平常工作日，她给镇上唯一一家杂货店看柜台。他喜欢早些到，时间宽裕些，那样他和伊迪丝就能从弗里达手上买好咖啡，占好最后那张靠墙的桌子。他喜欢那张桌子。几个月来，他们每个星期五晚上都坐那张桌子。去那里玩宾果的第一个星期五晚上，他就赢了四十美元的头奖。之后他告诉伊迪丝他从此上钩了。"我一直在寻找另一个坏癖。"他咧嘴笑着说。每张桌上都码着几十张宾果牌，你得挑拣一遍，找出你想要的、可能会赢钱的牌。然后你坐下，从桌上的碗里抓一把白豆子，等待游戏开局，等待妇女俱乐部的头儿，仪态万方的银发埃莉诺·本德开始转动她那装有标着数字的扑克筹码的筐子，开始喊号码。占好你的桌，挑好你的牌，那就是你得提早到那里的真正理由。你有你的意中之牌，牌上的数字排列比另一些牌上的更中你的意，你甚至觉得每个星期你都认得出它们来。鸿运牌，也许吧。所有牌的右上角都印着编码，要是你以前曾在某张牌上赢过宾果，或者差一点就赢了，或者你就是对某些牌中意，你早早去那里，把那堆牌翻一遍，找到你的牌。你开始把它们唤作你的牌，你会一个星期接一个星期地，寻找它们。

伊迪丝终于从卫生间出来了。她脸上有一种困惑的表情。他们不可能准时到达了。

"怎么回事？"他说，"伊迪丝？"

"没什么，"她说，"没什么。嗯，我看上去怎么样，吉米？"

"你看上去挺好。老天，我们只不过去玩宾果游戏，"他说，"反正那里的每个人你差不多都认识。"

"正是，"她说，"所以我想看起来漂亮点。"

"你挺漂亮的，"他说，"你向来挺漂亮。现在我们可以走了吗？"

社区中心附近的街上似乎泊着比往常更多的车。他停车的老地方停着一辆旧面包车，车身涂着迷幻风格的标记。他只得继续往前，一直开到街区尽头，再拐回来。

"今晚好多车。"伊迪丝说。

"要是我们早点来，就不至于这么多。"他说。

"照样会这么多，只不过我们看不到而已。"她玩笑地纠正道。她捏了捏他的袖管。

"伊迪丝，要是打算玩宾果，我们应该尽量准时到，"他说，"人生第一要则，准时到达你要去的地方。"

"嘘，"她说，"我觉得今晚要发生点什么事。你等着瞧好了。我们整晚会连连中头奖。我们会破了他们的财。"她说。

"这话中听，"他说，"我称之为胸有成竹。"他终于在街区的尽头找到一个车位，停了进去。他熄了火关上车灯。"我说不准今晚我是不是有感觉会走运。我想今晚早些时候，我在替霍华德报税时，有那么五分钟我感觉会走运，可眼下我不觉得。要是只为玩玩宾果我们非得走上半英里，那可不算走运。"

"紧跟着我，"她说，"我们会干得不错。"

"我不觉得运气会好，"他说，"锁上你那边的车门。"

他们开始步行。起了冷风，他把风衣拉链直拉到脖颈处。她裹紧了自己的外套。他听得见社区中心的背面之下，海浪拍打悬崖底部礁岩的声响。

她说："吉米，进门前给我一支你的烟。"

他们在拐角的街灯下停脚。吊着老街灯的电线在风里摇摆，街灯的光影让他们投在人行道的影子来来回回地晃动着。他都看得见街那头社区中心的灯光了。他拢起双手，握着打火机替她点烟。之后他给自己点上。"你什么时候戒？"他说。

"等你戒的时候，"她说，"等我准备戒的时候。也许就像你那次准备戒酒一样。某个早晨我醒过来，就戒烟了。就那样。就像你。我会再找个爱好。"

"我可以教你织毛线。"他说。

"我估计我没那耐心，"她说，"再说，家里有一个织毛线的就够啦。"

他笑了笑。他挽起她的胳膊，他们又继续往前走。

他们踏上社区中心前的台阶时，她扔掉手里的烟，踩了它一脚。他们跨上台阶，进了门厅。厅里有张沙发，边上一张疤疤疥疥的木桌，几把折叠椅。墙上挂着老照片，照的是些渔船，还有一艘军舰，一艘一战前的海军舰艇，它在海岬那边翻了船，被冲到小镇下面的沙滩上。有张一直让他感兴趣的照片，上面是退潮时底朝天地扣在岩石上的一条小舟，一个男人站在龙骨上，朝相机挥着手。那儿还有一幅装在橡木框里的海图，几幅会员们画的乡野风景油画：画的是一个湖泊、一片树林后起伏的山岭，和几幅海上日落图。穿过门厅走进大厅时，他又挽起了她的手臂。进门右侧的一张长桌后，坐着几个俱乐部的女人。大厅里还摆了三十来张桌子，桌边有折叠椅。椅子上大都坐了人。大厅的最远端是个舞台，圣诞节节目就在那里上演，有时还有业余话剧表演。宾果游戏正在进行中。埃莉诺·本德拿着麦克风，正喊着号码。

他们没停下去买咖啡，而是贴着墙径直往后，往他们的桌子那儿快走。大家都埋头于桌上。没人看向他们。大家都只顾着看自己的牌，等着下一个号码被喊出。他领着她直朝他们的桌子走，不过今晚既然已经这样开了头，他知道他们的老座位肯定有人占了，他果然没料错。

那是对嬉皮士，看清时叫他吃了一惊，一个男人，一个年纪很轻的女人，说实在的还只是个女孩。女孩穿着褪色的旧牛仔装，夹克和裤子，一件男式的牛仔衬衫，戴着戒指、手链，还有她一动就直晃悠的长耳环。她此刻正在动，她转向身边穿着鹿皮夹克的长发男，指指他面前纸牌上的一个号码，掐了掐他手臂。那男的头发往后在后脑勺那儿一把扎起，脸上还留有一束乱糟糟的头发。他戴了一副钢架边眼镜，一只耳朵穿了枚小金环。

"该死。"詹姆斯说着，停下脚来。他领着他俩走到另一张桌边。"这里有两把椅子。我们只好坐这桌碰碰运气了。嬉皮占了我们的位置。"他冲那个方向横了一眼。他脱下风衣，再帮伊迪丝脱下她的外套。然后他坐下来，又朝占了他们座位的那俩人看过去。听见喊号码，女孩先扫了一遍自己的牌。接着她就凑向旁边那毛发拉碴的嬉皮男，扫一遍他的牌，詹姆斯觉得，就好像她担心他的智力不够用，不懂得点他自己牌上的数字。詹姆斯从桌上拿起一沓宾果牌，分给伊迪丝一半。"给你自己挑几张能赢的牌，"他说，"我就挑最上面的三张。我感觉今晚我挑什么牌都无所谓。我觉得今晚运气不会好，我没法改变这种感觉。那两人见鬼似的跑这里来干吗？要我说，这里可不是他们的地儿。"

"别在意他们，吉米。"她说，"他们没伤害人，只不过年纪轻轻，仅此而已。"

"这是为本社区居民例行举办的星期五宾果之夜，"他说，"我不懂他们想来干吗。"

"他们想玩宾果，"她说，"不然他们不会在这里。吉米，亲爱的，这是个自由的国家。我以为你想玩宾果。我们这就来玩，好不好？这里，我挑好我要的牌了。"她把一沓牌还给他，他将它们和其他他们不会用的牌放到桌子中央。他留意到嬉皮面前有一堆挑剩的牌。哎，他是来玩宾果的，老天在上，他真的是来玩的。他从碗里捞了一把豆子。

牌价是一张二十五美分，或三张五十美分。伊迪丝要了三张牌。詹姆斯从一卷他特意为此准备的纸币中抽出一张一美元来。他把钱挨着他的牌摆好。过几分钟，俱乐部

164

女人中的一个，一个头发带点蓝色、脖上长了一块斑的瘦女人——他只知道她叫艾丽丝——会拿一只咖啡罐一路过来，取走五美分、十美分、二十五美分硬币，一美元纸币，需要时从罐子里找零头。这个女人或者另一个叫贝蒂的女人，负责收钱和发奖。

埃莉诺·本德喊出"I-25"大厅中央的某张桌边，一个女人叫道："宾果！"

艾丽丝从桌与桌之间绕过去。埃莉诺·本德念出中奖号码时，艾丽丝弯腰去看那女人的牌。"是宾果。"艾丽丝说。

"那宾果，女士们先生们，值十二美元，"埃莉诺·本德说，"恭喜你！"艾丽丝数出几张纸币给那女人，含糊一笑走开了。

"请准备，"埃莉诺·本德说，"下一盘游戏两分钟后开始。我这就叫幸运号码转起来。"她开始转动那个装着扑克筹码的筐子。

他们白玩了四五盘游戏。有一回，詹姆斯的一张牌差一点就赢了，只差一个数字就宾果了。然而埃莉诺·本德连叫五个数字，没一个是他的，哪怕大厅里还没人中并喊宾果前，他就已经知道她不会叫出他需要的数字。他吃准了，他要的数字，她不会叫。

"你刚才差一点就赢了，吉米，"伊迪丝说，"我一直在看你的牌呢。"

"差一点又不算，"他说，"倒不如差十万八千里。她在逗我，就这么回事。"他竖起那张牌，让豆子滑入手心。他握起手攒成拳。他挥了挥拳中的豆子。他想起一个朝窗外扔豆子的孩子来。那事好像和狂欢节或市集有关。还有一头奶牛，他想。记忆从遥远的过去向他走来，不知怎的令他心烦。

"继续玩吧，"伊迪丝说，"好事会降临的。换换牌，也许。"

"这几张牌和其他牌都一样，"他说，"只不过今晚不是我的夜晚，伊迪丝，就这么回事。"

他又朝嬉皮那儿望去。嬉皮男说了什么，弄得他俩哈哈大笑。他能看见女孩在桌下摩挲他的腿。他们根本就不在意大厅里的其他人。艾丽丝一路过来收下一盘游戏的钱。可就在埃莉诺·本德喊出第一个号码时，詹姆斯刚巧又朝嬉皮那方向睃了一眼。他看见嬉皮男把一粒豆子放在一张他没付钱的牌上，那张牌本该归在那沓被挑剩的牌里。但它摆放得嬉皮男不但看得见，还可混在他的其他牌里一起玩。埃莉诺·本德又喊了一个号码，嬉皮男在那张牌上又摆上一粒豆子。随后他将牌拢到自己跟前，意思是在玩它。詹姆斯对这一举动甚为惊诧。接着他就愤怒了。他没法专心玩自己的牌了。他不断抬头瞄嬉皮男在干什么。似乎别人都没注意到。

"詹姆斯，看你自己的牌，"伊迪丝说，"注意你的牌，亲爱的。你错过了一个三十四。这里。"她把自己的一粒豆子放在他的牌上。"留神，亲爱的。"

"那边那个占了我们位置的嬉皮，在作弊。是不是太过分了点？"他说，"我不敢相信自己的眼睛。"

"作弊？他干了什么？"她说，"玩宾果他怎么作弊，吉米？"她朝周围看看，有点茫然，像是她忘记了嬉皮坐在哪里。

"他在玩一张没付钱的牌，"他说，"我看得出他在这么干。天哪，真是无所不用其极。一盘宾果游戏！该有人去告发他。"

"不是你，亲爱的。他又没害我们，"伊迪丝说，"这么多牌这么多人，不就是多一张少一张牌的事。他想玩多少就让他玩去好了。这里还有人玩六张牌呢。"她说得慢吞吞的，眼睛尽量管顾自己的牌。她在一个号码上放了一粒豆子。

"可那些牌他们是付了钱的，"他说，"那个我无所谓。不是一回事。这讨厌鬼在作弊，伊迪丝。"

"吉米，别管它，亲爱的，"她说。她从手心里拨出一粒豆子，摆在一个数字上。"让他去。亲爱的，玩你的牌。你把我弄糊涂了，我漏掉一个号码。请玩你自己的牌。"

"作了恶不受惩，我不得不说这宾果游戏太差劲，"他说，"令我厌恶，真的。"

他看起自己的牌来。可他知道还不如放弃这盘游戏算了。如此说来，接下来的所有游戏不如都放弃算了。他的宾果牌上只有寥寥几个号码上放了豆子。他不知道自己到底漏掉多少号码，落后了别人多少。他攥紧豆子。在刚刚报出的数字"G-60"上，他毫无指望地挤上一粒豆子。只听有人一声吆喝："宾果！"

"见鬼。"他说。

埃莉诺·本德提议暂停十分钟，大家起来走动走动。

下半场玩"厥倒"，一张牌一美元，谁赢全归谁。这星期的奖，埃莉诺·本德宣布，有九十八美元。有人吹响口哨，鼓起掌。他朝嬉皮瞥去。嬉皮男摸着自己耳朵上的圆环，四下张望。女孩的手又放在了他的大腿上。

"我得去卫生间，"伊迪丝说，"把你的烟给我。也许你可以去弄一块我们刚才看见的那种挺不错的葡萄干曲奇，再来杯咖啡。"

"好，我去买，"他说，"还有，我发誓，我要换牌，我玩的这几张根本就是晦气牌。"

"我去卫生间，"她说，她将他的烟放入她的手提包，从桌边站起。

他排队等着买曲奇和咖啡。弗里达·帕森斯跟他聊几句轻松话时，他只是朝她稍稍点个头，付了钱便往回走，走到嬉皮士坐着的地方。他们已经买好咖啡和曲奇，正吃着喝着聊着，就像正常人那样。他在嬉皮男的椅后停住。

"我看到你在干什么了。"詹姆斯对他说。

嬉皮男转过身来。他瞪大了镜片后的眼睛。"你说什么？"他说着盯着詹姆斯，"我在干什么？"

"你知道的。"詹姆斯说。女孩子似乎感到了害怕。她举着曲奇，看向詹姆斯。"我用不着跟你说得那么清楚，"詹姆斯冲嬉皮男说，"明白人点到为止，没别的。我看得到你在干什么。"

他走回自己的桌子。他浑身发抖。全世界嬉皮都他妈的滚蛋，他想。碰上这么一件事，就足以让他想喝一杯了。想想看，玩宾果的地方竟会碰上让人想来一杯的事！他将咖啡和曲奇在桌上搁下。接着他抬眼朝嬉皮望去，那边正冲他看过来。女孩也看着他。嬉皮男咧咧嘴。女孩咬了一口曲奇。

伊迪丝回来了。她把香烟递还他，坐了下来。她没吭声。一声不吭。过了片刻詹姆斯回过神来，说道："你什么地方不对头吗，伊迪丝？你没事吧？"他仔细瞅着她，"伊迪丝，出了什么事？"

"我没事，"她说着端起她的咖啡，"不，我想我该告诉你，吉米。可我不想叫你担心。"她啜了一口咖啡，顿了顿，然后她说："我又出血了。"

"出血？"他说，"你是什么意思，伊迪丝？"然而他明白她指的是什么，到了这把年纪，伴随着她说过的那种疼痛，这也许意味着他们最害怕的事情。"出血。"他说得很轻。

"你知道，"她说着拿起几张牌，开始一张张挑选起来，"我出了些经血。哦天哪。"她说。

"我认为我们应当回家。我认为我们最好离开，"他说，"那不是什么好事，是不是？"要是又开始疼痛，他担心她不会告诉他。他之前就该问她，看看她的脸色。这下她得进去了。他知道。

她又挑了些牌，似乎又慌又窘。"不，咱们待着吧，"她停了片刻说，"也许没什么好担心的。我不想叫你担心。我感觉没事，吉米。"她说。

"伊迪丝。"

"我们待着，"她说，"喝你的咖啡，吉米。会没事的，我相信。我们是来这里玩宾果的。"她说着莞尔一笑。

"这是有史以来最糟的宾果之夜，"他说，"我随时都可以走人。我认为我们现在就该走。"

"我们留下来玩'厥倒'，只要四十五分钟左右的时间。这段时间里不可能出什么事。我们来玩宾果吧。"她说，努力显得兴致勃勃。

他咽了几口咖啡。"我不想吃曲奇了，"他说，"你可以吃我的那块。"他清掉刚才玩的那些牌，从没使用的那沓里拿了两张。他火气很大地冲嬉皮望去，好像这新情况该怪到他们头上。但嬉皮男走开了，而女孩背对着他。她把椅子转了个向，正朝舞台方向望去。

他们玩了"厥倒"游戏。他抬头朝嬉皮瞥过一次，嬉皮男还是在干那勾当，玩一张他没付钱的牌。詹姆斯还是认为他应当让别人注意到这件事，但他不能从牌上分神，一张一美元的牌，不能。伊迪丝抿紧了嘴唇。她脸上的表情既可以说拿定了主意，也可以说还担着心。

嬉皮女孩尖叫道"宾果！宾果！宾果！我中了个宾果！"时，詹姆斯的一张牌上还有三个号码要中，另一张有五个要中，那张牌他已放弃。

嬉皮男和她一起又拍手又叫喊。"她中了个宾果！她中了个宾果，伙计们！一个宾果！"他不停地拍手。

埃莉诺·本德亲自走到女孩的桌边去拿她的牌与总表上的号码核对。之后她说道："这位年轻女士刚赢得了九十八美元的头奖。让我们为她鼓掌。为她叫好。"

伊迪丝同其他玩家一起鼓起掌来，然而詹姆斯的手搁在桌上没动。嬉皮男和女孩拥抱了一下。埃莉诺·本德递给女孩一只信封。"你若愿意，不妨点一下。"她微笑着说。女孩摇摇头。

"他们大概会用这钱去买药嗑。"詹姆斯说。

"詹姆斯，拜托，"伊迪丝说，"这是碰机会的游戏。她赢得正正当当。"

"也许她是，"他说，"可她那位搭档倒是费尽心机想把每个人的钱都拿走。"

"亲爱的，你还想玩同样的牌吗？"伊迪丝说，"他们马上要开始下一盘了。"

他们一直待着玩完余下的几盘游戏。他们一直待到最后一盘游戏结束，一种叫"累进"的游戏。那种宾果游戏中，如果没人抽中一组固定号码，每个星期的奖金就不断累积。等到念出最后一个号码时，如果还没人中宾果，那盘游戏就宣告结束，更多的钱——五美元——连同另一个号码，滚入下星期的游戏奖池中。这种游戏第一个星期刚开始时，奖金是七十五美元，号码有三十个。这一星期的奖金是一百二十美元和四十个号码。不叫到四十个号码，不大可能赢宾果；但过了四十个号，你得有随时都会有人赢的心理预计。詹姆斯放下钱，玩起他的牌，既没啥指望也不打算赢。他几乎感到了绝望。倘若嬉皮赢了这盘游戏，他也不会觉得吃惊。

当四十个号码叫完也没人喊赢时，埃莉诺·本德说道："今晚的宾果到此为止。多谢各位光临。上帝保佑你们，若上帝有意，我们下个星期五再见。晚安，周末愉快。"

詹姆斯和伊迪丝随着其他玩家从大厅里鱼贯而出，但他们不知怎么回事竟跟在了那对嬉皮身后，他们俩还在嘻嘻哈哈地谈论着她中头奖的事。女孩拍拍她的外套口袋，又是哈哈大笑。她一条胳膊伸进嬉皮男的鹿皮夹克里，缠着他的腰，手指摸着他屁股。

"让那些人走到前面去，老天，"詹姆斯对伊迪丝说，"他们是灾星。"

伊迪丝没吭声，但随他慢了几步，好让那对儿走到前面去。

"晚安，詹姆斯。晚安，伊迪丝。"亨利·库尔根说。库尔根是个头发灰白的大块头，几年前他儿子在一次划船事故中丧生。不久之后他老婆也跟别人跑了。一段时间后，他开始酗酒，后来便去了匿名戒酒者协会，詹姆斯最初就是在那里认识他，并且听说了他的故事。眼下镇上两家加油站中的其中一家是他的，他有时还替他们修修车。"下星期见。"

"晚安，亨利，"詹姆斯说，"我想是的。可我觉得今晚挺不走宾果运的。"

库根呵呵笑了。"我完全懂你意思。"他说完就走了。

起风了，詹姆斯觉得在汽车引擎发动的轰响之上，他能听见海浪声。他看见那嬉皮男女在那辆面包车跟前停下来。他本该知道的。明摆着的，他该把这两件事联系起来的。嬉皮男拉开他那侧的门，然后伸过手，打开女的那侧的门。他启动面包车时，他们刚巧从路沿经过。嬉皮男一打开车前灯，詹姆斯和伊迪丝的影子便打在了边上房屋的外墙上。

"这个笨蛋。"詹姆斯说。

伊迪丝没回答。她正抽着烟，另一只手插在外套口袋里。他们继续顺着路沿步行。面包车从他们身边经过，到拐弯处换挡后开走了。街灯在风里摇曳。他们一直走到自己的车那儿。詹姆斯先打开她那侧的车门锁，才拐到他自己那侧。他们系上安全带，往家开去。

伊迪丝走进卫生间，关了门。詹姆斯脱去风衣，扔在沙发背上。他打开电视，坐下，等待着。

没过一小会儿，伊迪丝走出卫生间。她什么话都没说。詹姆斯又等了等，尽量让自己的目光停在电视上。她去到厨房，放起了水。他听见她关上了水龙头。过了片刻，她走到厨房门口说："我估计早晨我得去看克劳福德医生，吉米。我估计下面出了事。"她望着他，之后又说，"哦，见鬼，见鬼，倒霉啊，倒霉。"就哭了起来。

"伊迪丝。"他说着向她走去。

她站在那儿摇着头。他伸出双臂去搂她，她捂住脸向他靠去。他抱着她。

"伊迪丝，最亲最爱的伊迪丝，"他说，"上帝啊。"他感到无助和害怕。他站着，双臂搂住她。

她轻轻摇了摇头。"我想我要睡了，吉米。我筋疲力尽，我真的感觉不舒服。明天一早头件事我就去看克劳福德医生。亲爱的，我想不会有什么事的。你尽量不要担心。要是今晚有谁要担心，就让我去担心吧。你可别。你已经担心得够多了。我想不会有什么事的，"她说着摸了

176

摸他的背。"我刚接了水煮咖啡，可我现在要去睡了。我累坏了。因为玩这几场宾果游戏。"她说，试图笑一笑。

"我来把该关的都关了，也去睡觉，"他说，"今晚我也不想熬夜，绝不。"

"吉米，亲爱的，假如你不介意的话，眼下我更愿意一个人待一待，"她说，"这解释不清。只不过眼下我想一个人待一待。亲爱的，也许这没什么道理。你理解的，是不是？"

"一个人。"他重复道。他紧了紧她的手腕。

她抬手捧住他的脸，端详了一会儿他的五官。随后她在他的唇上亲了一下。她走进卧室，打开灯。她回头望了他一眼，然后关上门。

他向冰箱走去。他站在打开的冰箱门前，一边喝番茄汁，一边细看一番亮灯的冰箱内部。寒气迎面扑来。架上摆着小袋子和盒装食物，一只裹在保鲜膜里的鸡，用锡纸整齐包好的剩饭剩菜，所有这一切突然让他感到反胃。不知什么缘故，他想到了艾丽丝，想到她脖子上那块斑，他哆嗦了一下。他关上冰箱门，将最后一口番茄汁吐进水池。然后他漱漱嘴，冲了一杯速溶咖啡，端着它走进客厅，电视还开着。在放一部老西部片。他坐下，点上一支烟。冲荧屏看了几分钟后，他觉得以前看过这电影，几年前。里面的角色似曾相识，他们说的一些话也挺耳熟，就像你在那些看过但忘了的电影里常遇到的那样。接着那主角，一个刚过世的影星，说了一句什么——向另一角色提了个棘手的问题，那角色是个骑着马刚进镇的陌路人；突然间，一切都清晰起来了，詹姆斯知道那陌路人凭空乱诌出来的每一句回答。他知道故事后来会如何发展，可他继续看了下去，而且越看心越悬乎。行进之中的事无法阻止。主角和由平头镇民升任的副警长身上彰显着勇气和坚毅，然而美德不足以平乱。只需一个疯子一把火，就能毁掉一切。他喝完咖啡，吸着烟看电视，一直看到电影以充满暴力的老一套收场。他这才关了电视。他走到卧室门前听了听，但是听不出她是否还醒着。至少门底下没漏出灯光。他希望她已经睡着。他继续听着。他觉得自己多么脆弱，也多么不配啊。明天她要去看克劳福德医生。谁知道他会发现什么呢？她会做几项化验检查。为什么偏偏是伊迪丝呢？他想知道。为什么偏偏是我们？为什么不是别人，为什么不是今晚那俩嬉皮？他们的日子逍遥得像鸟一样，没有责任，对未来无忧无虑。为什么不是他们，或像他们那号的人呢？这事说不通。他从卧室门前走开。他想去外面走走，有时他会在夜里出门散步，可起风了，他能听见房屋背后的桦树树枝咔咔的断裂声。反正，是太冷了，不知为什么，今夜这时候独自出门散步的念头让他觉得沮丧。

他又坐回电视机前，不过没打开它。他抽着烟，想到大厅那头的嬉皮男怎么冲他咧嘴一笑。他走向面包车时那浪荡、倨傲的步态，女孩的手臂还缠着他的腰。他想起巨浪拍岸的声响，他想到此时此刻，夜黑风高，浪涛正滚滚而来，砸碎在海滩上。他想到嬉皮男的耳环，不禁拉了一下自己的耳朵。像嬉皮男那样晃晃悠悠浪浪荡荡，还有一个嬉皮女孩拿手臂缠着你的腰，不知会是什么滋味？他手指顺了顺头发，对这种不公平摇了摇头。他想起那女孩大喊"宾果"时的模样，大家是如何扭过头，羡慕地看到她那么年轻、那么兴奋。要是他们认识她和她的朋友就好了。要是他能告发他们就好了。

他想到躺在床上的伊迪丝，血在她体内流动，汩汩地流，找一处口子流出去。他闭上眼睛又睁开。他早晨要早点起来，给他们做一顿可口早餐。之后，等诊所开门了，她就给克劳福德医生打电话，约定时间去看他，他会开车送她去诊所，坐在候诊室里边等边翻看杂志。差不多到了伊迪丝看完医生有消息时，他猜想，那俩嬉皮云欢雨爱折腾了一整夜之后，胃口大开，大概也要开始吃他们自己的早饭了。太不公平。但愿他们此刻就在这间客厅里，人到中年。他要告诉他们可以预见到什么，他要叫他们搞搞清楚。他会趁他们狂傲得意、嘻嘻哈哈之际，打断他们，告诉他们。他要告诉他们，在戒指和手链、耳环与长发，还有爱来爱去之后，等着他们的是什么。

他站起来，走进客房，拧亮床头的台灯。他瞥了一眼办公桌上的文件、账本和计算器，心头涌上一股沮丧和怒气。他在抽屉里找到一套旧睡衣，开始更衣。床在办公桌对面，房间的另一头，他掀开床罩。可接着，他又回头巡查了一遍房屋，关上每盏灯，确认一遍门锁。四年来第一次，他希望家里有威士忌。今夜需要它，好吧。他意识到今夜他已有两次想要喝酒了，他觉得这叫人泄气，泄气得肩膀都耷下了。在匿名戒酒协会他们是这么说的，不可太疲劳，不可太口渴，不可太饥饿——也不可太得意，也许他会加一条。他站在厨房窗前，望着窗外那棵被大风刮得晃个不停的树。窗户边框咣咣响。他想起社区中心的那些照片，海岬边搁浅的船，但愿今夜海上无事。走廊的灯他没关。他回到客房，从办公桌下拖出他的刺绣筐，在皮椅上坐好。他掀开筐盖，取出紧紧绷着白亚麻布的金属刺绣绷架。他朝灯光举起细针，将蓝丝线的一头穿进针眼。然后他开始接着几晚之前的进度继续绣那个花朵图案。

他刚开始戒酒时，有天晚上在匿名戒酒者协会，一个中年生意人建议他试试做针线活儿，这建议让他发笑。那生意人跟他说，从前花在喝酒上的时间如今闲下来了，不妨去试一试。这话还有另一层意思：他也许会发现白天也罢黑夜也罢，都可以做针线活儿来打发时间，同时还能有种满足感。"坚持织毛线。"那生意人说着眨了眨眼。詹姆斯摇摇头，一笑了之。但在保持清醒了几个星期后，他果真发现自己有了大把换不了钱的闲暇时间，越来越需要替自己的手和脑子找个事做，他问伊迪丝是不是能替他买需要的材料和操作指南。针头线脑的活儿，他从来做不灵光，他的手指也越来越慢、越僵了，可替家里做了枕套和茶巾之后，他又做了几件东西，让他还挺满意。他还做过钩针活儿——给孙子孙女们的帽子、围巾和连指手套。当做完一件作品，不管多么普通，它齐展展摆在自己面前，还是很有些成就感的。他从围巾手套，发展到织小地毯，如今家里每间屋子的地板上都铺着这种小地毯。他还做了两件羊毛披风，去海滩散步时，他和伊迪丝各披一件；他还织了一张阿富汗盖毯，那是他迄今为止最雄心勃勃的项目，这东西让他忙乎了好半年。他每天晚上都编，编出一大堆小方块来，这种每天有事可忙的感觉让他愉快。那张盖毯此刻就盖在伊迪丝身上。夜深时，他喜欢刺绣绷架的手感，喜欢它绷着白布的那种紧实。他顺着花样的边缘，将绣花针在亚麻布上一针进一针出，不停绣着。碰上需要，他就打个细线结，剪去小线头。可这样干了一会儿，他又开始想到那嬉皮，他不得不停下手里的活。怒又从他胆边生起。当然，这是个原则问题。他意识到只在一张牌上作弊，并没增加嬉皮赢的机会，也许有那么一点点吧。他没赢，这是关键，要记牢。你赢不了，没真赢，大事上没赢。他想，他和嬉皮在同一条船上，只不过嬉皮还不知道罢了。

詹姆斯将刺绣活计放回筐子。这么做了之后，他端详了一会儿自己的两只手。然后他才闭上眼睛，想要祷告。他知道今晚若能找到得当的祷语，祷告会让他感到某种满足。自从他努力戒酒以来，他还没祷告过，而且他从未想象过祷告会有什么用，只不过当时那情形，除了祷告似乎没什么他能做的了。那时候他觉得祷告至少不会有害处，即便他什么都不相信，尤其不相信自己有能力戒掉酒。不过有时他做了祷告会感觉好些，他便觉得这是很重要的事。那时，他每天晚上都祷告自己要记得祷告。当他酩酊大醉的临睡前，尤其那时，倘若还能记着，他就会祷告；有时，早晨第一杯酒开喝之前，他祷告自己能获得戒酒的意志力。有时，他说完祷词发现自己立即又开始倒酒喝，他感觉更糟、更无助，觉得自己被更邪佞、更可怕的东西挟制了。他最终戒了酒，不过他没把这归功于祷告，打那以后他就再没想过这事了。四年来他没祷告过。戒了酒，他就不觉得有任何祷告的需要了。自从他停止喝酒，情形还不错，情形又好了起来。四年前一个早晨，他一觉醒来，余醉未消，这次他没给自己倒一杯兑橙汁的伏特加，而是决定不再那么做了。伏特加家里就有，这使事情变得更了不得了。那天早晨他没喝，那天下午和晚上也没喝。

伊迪丝自然留意到了，但没说一句话。他哆嗦得够呛。第二天、第三天还是如此：他再没喝酒，一直清醒着。到了第四天晚上，他鼓足勇气对伊迪丝说，他已有好几天没沾酒了。她只是说："我知道，亲爱的。"此刻他想起这件事，想起她那时望着他、抚摸他脸的样子，差不多就跟今晚她抚摸他脸时一个样。"我为你骄傲。"她说，她只说了这么一句。他开始去参加匿名戒酒者协会的座谈会，不久后他就开始做起了针线活儿。

在喝酒还没变成大麻烦前，他祷告自己能够适可而止；再往前几年，小儿子去越南开喷气飞机时，他也不时祷告。那时他间或就会祷告：有时是白天，或许是因为他看到报上提到那可恶地方，想到了儿子；有时是晚上，在黑暗中躺在伊迪丝身边，思索着白天发生的事，他的念想最终会落到儿子身上。他那时做祷告有一搭没一搭的，就和大多数不信教的男人那样。可不管如何，他祷告他儿子能活下来，能手脚健全地安然返家。而他确实也安然回来了，但詹姆斯根本没把儿子的返家看作是祷告的结果——当然不是。此刻他陡地想起更久以前，他祷告得最虔诚的那些日子，那时他二十一岁，仍然笃信祷告的神力。他曾整夜为父亲祷告，祈求他能从车祸中活下来。可父亲还是死了。他喝醉了，超速驾车，撞上一棵树，怎样都救不了他的命。即便现在他仍记得坐在急诊室外，直到阳光从窗户照进来，他祷告啊祷告，拼命为父亲祷告，哭着许下一切诺言，只要他父亲能渡过难关。他母亲坐在他身边哭，抱着父亲的鞋，他们把他送往医院时，那鞋子不知怎么竟跟着救护车一起来了。

他站起来，收拾好刺绣筐，今夜就到此为止。他站在窗前。后走廊那儿的一小片昏黄灯光定定地照着房屋背后那棵桦树，树冠隐没在了黑夜里。几个月前树叶就落光了，但枯秃的枝丫仍在阵阵狂风里抽打不止。他站着站着就害怕起来，接着一切就这么来了，一种真正的恐惧涌上他胸口。他相信今夜某个沉重、恶毒的东西正在外面转悠，它随时都可能冲过来、发作，从窗口飞扑向他。他倒退几步，脚落在因走廊灯照进房间地板而变亮了的那一角。他口干舌燥。他说不出话来。他向窗户举起双手，然后颓然垂落。他蓦地意识到他几乎活了一辈子，却从未真正静下来思考过任何事情，这个念头令他极为震惊，更让他觉得自己不配了。

他非常累，四肢不剩几丝气力。他把睡裤的裤腰往上提了提。他几乎无力爬上床去。他从床上撑起身体关了灯。他在黑暗里躺了半响。后来，他想再试着做做祷告，一开始很慢，在唇间默念祷词，接着发出声来，他祷告得诚心诚意。他祈求在这些事情上得到启示。他祈求帮助，能让自己理解这个情况。他为伊迪丝祷告，祷告她安然无恙，祷告医生别在她身上发现任何严重问题，别，求求了，别是癌症，那是他祷告得最热切的。之后他为自己的孩子们祷告，两个儿子、一个女儿，都散在这块大陆上的各地。他的祷告还包括了他的孙子孙女。接着他的思绪又飘向了那嬉皮男。这样没多久他又不得不起身坐在床沿，点上一支烟。他摸黑坐在床上抽着烟。那嬉皮女，还是个女孩，比他自己的女儿小不了几岁，看上去也差不多。但那个嬉皮男，他和他那副小眼镜，他是另一回事。他又坐了半响，把这些事情琢磨来琢磨去。然后他灭了烟，又躺回被子里。他侧身躺下。他又翻个身换另一侧躺着。他辗转反侧，后来干脆仰面平躺，盯着黑黑的天花板。

后走廊那盏灯同样将昏黄的光投在客房的窗户上。他睁着眼睛躺在那里，听着风阵阵撞击着房子，他感觉体内又有什么被搅动了，然而这次不是愤怒。他一动不动躺了半晌。他就像有所等待般地躺着。接着有什么东西离开了他，又有什么东西补上了。他发现自己眼中有泪。他又一次开始祷告，字字句句如洪流般在他心头涌起。他放慢语速。一字接一字，他把那些字连成句，祷告起来。这次，他能把那女孩和嬉皮男也包括进他的祷告中了。让他们那样好了，是的，开面包车、狂傲无礼、嘻嘻哈哈、戴戒指，哪怕是作弊，如果他们想干就去干好了。同时，祷告还是需要的。他们也有需要，哪怕是他的祷告，事实上，尤其是他的。为所有这些人，活着的和死去的，他念出这句新的祷词："倘若这样叫你们高兴。"

家门口就有这么多的水

1

我丈夫胃口不错地吃着东西，但看上去很累，且烦躁。他胳膊趴在桌上，慢吞吞地咀嚼，盯着房间那边的什么东西。他看了我一眼，又掉转目光，用餐巾抹了一把嘴。他耸耸肩，又继续吃起来。我们之间有了事，尽管他不想这么认为。

"你老盯着我干吗？"他问，"怎么了？"他说着放下叉子。

"我盯着你了？"我说，我呆呆地摇摇头，呆呆地。

电话响起来。"别接。"他说。

"可能是你母亲，"我说，"迪安——可能是迪安的什么事。"

"去瞧瞧吧。"他说。

我接起听筒，听了片刻。他停住没吃东西。我咬住嘴唇，挂断了电话。

　　"我怎么跟你说的？"他说。他又开始吃，然后将餐巾往他的餐盘上一扔。"妈的，人为什么不能少管点闲事？告诉我我犯了什么错，我倒要听听！不公平。她已经死了，是不是？除了我以外，还有另外几个男的。这事我们商量过了，大家一起决定的。我们才刚到那儿。我们走了好几个钟头的路。我们没法掉头就走，我们离汽车可是有五英里远啊。那天是第一天。活见鬼，我看不出有什么错。不，我看不出。别那么看着我，听见没有？还轮不到你来评判我。你不配。"

　　"你知道的。"我说着摇了摇头。

　　"我知道什么，克莱尔？告诉我。告诉我我知道什么。我什么都不知道，除了一样，你最好别小题大做。"他用自以为颇有意味的眼神横了我一眼。"她已经死了，死了，死了，你听见没有？"过了片刻他说，"真他妈的遗憾，我同意。她是个年轻女孩，真叫人遗憾，我很难受，旁人有多难受我就有多难受，可她已经死了，克莱尔，死了。现在咱们别提它了。求你，克莱尔，咱们现在别提它。"

"问题就在这里，"我说，"她是死了——可你没看见吗？她需要帮助。"

"我投降。"他说着举起两只手来。他从桌边推开自己的椅子，拿上烟去了露台，还带走一罐啤酒。他在那里来回踱了片刻，然后坐进一把草坪躺椅，又拿起了那份报纸。他的名字登在头版上，一起见报的还有他几个朋友的名字，是"发现惨状"的那帮人。

我撑着沥水板，闭上眼睛。我一定不能再沉湎于这件事。我一定要忘掉它，不去看它，不去想它，等等，"接着过日子"。我睁开眼睛。不管怎样，尽管将来怎样我心知肚明，我还是伸出胳膊扫过沥水板，杯子盘子碎落一地。

他没动。我知道他听见了，他抬起头，像是在听的样子，不过他没动也没回头看一眼。我恨他这样，恨他不为所动。他等了一会儿，吸了口烟，靠回椅子上。我可怜他竖起耳朵听，可怜他的漠然，可怜他就这样靠回椅子上，还抽着烟。风把烟雾从他嘴里带出来，细细一溜。我为什么要留意这个呢？他永远不会知道我有多可怜他，可怜他不为所动地坐着、听着，由着烟从他嘴巴里缭绕出来……

　　上个星期天，也就是阵亡将士纪念日 [①] 那个周末的前一周，他计划要去山里钓鱼。他和戈登·约翰逊、梅尔·多恩、弗恩·威廉姆斯。他们一起玩纸牌、打保龄球、钓鱼。他们每年春天和初夏都一起钓鱼，就是钓鱼季的前两三个月，在家庭度假、少年棒球赛季和走亲访友这些可能造成干扰的事项之前。他们都是正经人，顾家，工作负责。他们都有儿女，他们的孩子和我们的儿子迪安一块上学。星期五下午，这四个男人出发去纳切斯河钓三天鱼。他们把车停在山里，跋涉好几英里，到达他们想垂钓的地方。他们带着睡袋、食物和炊具，他们的纸牌，他们的威士忌。刚到河畔的第一个傍晚，连帐篷都还没来得及搭好，梅尔·多恩就发现这女孩脸朝下漂在河里，赤裸着，被几根树枝卡在河道离岸边不远的位置。他呼喊另外几个人，他们都过来看她。他们商量该怎么办。其中一人——斯图亚特没说是谁——或许是弗恩·威廉姆斯，一个大块头，总是笑呵呵的，很随和——其中一人认为他们应当马

[①] 每年五月的最后一个星期一为美国的阵亡将士纪念日，以悼念在战争中牺牲的美军官兵。

上赶回汽车那里。其他人则用鞋踢着沙子，说他们倾向于留下来。理由是累了，是时间已晚，是女孩事实上"哪里也去不了"。最终他们一致决定留下不走。他们动手搭起帐篷，点上篝火，喝起威士忌。他们喝了很多很多威士忌，喝着喝着月亮升了上来，他们聊起了那个女孩。有人认为他们该干些什么以防女孩漂走。不知怎的，他们觉得要是她夜里漂走了，或许会给他们惹来麻烦。他们拿了手电筒，一脚高一脚低地下到河里。起风了，一阵冷风，水浪一波波轻拍着沙堤。其中一个男人，我不清楚是谁，也许是斯图亚特，他是会那么干的——蹚入河中，用手指去抓她、拖她，把她面朝下地拖往河岸，拖到浅水地带，然后拿出一根尼龙绳，一端在她手腕绕牢系紧，另一端拴在一树根上，与此同时，其他男人用手电筒在女孩身体上乱照。之后，他们回到扎营地，灌下更多威士忌。接着他们就去睡了。第二天一早，星期六，他们做了早餐，喝了很多咖啡，又喝了很多威士忌，然后分头去钓鱼，两个去上游，两个守下游。

那天夜里，他们拿钓到的鱼和土豆一起煮，喝了更多咖啡和威士忌，他们把餐具拿到河边，在离那女孩才几码的水里，清洗。之后他们又喝了酒，摆出纸牌，边打牌边喝酒，直到他们再也看不清牌面。弗恩·威廉姆斯去睡了，另外几个讲起了黄色故事，讲自己从前干过的下流或不忠的荒唐事，谁都没提那女孩，直到戈登·约翰逊一时忘了，出口评价他们钓到的鳟鱼肉质僵硬，河里的水也冷得骇人。他们不再说话，只顾埋头喝酒，喝到其中一人被手提灯绊倒，破口大骂，他们这才各自爬进睡袋。

次日早晨他们睡到很晚，又灌了更多威士忌，还钓了一小会儿鱼，一边钓鱼一边继续喝酒，到下午一点钟，星期天，比他们的计划提早一天，他们决定走人。他们拆下营帐，卷起睡袋，收拾锅碗炊具，钓到的鱼和渔具，徒步离开。离开前，他们再没看那女孩一眼。他们走到汽车那儿，他们驶上高速公路，一路无话，直到看见一个有电话的地方。报警电话是斯图亚特打的，其他人顶着火辣辣的太阳，围在边上听。他把他们几个人的姓名一一报给电话那头的人——他们没什么好隐瞒的，他们一点也不惭愧——他们同意在加油站等人过来，以便从他们这儿得到更具体的方位路线，听取他们的个人陈述。

那天夜里他十一点才到家。我已睡着，可听见他在厨房里的动静，醒了。我见他倚着冰箱喝一罐啤酒。他抬起沉重的臂膀环住我，手一上一下揉着我的背，就是那双跟他两天前离开时同样的手，我当时想。

在床上，他又将手放在我身上，等待着，像在想其他什么事情。我略微转身，挪了挪腿。之后，我知道他很久都无法入睡，因为我睡着时他还醒着；再后来，我有一会儿睡得不安稳，听见轻微的响动，是床单的沙沙声，便睁开眼睛。外面天快亮了，鸟儿啼啭，他正躺着抽烟，望着拉上窗帘的窗户。睡意迷蒙里，我唤了一声他名字，但他没应声。我又睡了过去。

那天早晨，我还没起床他就已经起来了，查看报纸上有没有关于那起事件的报道，我估计。八点没过多久，电话就响起来。

"见鬼去吧。"我听见他冲听筒吼道。电话不一会儿又响了，我匆忙走进厨房。"我跟警长都已说过，再没什么要补充的。没错！"他摔下电话听筒。

"怎么回事？"我说，警觉起来。

"坐下吧。"他慢吞吞地说。他手指在自己的胡茬上挠啊挠的。"我得跟你说件事。我们钓鱼时碰上了一件事。"

我们在桌边面对面坐下，他告诉了我。

他讲的时候，我一边喝咖啡，一边盯着他看。我读了他从桌对面推过来的报纸……一名无法确认身份的女孩，十八至二十四岁……尸体已在水中三到五日……动机可能是强奸……初调结果显示乃勒杀……她的乳房与骨盆处有刀伤和瘀伤……验尸……强奸，有待进一步调查。

"你得明白，"他说，"别这副样子看着我。你现在当心点，我说认真的。放轻松，克莱尔。"

"昨晚你为什么不告诉我？"我问。

"我就是……没有。你什么意思？"他说。

"你明白我什么意思。"我说。我看着他的手，厚实的手指，指关节上覆着汗毛，正动着，点上一支烟，那手指，昨夜曾落在我肌肤上，进入我体内。

他耸耸肩。"这又有什么区别，昨天夜里，今天早晨？看你上下眼皮直打架，我想还是等今天早晨再告诉你。"他朝露台望过去：一只知更鸟从草坪飞上野餐桌，用喙整理自己的羽毛。

"那不是真的，"我说，"你没有就那样把她留在那里吧？"

他飞快转过头说："我该怎么办？现在你给我好好听着，最后一次。什么事都没发生。我扪心无愧，无疚。你听见没有？"

我从桌边站起，去了迪安的房间。他醒了，穿着睡衣在玩拼图。我帮他找出他的衣服，然后回到厨房，把他的早餐端到桌上。电话响了两三回，斯图亚特每次说的话都很生硬，挂断时相当愠怒。他打电话给梅尔·多恩和戈登·约翰逊，跟他们说话时很慢、很严肃。后来，迪安吃早餐时，他打开一罐啤酒，抽起烟，问起他的学校、他的朋友，诸如此类，就像什么事都没发生过一样。

迪安想知道他出门都干了些什么，斯图亚特就从冷冻柜里拿出几尾鱼给他看。

"我今天带他去你母亲家过一天。"我说。

"没问题。"斯图亚特说着望向迪安，孩子正拿着一尾冻住的鳟鱼，"要是你想，他也想，那就去。你并不是非去不可，你知道。没什么不对头的事。"

"反正我想。"我说。

"去那儿我可以游泳吗？"迪安问，手指在裤子上擦了擦。

"我想可以，"我说，"今天挺暖和，那就带上你的泳裤，我肯定奶奶会同意的。"

斯图亚特又点了一支烟，看着我们。

我带迪安开车穿过市区，来到斯图亚特母亲那里。她住在一栋带泳池和桑拿浴室的公寓楼里。她名叫凯瑟琳·凯恩。她的姓，凯恩，和我一样，有些不可思议。斯图亚特告诉我，早年她的朋友都叫她"凯蒂"[①]。她是个高挑、冷漠的女人，一头白金发。她给我的感觉是她无时无刻不在评判别人，总在评判。我低声向她简单解释出了什么事（她还没看报纸），并保证傍晚来接迪安。"他带了泳裤，"我说，"我和斯图亚特得讨论些事。"我含糊其词地说。她从眼镜上方定定地注视我，随后点点头，转向迪安说："你可好，我的小男子汉？"她弯下腰，伸出双臂搂住他。我开门正要离去，她又朝我投来一眼。她总这样，看我一眼却什么也不说。

我回到家时，斯图亚特正在桌边吃东西，喝啤酒……

过了一阵，我扫掉地上的碎碗碟、玻璃碴，走到屋外。斯图亚特仰面躺在草坪上，报纸和啤酒都在手边，

---

① 英文中此昵称与"candy"（糖果）谐音。

他望着天空发愣。微风习习，但暖和了起来，还有一声声鸟啼。

"斯图亚特，我们能不能开车出去转转？"我说，"什么地方都行。"

他转过来望着我，点点头。"我们顺道买点啤酒，"他说，"我希望对这事你感觉好过些了。尽量理解一下吧，我只求你这个。"他站起来，经过我身边时摸摸我臀部。"给我一分钟，我马上就好。"

我们开车穿过市区，没有说话。开入乡下之前，他在一个路边小店买了啤酒。我注意到进门处码着一大摞报纸。最上面的那级台阶上，有个穿印花连衣裙的胖妇人拿着根甘草棒糖递给一个小女孩。车开了几分钟，我们越过爱弗森溪，拐进离溪水才几步路的野餐区。溪水从桥下流过，汇入几百码外的一片大池塘。池塘岸边的柳树下，零零星星分散着十几个男人和男孩，在垂钓。

家门口就有这么多的水，他干吗非得走那么远去钓鱼呢？

"那么多地方，你干吗非得去那里？"我说。

"纳切斯河？我们一直去那里。每年，至少去一次。"

我们坐在阳光下的一张条凳上，他打开两罐啤酒，递给我一罐。"我他妈的怎么知道会碰上这种事？"他摇摇头，又耸耸肩，就好像这事全发生在好些年前，或发生在别人身上。"享受享受这个下午，克莱尔。瞧这天气。"

"他们说他们是无辜的。"

"谁？你在说什么？"

"马多克斯兄弟。他们杀了一个叫阿琳·哈伯莉的女孩，就在我长大的城市附近，割下她的头，把她扔进克莱·爱鲁姆河。她和我上的是同一所高中。那件事发生时，我还是个小女孩。"

"真他妈的在想什么啊，"他说，"得啦，别想了。你快要把我惹火了。这下怎么样？克莱尔？"

我望着溪流。我往池塘漂去，面朝下，眼睛圆睁，盯着溪水底部的岩石和苔藓，直到我被冲进池塘，微风推送着我。什么都不会变。我们会继续过下去，过下去，过下去。甚至眼下，我们也会继续过下去，就好像什么都没发生过。我隔着野餐桌死盯着他，直盯得他的脸阴沉下来。

"我不明白你这是怎么搞的，"他说，"我没——"

我掴了他一个耳光，在我意识到之前。我举起手，只迟疑了一瞬，就照他脸狠狠抽去。这是疯了啊，抽他脸时，我想。我们需要十指相扣。我们需要彼此帮助。这是疯了啊。

没等我再抽过去，他一把揪住我的手腕，举起他自己的一只手。我低头，等着，见他眼睛里有东西一闪，又陡地消失了。他垂下自己的手。我漂浮在池塘里，一圈圈越转越快。

"行了，上车吧，"他说，"我送你回家。"

"不，不。"我说着朝他后退几步。

"快，"他说，"该死的。"

"你这样对我不公平。"后来他在车上说。田野、树木和农舍在窗外倏忽而过。"你这样是不公平的。对你对我都不公平。对迪安也不，我该加一句。替迪安想一想。替我想想。设身处地，替除你以外的人想想。"

此刻我对他没什么好说的。他试图集中注意力看路开车，但他不断瞄向后视镜。他拿眼角余光，越过车座，朝我盘腿坐着的地方扫过来。阳光在我的手臂和半边脸上火辣辣燃烧。他一边开车一边又打开一罐啤酒，喝了起来，随后将啤酒罐夹在两腿之间，叹了口气。他是懂的。我可能会当面耻笑他，我可能会哭鼻子。

2

今早，斯图亚特认为他是在让我睡觉。其实闹钟响之前我就已经醒了，在想事，躺在床的一边，远远躲开他多毛的腿和他沉睡着的粗手指。他先打点迪安去上学，随后他刮脸、更衣，很快自己也去上班了。他来卧室探看了两回，还清了清嗓子，我一直闭着眼。

我在厨房里发现了一张他留下的纸条，落款处签着"爱。"我在阳光充足的早餐间坐下，端起咖啡，杯子在纸条上印下一圈咖啡渍。电话已不再响，这倒是件好事。从昨夜开始就再没电话打来了，我望着报纸，在桌上把它颠来倒去。然后我将它拉到跟前，看看报纸上是怎么说的。尸体至今尚未确认身份，无人认领，显然无人报告失踪。但是过去二十四小时人们一直在对尸体做检查，放东西进去，剖开，称量，复原，缝合，寻找死亡的确切原因和精准时间，以及强奸的证据。我确信他们希望是强奸案。强奸会使这个案件更容易理解。报纸上说，她将被送去凯斯兄弟殡仪馆，待下一步安排。望知情人站出来提供消息，等等。

有两件事情是肯定的：其一，人们不再关心发生在别人身上的事情；其二，没有任何事情会带来真正的变化。看看已经发生的吧。然而，对我和斯图亚特来说，什么都不会变。真正的变化，我是说。我们会变老，我们俩都会，比如早晨当我们同时使用卫生间时，你已经能从卫生间镜中我们的脸上看出来了。我们身边某些事会变，变得更容易或更艰难，这件事也罢，那件事也罢，但没有一件事会带来根本性的不同。我相信是那样的。我们的决定已做出，我们的人生已在运行，它们会不停地走，直至停止。如果这是事实，那又能怎样？我是说，如果你相信是那样，可你又一直掩盖着事实，直到有天发生了应该导致改变的一件事，然而你却发现最终什么都不会改变。那又能怎样？你身边的人继续原样说话和行动，似乎你和昨天的你、昨夜的你，五分钟前的你都是同一个人，可实际上，你正在经历一次崩溃，你感觉心灵遭受了毁坏……

过去是模糊的。早年岁月好像蒙上了一层阴翳。我拿不准自己记忆中的事情是否确实在我身上发生过。从前有个女孩，她有父有母——父亲开一家小咖啡馆，母亲身兼服务员和收银员——女孩就像在梦中一样，度过了她的小学、中学，又过了一两年进入一所秘书学校。后来，过了很久之后——中间那段日子发生了什么？——她到了另一座城市，在一家电子零件公司当前台，与其中一名工程师熟悉起来，他约她出去。她看懂了他的意图，可她最终任他引诱。她当时有种直觉，对那引诱有所洞察，可后来尽管努力回忆，她却想不起来了。不久后，他们决定结婚，可过去，她的过去，正在被遗忘。而她无法想象将来。想到未来时，她会轻轻一笑，像是藏了个秘密。婚后五年左右，他们大吵过一次，为什么而吵她现在不记得了，他告诉她，总有一天这段关系（他的用词："这段关系"）会以暴力收场。这话她倒是记得。她把这句话存了档，开始时不时大声重复它。有时，她可以整个早晨跪在车库后的沙箱那儿，陪迪安和他的一两个小伙伴玩耍。然而每到下午四点钟，她就开始头痛。她托着前额，痛得晕头转向。斯图亚特要她去看医生，她就去了，因医生殷切的照拂而心中窃喜。她离开家，去医生建议的地方待了一阵子。他母亲从俄亥俄州匆忙赶来照料孩子。可是她，克莱尔，克莱尔毁了一切，几星期后又回到家中。他母亲搬了出去，在城市那头租了公寓，驻扎下来，好像在等着什么。一天夜里，他们俩躺在床上，都快睡着了，克莱尔告诉他自己在德威特听见几个女病人议论口交的事。她想这事儿他大概会乐意听一听。她在黑暗中轻笑起来。斯图亚特听得挺高兴。他抚摸她的胳膊。事情会好起来的，他说。对他们俩来说，从今往后事事都会不同的，会越变越好。他升了职，薪水也因此大涨。他们甚至有钱添了第二辆车，一辆旅行车，她的车。他们要好好活在此刻，活在当下。他说这么些年来他第一次感觉能松口气了。在黑暗里，他不断抚摸她的胳膊……他继续定期打保龄球、玩牌，跟他的三个朋友一起去钓鱼。

这天晚上发生了三件事：迪安说学校里的朋友告诉他，他父亲在河里发现了一具死尸。他想知道这是怎么回事。

斯图亚特三言两语做了解释，省略了大部分内容，只是说，没错，他和另外三人在钓鱼时发现了一具尸体。

"是什么样的尸体？"迪安问，"是个女孩吗？"

"是的，是个女孩。一个女人。然后我们就给警长打了电话。"斯图亚特看着我。

"他说了什么呢？"迪安问。

"他说他会去处理的。"

"它看上去什么样？吓人吗？"

"说得够多了，"我说，"去洗洗你的盘子，迪安，然后你可以走了。"

"可它看上去是什么样呢？"他坚持问道，"我想知道。"

"你听见我的话了，"我说，"你听见我的话没，迪安？迪安！"我想晃他。我想晃他直到把他晃哭。

"照你妈说的去做，"斯图亚特轻声对他说，"只是一具尸体，就这些。"

我收拾桌子时，斯图亚特从背后走上来，摸我的胳膊。他的手指灼人。我一惊，差点摔碎一个盘子。

"你怎么了？"他说着垂下手，"告诉我，克莱尔，怎么回事？"

"你吓我一跳。"我说。

"我说的正是这个。我碰你一下应该不至于把你吓得灵魂出窍。"他站在我跟前，似笑非笑地咧着嘴，想要截住我的目光，随后他伸出胳膊揽住我的腰。他用另一只手抓住我空着的那只手，将它放在他的裤子前。

"求你了，斯图亚特。"我脱开身，他后退一步，打了个响指。

"见它的鬼，得了，"他说，"你要是想那样就那样。但记住了。"

"记住什么？"我飞快回道。我屏住呼吸，瞪着他。

他耸耸肩。"没什么，没什么。"他说着把指关节摁得咔咔响。

第二件事，是那天晚上我们看电视时，他坐在他那可仰躺的皮扶手椅里，我拥着一条毛毯坐在长沙发上，手里一份杂志，屋里静悄悄的，除了电视声，一个声音切入正在播放的节目，说被谋杀的女孩身份已验明。接下来十一点的新闻将会进行详细报道。

我们对望了一眼。几分钟后，他站起来说要去弄一杯睡前酒。问我要不要来一杯。

"不要。"我说。

"我并不在意自己独饮，"他说，"只是想问一问而已。"

我看得出他隐约受了挫，我移开视线，感到既羞耻又愤怒。

他在厨房磨蹭了很久，新闻开始时他端着酒回来了。

播音员又重复了四位本地垂钓者发现尸体的事情，接着电视上出现那女孩的一张高中毕业照，深色头发，圆脸，饱满且带着笑意的嘴唇，之后是女孩父母进入殡仪馆确认的镜头。他们神情迷茫、悲恸，他们拖着脚步迟缓地从人行道走上前门台阶，一个身穿深色西服的男子正扶门迎候。接着，似乎只过了一秒钟，似乎他们刚踏进门就立马转身出来了，镜头里同一对夫妻离开了殡仪馆，那个妇人流着泪，用手帕掩面，那个男人只是驻足片刻，对一名记者说："是她，是苏珊。此刻我什么话都说不出来。我希望他们在凶手再犯前将其抓获归案。这等暴力……"他在电视镜头前颓然地比画着。接着那男人和妇人就上了辆旧车，汇入暮色中的车流。

播音员继续报道称，女孩苏珊·米勒，在萨米特——从我们这儿往北一百二十英里的一座小镇——一家电影院当收银员，那天她下了班。一辆绿色最新款汽车开到电影院门前停下，据目击者称，女孩似乎已等在那里，她走过去，上了车，这导致警方怀疑车里是她的朋友或至少是熟人。警方想要与绿车车主谈一谈。

斯图亚特清清嗓子，往扶手椅上一靠，啜起酒来。

第三件事发生在新闻播完后，斯图亚特伸起懒腰，打着呵欠，望着我。我站起来，开始给自己在沙发上搭床铺被。

"你这是在干什么？"他说，一副不解的样子。

"我不困，"我说，避开他的目光，"我想晚点睡，读些东西直到我睡着。"

他瞪着眼看我在沙发上铺开床单。我去拿枕头时，他站在卧室门口，挡住了道。

"我再问你一遍，"他说，"你他妈的以为自己能达到什么目的？"

"今晚我想一个人待着，"我说，"我只是需要些时间。"

他呼出一口气来。"我想你这么干是要铸成大错的。我想你最好再想想你在干什么。克莱尔？"

我无从回答。我不知道我想说什么。我转过身开始把毯子边往里掖。他瞪了我片刻，然后只见他耸起双肩。"好自为之吧，那就。随你干什么，我他妈不在乎。"说着，他转过身沿走廊走了，一边走一边挠脖子。

这天早晨，我从报纸上读到苏珊·米勒的葬礼将于次日下午两点，在萨米特的松林小教堂举行。另外警察已从三名看见她坐上绿色雪佛兰汽车的目击者那里获取了证词，然而他们仍未查明那辆车的车牌号。调查尚在进行之中，但他们离破案很近了。我捏着报纸坐了良久，想着，然后我打电话预约了理发师。

　　我坐在吹风机下，膝上搁着一份杂志，由米莉替我修指甲。

　　"明天我要参加一场葬礼。"我们就一个已不在那里上班的女孩聊了几句后，我说。

　　米莉抬眼看看我，又专注于我的手指。"我很遗憾，凯恩太太。我很是遗憾。"

　　"是个年轻女孩的葬礼。"我说。

　　"这是最糟糕的了。我还是小姑娘时，我的姐姐去世了，哪怕到了今天，这事我还是过意不去。谁走了呢？"她顿了顿说。

　　"一个女孩。我们并不太熟，你知道，可还是。"

　　"太糟了。我很是遗憾。不过我们会将你打扮妥当的，放心吧。看看这怎样？"

"看起来……挺好。米莉，你有没有希望过自己是别人，或谁都不是，什么都不是，根本什么都不是？"

她看着我。"我不能说我可没那么想过，是的。不，如果我是另外一个人，我怕是大概不会喜欢本来的我了。"她握着我的手指，似乎想了一会儿什么，"我说不上来，我真说不上来……请把另一只手给我，凯恩太太。"

那天夜里十一点钟，我又在沙发上铺好床，这次斯图亚特只是看了我一眼，卷卷舌头，就穿过走廊去了卧室。夜里我醒了，听到风直吹得院门往栅栏猛撞。我不想醒来，闭上眼睛躺了很久。最后我爬起身，抱着枕头向走廊走去。卧室灯光大亮，斯图亚特仰头平躺着，嘴巴大张，呼吸粗重。我进了迪安的房间，爬上他的床。他在睡梦里挪了挪给我腾出地方。我躺了片刻，随后抱住他，我的脸紧贴他的头发。

"怎么了，妈妈？"他说。

"没什么，亲爱的。继续睡。没什么，没事。"

听见斯图亚特的闹钟响我就起了床，他刮胡子时，我煮上咖啡，准备早餐。

他在厨房门口露了脸，赤裸的肩上搭了条毛巾，打量着。

"咖啡在这里，"我说，"鸡蛋马上就好。"

他点点头。

我叫醒迪安，我们三人吃早餐。斯图亚特看了我一两回，似乎想说什么，可每次我都转头问迪安要不要再加点牛奶，添片吐司什么的。

"我今天会打电话给你。"斯图亚特开门时说。

"我想我今天不在家，"我立刻答道，"我今天有许多事要办。事实上或许晚饭我也赶不上。"

"好吧，当然。"他把公文包从一只手换到另一只手，他想要知道，"也许我们今晚可以出去吃？你觉得怎么样？"他一直看着我。他已忘了女孩的事了。"你……没事吧？"

我过去替他理了理领带，然后垂下手。他想跟我吻别。我后退一步。"那就祝你今天过得愉快。"他最后说。随后他转身沿小道向他的车走去。

我仔细打扮起来。我戴上一顶几年没戴过的帽子，照了照镜子。我又拿掉帽子，化上淡妆，给迪安留了张便条。

亲爱的，妈咪下午有事，不过晚点会回家。你要待在家里或后院，直到我或你爸回家来。

爱

我看着这"爱"字，随后在下面画了一条线。写便条时，我注意到自己不知道后院是一个单词还是两个。以前我从未细想过这个。我想了想，在当中加了条横线，把它变成两个单词。

我停车加油，顺道打听去萨米特的路线。巴里，一个四十岁、留小胡子的修理工，走出卫生间，倚在车前挡泥板上，另一个伙计路易斯，将输油管接入油箱，然后慢悠悠地开始擦洗挡风玻璃。

"萨米特，"巴里望着我说，伸出一根手指往两边顺了顺胡子，"去萨米特没有最佳路线，凯恩太太。单程就要花两到两个半小时。要翻过山。对女士来说，开这条道够呛。萨米特？去萨米特干吗，凯恩太太？"

"我有事要办。"我说，略有些不自在。路易斯走开去服务另一辆车了。

"哎。嗯，要不是我那里一堆杂事脱不开身，"——他翘起拇指往工作间指了指——"我会提议开车送你过去再接你回来。路不是那么好。我是说路还过得去，就是有许多弯道什么的。"

"我没事。谢谢你。"他靠着挡泥板。我打开手提包时能感觉到他的视线。

巴里接过信用卡。"别开夜路，"他说，"一条不怎么好的路，就像我说的，我倒愿意打赌这车不会因此出什么问题，我了解这车，可爆胎这类事，你是永远说不准的。保险起见，我最好来检查下轮胎。"他用鞋踢了踢一只前胎，"我们把它抬起来一下。用不了多长时间。"

"不用，不用，没关系。真的，我不能再耽搁了。我看轮胎挺好的。"

"就一分钟，"他说，"为了安全。"

"我说了不用。不用！我看它们挺好的。我得走了，巴里……"

"凯恩太太？"

"我现在得走了。"

我在什么东西上签了字。他给我收据、信用卡、一些贴纸。我将东西一股脑儿塞进手提包。"你悠着点儿，"他说，"回见。"

等候汇车时，我回头，见他冲这边望着。我闭上眼睛，又睁开。他挥挥手。

我在第一个红绿灯处拐了个弯，接着又拐了个弯再往前开，直到开到高速公路口，见一路标：**萨米特 117 英里**。时间是十点三十分，天气和暖。

高速公路绕过市区边缘，接着穿过农场乡野，穿过燕麦田、甜菜地、苹果园，时有一小群一小群的牛在露天牧场上吃草。渐渐地一切都变了，农场越来越少，建筑更像棚子而不是住房，耸立的林木替代了果园。我一下子就到了山区，右侧下方的山壑处，我瞥见了纳切斯河。

不一会儿，有一辆绿色皮卡开近，跟在我后面，一直跟了好几英里。我不断在该加速时减速，希望他能超车过去，接着又在该减速时加速。我紧握方向盘，握得手指酸痛。开到一段车少的长直道，他倒是超车了，但和我并行了片刻，一个剃着平头、穿蓝色工装衬衫的男人，三十出头，我们对望一眼。他挥挥手，摁了两下喇叭，就开到我前面去了。

我放慢车速，找到一条贴着路肩的土路，将车开过去，熄了火。我能听见树林下面什么地方的河水声。我面前的土路伸入林中。这时我听见那辆皮卡掉头回来了。

我发动起引擎时，皮卡已顶到我车后。我锁上车门，摇紧车窗。挂上挡时，我的脸、手臂上都沁出了汗珠，我无处可走。

"你没事吗？"那家伙走到车跟前说，"喂。喂，说你呢。"他叩叩车窗玻璃。"你没事吧？"说着他撑起胳膊肘趴在车门上，脸贴近车窗。

我瞪着他，说不出话来。

"超你车后，我就放慢了些，"他说，"可我在后视镜里没再见你，我就将车靠边停下，等了几分钟。你还是没出现，我想我最好开回来看看。没出事吧？你干吗把自己锁在车里？"

我摇摇头。

"得啦，摇下车窗。嗨，你肯定自己没事吗？嗯？你知道一个女人孤身在乡野转悠可不太妙。"他摇着头，看向高速公路，又回头看我，"好了，得啦，摇下车窗，怎么样？我们这样没法说话。"

"拜托，我得走了。"

"打开门，好吗？"他说，没在听似的，"至少摇下窗。你在里面会憋死。"他眼睛扫过我的胸口和大腿。裙子已经拉过了我的膝盖。他的目光停在我的大腿上，但我僵坐着，不敢动一动。

"我想憋死，"我说。"我正在憋死，你没看见？"

"这到底是怎么了？"他说，从车门那儿后退几步。他转身走回皮卡。接着我从侧视镜里见他又回来了，我闭上眼睛。

"你要我一路跟着你去萨米特还是怎样？我无所谓。今天上午我有闲工夫。"

我再次摇摇头。

他犹豫着然后耸耸肩。"那就随你的便吧。"他说。

我等着，等他上了高速公路，我才倒车。他换上挡，慢吞吞地开走了，还从后视镜里看我。我把车停在路肩，头趴在方向盘上。

棺盖合着，盖上覆着鲜花。我在小教堂后排落座不久，管风琴就奏响了。人们陆续进来找座位坐下，有中年人，还有年纪更大的，但大多数是二十出头的，或更年轻的。他们是一群在西装领带、运动外套休闲裤、深色裙装皮手套中显得不甚自在的人。一个穿喇叭裤、黄色短袖衬衫的男孩在我旁边坐下，开始咬自己的嘴唇。小教堂开着一扇侧门，我抬头看去，一时间停车场让我想到一片草地，接着就见到阳光在车窗上熠熠反着光。逝者的一群家属进来了，走入拉着幕帘的一侧。他们落座时椅子一片吱嘎声。过了几分钟，一个穿深色西装、身量壮实的金发男人站起身，他要我们低头致哀。他替我们这些生者念了一段简短的祷告，念完之后他要我们为逝者苏珊·米勒的亡魂默默祈祷。我闭上眼睛，想着报纸和电视上她的照片。我看见她离开电影院，上了绿色雪佛兰。我又想象着她一路顺河流而行，裸体磕撞岩石，被树杈截住，身体漂游、旋转，她的头发在河水中飘散。她的手和头发被悬垂的树枝挂住，直到那四个男人过来瞪大眼睛瞅着她。我可以看见其中一个喝醉了的男人（斯图亚特？）抓住她的手腕。那件事，这里有谁知道吗？倘若这些人知道了又会怎么样？我环顾周围的面孔。这些情形、这些事件、这些面孔之间有一种联系，如果我能找到就好了。努力寻找它让我的头都疼了起来。

他讲到了苏珊·米勒的天赋：快乐、美丽，优雅和热情。拉着的幕帘背后有人清了清喉咙，还有人在啜泣。管风琴音乐响起。葬礼结束了。

我跟着人流缓慢从棺木前走过。我随后出来，踏上前台阶，走进明亮而炽热的下午阳光里。有个中年妇人一瘸一拐地走在我前面，下到人行道，她四下张望，目光落在我身上。"嗯，他们抓到他了，"她说，"如果这多少能给人一点安慰的话。他们今天早上逮捕了他。我出门之前从电台里听见的。就是本地人。一个长发嬉皮，你大概也猜到了。"我们沿滚烫的人行道走了几步。人们启动车辆。我伸出一只手，扶住街边一个停车计时装置。阳光从锃亮的车盖和挡泥板反射过来。我头晕目眩。"他供认那天夜里和她发生了关系，可他说他没杀她。"她哼了一声，"你和我都明白。可他们大概会判他缓刑，然后放了他。"

"也许作恶的并非他一个人，"我说，"他们得把这个查清楚才行。他也许在替别人打掩护，一个兄弟，或者什么朋友。"

"那孩子还是小姑娘时我就认识她了，"妇人嘴唇哆嗦着继续说，"她以前常来我家，我会给她烤曲奇，让她一边看电视一边吃。"她神色一暗，泪珠从她脸颊滚落下来时，她摇了摇头。

3

斯图亚特坐在桌边，面前放着一杯酒。他眼睛发红，我一时以为他在哭。他瞅着我，没说一句话。在惊慌失措的一瞬间，我感觉是迪安出了什么事，心一下子揪紧了。

他在哪里？我说。迪安在哪里？

外面，他说。

斯图亚特，我怕，太怕了，我说，靠在门上。

你怕什么，克莱尔？告诉我，亲爱的，我也许能帮到你。我愿意帮你，考验我吧。丈夫就是在这儿派上用场的。

我说不清，我说。我就是怕。我感觉好像，我感觉好像，我感觉好像……

他喝空酒杯站起来，目光一直没从我身上移开。我想我知道你需要什么，亲爱的。让我来当一回医生，好吗？放松下来。他伸出一条胳膊搂过我的腰，另一只手开始解我的外衣扣，然后是衬衫。先对付当务之急，他说，想开开玩笑。

现在不行，求你了，我说。

现在不行，求你了，他挑逗道。求个屁。他接着走到我身后，一只胳膊圈紧我的腰。一只手滑进我的内衣。

住手，住手，住手，我说。我猛踩他的脚趾。

接着，我被举起又摔下。我跌坐在地上抬头望他，我的脖子伤到了，我的裙子褪到膝盖之上。他弯下腰说，你见鬼去吧，又说，听见没有，婊子？我但愿你那骚处在我下次碰你之前就烂掉。他哽咽了一下，我意识到他是控制不住，他也控制不住自己了。他往客厅走去，我对他起了一阵怜悯。

昨晚他没在家睡。

今天早上，有花来了，红的和黄的菊花。我正喝着咖啡，门铃响了。

凯恩太太？一个年轻小伙子捧着一盒鲜花说。

我点点头，把晨袍拉紧到喉咙口。

打电话订花的人，他说您是知道的。小伙子望着我那拉紧到喉咙口的晨袍，碰了碰他自己的帽檐。他又开腿站着，两只脚不为所动地扎根在最上面那级台阶上，就像要我碰一下他下面那样。祝你今天过得愉快，他说。

过了一会儿电话响起，斯图亚特说，亲爱的，你好吗？我会早点回家，我爱你。你听见我的话了吗？我爱你，我道歉，我会补偿你的。回头见，我得挂了。

我把鲜花插入餐桌中央的一只花瓶里，之后我把自己的东西搬进那间空闲的卧室。

昨晚大约半夜，斯图亚特砸开了我房门的锁。他那么干只是要让我看看他可以那么干，我想，因为门哗啦打开时他什么都没干，只是穿着内衣站在那里，随着怒气消退，他脸上的表情又惊又蠢。他慢慢拉上门，过了几分钟，我听见他在厨房掰开一盒冰块。

他今天打电话告诉我，他要他母亲过来跟我们一起住几天。我停了片刻，想了想这事，他还在那头说着我就把电话挂了。可没过多久，我又打电话到他上班的地方。最后他来接电话时，我说，没关系，斯图亚特。真的，我告诉你这样也罢那样也罢，都没关系。

我爱你，他说。

他又说了别的什么话，我听着，慢慢点着头。我感到困倦。可我随即清醒过来，说，看在老天的分上，斯图亚特，她还只是个孩子啊。

哑巴

哑巴死后，父亲有很长一段日子相当神经质，脾气相当坏。并且我认为哑巴的死，多少标志着父亲这辈子那段美好日子的结束。因为没过多久，他自己的健康状况也开始变坏。最初是哑巴，接着是珍珠港事件，再接着搬去我祖父在威纳奇附近的农场，父亲就在那里照管十二棵苹果树、五头牛，度过了最后的日子。

对我来说，哑巴的死则标志着极其漫长的童年时代的终结，不管我有没有准备好，它就把我推入成人世界——在那里，失败和死亡更符合事物的规律。

一开始，父亲把这事归罪于那女人，哑巴的老婆。后来他又说，不，是鱼。要不是为了鱼也不会出这档子事。我知道他觉得有几分怪罪自己，因为是父亲给哑巴看了《田野与溪流》分类版上的"鲜活黑鲈，全美皆可运达"广告（大概至今还在，就我所知）。那是一天下午干活时，父亲问哑巴说干吗不订购些黑鲈，放养在他家后面的池塘里。父亲说，哑巴舔着嘴唇，把广告琢磨了好久，才百般费事地把信息抄在一张糖纸背面，将糖纸塞进工作服的前口袋。是到后来，到他收到鱼之后，他的行为才开始变得古怪起来。黑鲈整个让他变了个人，父亲说。

我从不知道他的真姓大名。即使有谁知道，我也从没听人叫过。那时候就叫他哑巴，现在我想起他来，还是这么叫。他五十好几奔六十了，有些皱纹，秃头、矮墩墩，可胳膊和大腿挺壮实。要是他咧嘴笑开——非常少见——他的嘴唇会往上一翻，露出七翘八裂一口黄牙，让他浮现出一种令人不快的、近乎狡诈的神情；这神情我至今都记得十分清晰，尽管已过去二十五年。你说话时，他那双水汪汪的小眼睛总盯着你的嘴唇看，虽然有时它们也会朝你脸上或身上不经意地一扫。我说不上为什么，但我有种印象，他从来就不是真的耳聋。至少不像他表现出的那样聋。可这并不重要。他说不了话，这倒是毫无疑问。他在父亲工作的锯木厂——华盛顿州亚基马市的瀑布木材公司——干活，"哑巴"是那里的伙计们给他起的绰号。他从二十世纪二十年代初就一直在那里干活。

我认识他的时候，他是个清洁工，不过我猜厂里的各种苦力活他先后都干过。他戴一顶沾着油腻星子的毡帽，穿卡其布工作衬衫，松垮的工装裤外罩着一件浅色牛仔夹克。他的前胸口袋里总塞着两三卷卫生纸，因为他的职责之一便是清扫男厕，提供男厕所需，而夜班男工们习惯下班时往他们的便当盒里塞上一两卷卫生纸。他随身揣着一只手电筒，哪怕是上白班，此外还有扳手、钳子、螺丝刀、绝缘胶布，凡技工们带着的东西他都揣着。几个比较新的男工，像特得·斯雷德或强尼·韦特，会在午餐间里狠狠开他玩笑，或跟他讲黄色段子看他作何反应，就因为他们知道他不喜欢黄色段子；还有锯木工卡尔·罗易会趁哑巴从平台下面走过时，伸手下去一把揪掉他帽子，可哑巴却也泰然处之，好像他被开玩笑是预料之中的事，已经习以为常。

不过有一次，那天我给父亲送午饭，有四五个男工在一张桌上围攻他。其中一个男工歪嘴笑着在画一幅图画，用铅笔在画上指指戳戳，跟哑巴解释什么。哑巴蹙着眉。我看着他的脖颈变成了深红色，他突然往后一退，一拳头砸向桌子。惊得大家一时噤声，然后哄堂大笑。

父亲不赞成那样开他玩笑。据我所知，他从不拿哑巴开玩笑。父亲很高大，肩膀厚实，剃着平头，双下巴，大肚子——一有机会，他就喜欢显摆那肚子。他是个一逗就笑的人，同样地，也一激就怒，只是方式不同而已。哑巴会在他干活的锉工间歇歇脚，坐在凳子上，看父亲用金刚砂大砂轮锉锯子，碰上父亲不太忙，他就会一边干活一边跟哑巴聊几句。哑巴看来是喜欢父亲的，父亲也喜欢他。这我敢肯定。按他自己的方式，父亲或许就算是他的好朋友了吧。

哑巴住在离河不远的一栋盖满焦油纸的小房子里，离市区五六英里。房子后半英里处，在草场的尽头，有一个大沙砾坑，是好几年前州里为取石料在那一带铺路而挖出来的，挖了三个相当大的深坑，几年下来坑里积满了水。最终三处水坑连成了一个大池塘，池塘一端是一个高耸的岩石堆，另一端是两堆稍小些的。水很深，看上去呈墨绿色，靠近水面的水很清澈，再往底下就变得浑浊了。

哑巴娶了个比他小十五或二十岁的女人，那女人以跟墨西哥人鬼混出名。父亲后来说是厂里那帮爱管闲事的家伙把他老婆的事告诉他，推波助澜，最终把哑巴激起来的。她是个敦实的小个子女人，长了一双花俏、多疑的眼睛。我只见过她两次，一次是我和父亲到哑巴那里一起去钓鱼，她走到窗前来看；另一次是我和皮特·詹森骑自行车路过那里，停下来讨了杯水喝。

不仅是因为她没让我们进屋而是在毒日头下的门廊干等，那做派使她显得那么冷漠、不友善。有部分原因是她说话的腔调，她一打开门，还不等我们张口，就说："你们想要干吗？"还有一部分原因是她蹙眉的样子，还有部分是那房子，我想，从打开的门里扑出来的那种干燥、发霉的气味，让我想起玛丽姑妈的地窖。

她和我碰见过的其他女人太不一样了。我愣了片刻，才开口。

"我是戴尔·弗雷泽的儿子。他跟、跟你丈夫一起干活。我们在骑自行车，想讨一杯水喝……"

"一分钟，"她说，"在这儿等着。"

我和皮特对视了一眼。

她回来时两手各拿一只装了水的小小锡口杯。我一口就喝光了那杯水，接着我用舌头在凉沁沁的杯沿舔了一圈。她却无意再给我们水喝。

我说了句"谢谢",一边将杯子递还给她,一边咂了咂嘴。

"太谢谢喽!"皮特说。

她一句话不说,光看着我们。可等我们跨上自行车时,她却走到门廊前沿。

"你们这俩小家伙要是有汽车,兴许我就搭车跟你们一道进城去了。"她咧嘴一笑。从我站着的地方看过去,她的牙齿白晃晃的,对她那张嘴来说实在显得太大了。我宁可看她蹙着眉头。我握住车把手前后转着,不自在地瞅着她。

"我们走吧,"皮特对我说,"要是杰瑞的老爸不在,他也许会给我们一瓶汽水。"

他骑上自行车走了,过了几秒钟回头望了一眼站在门廊处的妇人,她还在为自己的小玩笑咧嘴乐着。

"就算我有汽车,也不会捎你进城!"他喊道。

我赶忙骑车走了,沿那条路跟上皮特,没回头看。

在华盛顿州我们这一带,你找不到几个可以钓到鲈鱼的地方。大多钓的是虹鳟鱼,在某些高山溪里有溪红点鲑和花羔红点鲑,蓝湖和里姆罗克湖里有银鱼,除了晚秋时几条淡水河里会有洄游的硬头鳟和鲑鱼，主要就是这些了。当然就算你是个渔民，这也够叫你忙活的了。我认识的人里没人钓过鲈鱼。我认识的人里有很多连真正的鲈鱼都没见过，只偶尔从一些户外运动杂志上见过照片而已。不过在我父亲从小长大的阿肯色州和佐治亚州——回家，提到南方他总是这么说——他可是见过太多鲈鱼了。如今，他只是爱钓鱼，至于钓到什么，他倒不在乎。我觉得就算什么都钓不到，他也不会在乎的；我想他只是喜欢这个主意：一整天都待在外面，和朋友们一起坐上小船吃三明治、喝啤酒，或独自一人沿河畔走来走去，有时间想事情，碰上某天他恰巧就想这么打发。

哥伦比亚河里有鳟鱼，各种各样的鳟鱼，秋天有鲑鱼和铁头鳟，冬天有白鲑。父亲什么鱼都钓，一年四季风雨无阻，钓得有滋有味，可我觉得，哑巴准备在他的池塘里养黑鲈让父亲尤其开心，因为当然啦，父亲认为等鲈鱼长得够大时，他就能去那里钓鱼，想钓多少回就钓多少回，哑巴是他朋友嘛。一天晚上，他告诉我哑巴已经写信订购黑鲈，他说话时的眼睛都在发亮。

"我们的私家鱼塘！"父亲说，"你等着钓上一条鲈鱼吧，杰克！你会就此不再钓鳟鱼喽。"

过了三四个星期，鱼苗运到了。那天下午，我去城里的泳池游泳了，是父亲后来告诉我的。哑巴把车开上我家车道时，父亲刚下班回家，才换了衣服。哑巴哆嗦着手，给父亲看他在家里发现的一份邮局包裹提取电报，上面说从路易斯安那州巴顿鲁治邮寄来的三缸活鱼，正等他去提取。父亲也相当兴奋，他和哑巴坐进哑巴的皮卡，马上往那里去了。

每口鱼缸——其实是水桶——都装在散发着新松木气味的白松木板箱里，箱侧和箱顶都开有长方形的大口子。它们都放在火车站后面的阴凉处，每个箱子都得要父亲和哑巴两人一起才抬得上皮卡的后车斗。

哑巴十分当心地开车穿过市区，然后以时速二十五英里一路开到他家。他没停车直接穿过自家院子，径直开到离池塘不到五十英尺的地方。那时天已经快黑了，他亮起前车灯。他早把锤子、卸轮铁撬棒放在座位下，车刚一停，他就操着那几件家伙跳下车。他们俩又拉又拽，好歹将那三口鱼缸拖到池塘边，然后哑巴开始拆卸第一个木板箱。他在皮卡车前灯的照明下干着活，拇指还被锤子的钳爪扎到了。浓稠的鲜血慢慢渗进白木板，可他好像没留意到。撬开第一口鱼缸的箱板之后，他发现里面的水桶包着厚粗麻布和一种藤制的东西。一只厚木盖子上分散地凿了十多个五美分硬币大小的窟窿。他们掀开木盖，两人凑到鱼缸上，哑巴掏出手电筒。许多小小的鲈鱼鱼苗在鱼缸里影影绰绰地游动。那束光亮并未惊扰它们，它们就只是游来游去，暗幽幽兜着圈，并不往哪里去。哑巴用手电筒在鱼缸里东晃西晃照了几分钟，才啪的一声关上，塞进口袋。他闷哼一声抱起水桶就朝水边走去。

"等等，哑巴，让我帮你一把。"父亲冲他喊。

哑巴将鱼缸在水边放下，又一次掀开盖子，将里面的东西慢慢注入池塘。他掏出手电筒，朝水里照去。父亲走下去，可水里什么也看不见；鱼苗四散开来了。四野响着粗哑的蛙声，头顶的黑暗里，夜鹰盘旋，猎食着昆虫。

"让我来对付另一口鱼缸吧，哑巴。"父亲说着伸出手，像要从哑巴的工装裤里拿出锤子。

哑巴往后一让，摇摇头。他自己打开了另外两个木板箱，木板上留下了他殷红的血滴，他每打开一个木板箱，都会停一会儿，用手电筒往清澈的水里左照右照，看那些小小的鲈鱼慢悠悠地摸黑在水中来回游动。哑巴一直张着嘴，喘着粗气，等他干完，收拾起所有木板、粗麻布和水桶，噼里啪啦一股脑全扔进皮卡车斗里。

我父亲坚持认为，自那晚起哑巴变了一个人，当然，变化不是突如其来的，可那晚之后，渐渐地，哑巴离深渊越来越近了。他开着皮卡，一路颠簸穿过草场，然后沿公路送父亲回家，他的拇指紫肿着，仍在渗血，仪表盘的微光中，他眼珠暴突，看上去像玻璃做的。

那是我十二岁那年的夏天。

现在哑巴不许任何人去那里，并不是在放下鱼苗两年后，我和父亲本想去那里钓鱼的那个下午后才这样的。那两年里，哑巴用栅栏将自己屋后的草场整个围起来，又用带倒刺的铁丝电网围起那个池塘。光是建材就花了他五百多美元，父亲嫌恶地跟我母亲说。

父亲不再跟哑巴有来往。自从七月底的那天下午我们去那里之后，就不再有多少来往。父亲甚至不再跟哑巴说话，而他并不是那种动不动就跟人绝交的人。

秋天到来前的一天晚上，我给加班的父亲送晚饭——用锡箔纸盖着的一盘热饭菜和一大罐冰茶，我见他站在窗前跟技工斯德·格洛弗说话。我进门时，父亲正发出短促而粗嘎得不自然的笑声："看他那样子，你会以为那傻瓜跟那群鱼结婚了。我只想知道白大褂们什么时候来把他带走。"

"从我听说的来看，"斯德说，"他最好还是用那栅栏把他家房子给围起来。确切地说，是把他那间卧室围起来。"

父亲转身见了我，眉头微挑。他又望着斯德。"我告诉过你他的做派，是不是，我和杰克去他家的那次？"斯德点点头，父亲摩挲着下巴思忖着，然后往敞开的窗口外啐了一口，唾沫啐进锯木屑里，这才回过头来招呼我。

一个月前，父亲终于说动了哑巴，让我们二人去池塘钓鱼。说是强迫他答应或许更为恰当，因为父亲说他打定主意不再接受任何托词了。他说当他坚持要约定一个日子时，他看得出哑巴僵住了，不过他继续说了下去，说得飞快，跟哑巴开玩笑说把最弱小的鲈鱼剔除出去，是替其余的鲈鱼做了一件大好事，等等。哑巴只是站在那里，一边扯自己耳朵，一边盯着地面。最后父亲说我们第二天下午去看他，一下班就去。哑巴就转身走掉了。

我很是兴奋。之前父亲已经告诉过我鱼儿繁殖很快，去那里钓鱼就好像把鱼钩放进养鱼场。那天夜里，母亲睡下后我们仍在厨房的餐桌边坐了很久，聊天，吃零食，听收音机。

第二天下午，父亲将车开上我家的车道时，我就在房前的草坪上等着了。我从盒子里取出半打父亲老旧的钓鲈鱼用饵钩，用食指试了那三叉钩的锋利程度。

"你准备好啦？"他跳下车来，冲我嚷道，"我赶紧去趟卫生间，你把东西装上车。你要是想，可以让你开车。"

"说我心里去了！"我说。事情一开头就这么棒。我把东西一件件全码在后座上，正要往家里走时，父亲扣着他那顶帆布渔夫帽，双手捧了块巧克力蛋糕吃着从前门走出来。

"上车，上车，"他一边吃，一边说，"准备好了吗？"

我从驾驶座这侧上了车，他绕到另一侧。母亲望着我们。她是一个皮肤白皙、表情严肃的女人，一头金发用一枚镶着莱茵石的发卡在脑后绾了个髻。父亲朝她挥挥手。

我放开手刹，慢慢倒车，退上公路。她望着我们直到我换了挡，才挥挥手，还是不苟言笑。我挥挥手，父亲又挥挥手。他吃完蛋糕，在裤子上擦了擦手。"我们出发！"
他说。

那是个晴好的下午。我们把这辆一九四〇年产的福特
旅行车的所有车窗摇了下来，空气凉爽，穿窗而过。沿路
的电话电缆嗡嗡响着，我们过了莫克西桥，往西拐上斯莱
特路，三只野鸡，一公二母，公的很大，从我们面前低飞
而过，冲进一片苜蓿地。

"瞧那个！"父亲说，"今年秋天我们得来这里。哈兰
德·温特斯在这一带买了块地，我不知道具体在哪里，不
过他说等到了狩猎季会让我们来打猎。"

我们两侧是如绿色波浪般起伏的苜蓿地，时不时会出
现一座房子，或是那种带谷仓和圈养牲畜的房子。西边更
远处是一大片黄褐色的玉米地，玉米地后是沿河生长的一
排白桦树。几朵白云飘过天空。

"实在太棒了，是不是，爸爸？我的意思是，我也说
不清楚，可我们干的每件事都很有意思，对不对？"

父亲在座位上跷起腿坐着，脚趾轻轻拍打车底板。
他将手臂伸出车窗外，任风摆布。"太对了，是的。每件
事。"过了片刻他说，"当然，绝对有意思！活着可真棒！"

不过几分钟我们就到了哑巴家门前，他戴着帽子走出屋子。他老婆站在窗户那往外看着。

"你把平底锅拿出来了吗，哑巴？"哑巴走下门廊台阶时，父亲冲他嚷道，"鲈鱼排，外加炸土豆。"

我们站在车旁，哑巴走到我们跟前。"真是钓鱼的大好天气！"父亲继续说，"你的鱼竿呢，哑巴？你不去钓鱼吗？"

哑巴来回猛摇头，不。他将重心从一条罗圈腿换到另一条，看看地面再看看我们。他舌头抵住下嘴唇，右脚开始往泥土里蹭。我将柳条编成的鱼篓往肩上一背，立刻就感到哑巴的目光朝我看来，我把父亲的鱼竿递给他又拿起我自己的，哑巴就那么盯着我。

"准备好了吗？"父亲说，"哑巴？"

哑巴摘下帽子，用同一只手的手腕在自己光秃的脑袋上擦了擦。他突地一转身，我们跟上他，朝距离他家房子后一百英尺的栅栏走去。父亲冲我眨了眨眼。

我们慢慢踩过草场松软的泥土。空气里弥漫着清新且干净的气息。每走二十英尺左右就会见到鹬鸟从老犁沟边的草丛里飞出，还碰上一只绿头母野鸭从一处几乎看不见的小水洼里跳出来，嘎嘎大叫着飞走了。

"它的窝大概就在那儿。"父亲说。走了几步他开始吹起口哨，可一会儿就停了。

草场尽头，地面缓缓往下倾斜，变得干燥而多石，散布着几处荨麻丛和低矮的橡树丛。在我们的前面，一排高高的柳树后，第一座石堆耸立在空中，高达五十至七十五英尺。我们沿着一道旧车辙从右边绕过去，穿过一片齐腰高的乳草草丛。我们拨开草丛往前走，草秆顶上挂着的干枯荚果哗啦啦一片响。哑巴走在前面，我落后他两三步跟着，父亲跟在我后面。突然，越过哑巴肩头我看见一片水光闪亮，我的心怦怦跳起来。"瞧那里！"我脱口而出，"瞧那里！"父亲跟着我说，伸长脖子去看。哑巴走得更慢了，紧张得不停抬手，前后转动他扣在头上的帽子。

他停下不走了。父亲从后面走到他身边说："琢磨什么呢，哑巴？是不是从哪里钓都一样好？我们该从哪里开始呢？"

哑巴舔了舔下嘴唇，来回看着我们，像是吓坏了。

"你这是怎么了，哑巴？"父亲不耐烦地说，"这是你的池塘，不是吗？你这副模样就像我们是私闯进来的或怎么样。"

哑巴低下头看，从工装裤前摘掉一只蚂蚁。

"好吧，见鬼，"父亲说着吁了口气，他掏出表，"要是你不在意，哑巴，我们可以钓四十五分钟或一小时。趁天还没黑。嗯？怎么样？"

哑巴望着他，然后将两只手插进前面的口袋，转身朝向池塘。他又继续往前走。父亲看看我，耸了耸肩。我们在后面跟着他。哑巴这么做多少让我们有些扫兴。父亲啐了两三回，也不见他清喉咙。

现在我们能看见整个池塘了，鱼儿腾跃，水面泛起涟漪。差不多每分钟都会有条鲈鱼跃出水面，再猛地扎进水里，溅起一大片水花，在水面上带出一圈圈越来越大的波纹。当我们走近时甚至能听见它们落水时那噼噼啪啪的声响。"我的天啊。"父亲压低声音说。

我们走到池塘一处开阔地，是一片五十英尺长的砾石滩。左边长着齐肩高的灯芯草，但我们面前的水域清澈而开阔。我们三人并肩在那里站了片刻，看鱼儿往池塘中央跳跃翻腾。

"蹲下！"父亲说着往下一蹲，姿势有些别扭。我也蹲了下来，往他正盯着的面前那处水里看过去。

"老天爷啊。"他悄声说。

一群鲈鱼慢悠悠地游过，有二三十条，没有一条轻于两磅。

鱼群慢慢掉头游去。哑巴仍然站在那里，看着它们。可过了几分钟，那群鱼儿又游了回来，在幽暗的水下密密匝匝地游着，身体几乎都互相挨着。我能看见它们悠然游过时，肥肿眼皮下的大眼珠正看着我们，它们银闪闪的侧身在水中晃动。那群鱼第三次游了回来，接着又游走了，后面跟着两三条掉队的。不管我们是站是蹲都没关系，鱼儿根本不怕我们。父亲后来说他确信哑巴总在下午去池塘喂鱼，因为它们非但不像鱼的本性那样远远躲开我们，反而更往岸边游过来了。"这景象值得一看。"他后来说。

我们在那里坐了十分钟，我和父亲，看着鲈鱼从深水里游上来，优哉游哉地从我们面前游过。哑巴就在那里站着，扯着他的手指，环顾池塘，像是在等着谁。我能直往下看见最高的那个石堆斜入水底的地方，那里水最深，父亲说。我任由自己的目光绕池塘四周漫游——柳树林，桦树，远处一大片灯芯草，有一条街区那么远，黑鹂从中飞进飞出，用它们那尖细而发颤的夏日之声呼唤着。此刻太阳已落在我们背后了，照得我脖子暖酥酥的。无风。池塘里，到处是游上来的鲈鱼，它们用嘴拱着水，或跃出水面再侧身跌入，或游至水面上让背鳍竖立空中，如撑开的黑折扇。

我们终于要抛鱼钩了，我兴奋得直哆嗦。我几乎无法将带饵的鱼钩从鱼竿的软木柄上解下来。哑巴突然用他的大手指一把揪住我的肩，我发现他阴沉的脸离我只有几寸。他将下巴朝我父亲努了两三回。他只想让我们其中的一个人抛钩，那就是父亲。

"嘘——见鬼！"父亲看着我们俩说，"真是见鬼！"片刻后他把手里的钓竿搁在砾石地上。他摘下自己的帽子又扣上，横了哑巴一眼，随后他走到我站着的地方。"去吧，杰克，"他说，"没事，抛吧，儿子。"

我抛鱼钩前先看了看哑巴，他绷着脸，下巴上挂着细细一道口水丝。

"那狗娘养的一咬鱼饵，你就使劲拽它，"父亲说，"确保钩牢了，它们的嘴就像门把手一样硬。"

我松开钓竿，胳膊往后抡，突然朝前一个猛甩，将呼呼叫着的黄色饵钩尽量远地抛出去。它哗啦砸在四十英尺开外的水里。我还没来得及收紧鱼线，水里就炸开了锅。

"钩它！"父亲喊，"它咬上了！钩它！再钩！"

我使劲拽，拽了两次。好，钩住了。钢制钓竿弯垂，一上一下猛烈弹动。父亲还在不停地喊："松开它，松开它！让它带钩子游！多给它点线，杰克！现在收线！收线！等等，让它游！呜——咦！瞧它游的！"

那条鲈鱼在池塘里到处狂蹦乱跳，每次跃出水面，都见它在摇头，我们能听见鱼饵咔嗒咔嗒响。之后那鱼又会再这么游上一个回合。花了十分钟我摆平了那条鱼，就在离岸边几英尺处。它看上去非常大，或许有六七磅的样子，它侧躺在那里，被击败了，张着嘴，鱼鳃迟缓地一张一合。我膝盖发软，几乎要站不住了，可我仍高举钓竿，绷紧鱼线。父亲连鞋也没脱就蹚水走了过去。

哑巴开始在我背后发出气急败坏的声音，可我不敢从鱼那里移开视线。父亲越走越近，身体前倾，伸手向下，试图勾住它的鳃。哑巴忽地一步蹿到我前面，又是摇头又是挥手。父亲横了他一眼。

"嗨，狗娘养的，你他妈到底怎么回事？这孩子钓着一条我见识过的最大的鲈鱼，他不会把它放回去的。你有什么毛病？"

哑巴一个劲地摇头，还朝池塘直打手势。

"我不会放走这孩子钓到的鱼。要是你以为我会那么干，劝你换个脑子。"

哑巴伸手抓我的鱼线。这时，那条鲈鱼蓄足劲头，一个翻身又往水里游去。我大叫起来，接着我想我是急昏了头，我猛地摁下鱼线轮的刹车，开始收线。鲈鱼最后激烈地一蹿，饵钩从我们头顶呼啸飞过，勾在一根树枝上。

"走，杰克，"父亲抓起他的鱼竿说，"趁我们还没像这狗娘养的一样发疯，我们赶快离开这里。走，该死的，趁我还没揍扁他。"

我们开始离开池塘，父亲气得咬牙切齿。我们走得飞快。我想哭，但我不停地咽口水试图强忍住眼泪。父亲有次被一块岩石绊到，朝前冲了几步才免得跌倒。"该死的狗崽子。"他低声说。太阳几乎落山了，微风四起。我越过肩头往回看，见哑巴还在池塘那儿，只是挪到了柳树旁，一只手臂抱着树干，俯身往水里瞅。水边的他看上去又黑又小。

父亲见我回头看，便停下脚转过身去。"他正跟鱼说话呢，"他说，"他在跟它们赔不是。又蠢又疯，那个狗娘养的！我们走。"

那年二月，河里发了大水。

十二月的前几个星期，州里我们这一带都下起大雪，接着圣诞节前天气又变得异常寒冷，大地封冻，积雪不化。快到一月底时，刮起钦诺克风①。一天早晨我醒来时，听见大风呼呼地吹着房子，水持续不断地从房顶上滴落。

那风就这样连刮五天，到第三天时，河水开始上涨。

"涨到了十五英尺，"一天晚上父亲从报纸上抬眼说道，"比发洪水的水位还高出三英尺。老哑巴就要失去他的鱼了。"

我想去莫克西桥那里看看河水到底涨到了多高，可父亲摇摇头。

"洪水没什么好看的。我这辈子已经看够了。"

两天后，河水涨到最高，接着水位才慢慢下降。

一个星期后的星期六上午，我、奥林·马歇尔和丹

---

① 著名的焚风之一，指美国落基山脉东麓沿山坡向下吹的热而干的风。焚风经过之处，气温迅速增高，空气湿度急剧下降。

尼·欧文斯骑了五六英里的自行车，去哑巴家那儿。还没到那里，我们先将自行车停在路旁，然后穿过和哑巴的地产紧邻的一片草场。

那天天气潮湿，风尤其猛，破碎的乌云在苍灰的天空中快速移动。地上湿透了，我们不断踩进茂密草丛里的小水洼，绕不开的我们就蹚过去。丹尼那会儿正在学习如何骂脏话，每次他一脚踩下去，泥水灌进鞋子，空气里就充满了他那一串串匪夷所思的下流话。我们能够看见草场尽头那条涨水的河，水位依旧很高，溢出河道，绕着树干涌动，蚕食着周边的土地。河中央水流湍急，时不时漂过一丛灌木，或者支棱着枝丫的一棵树。

我们到了哑巴的栅栏那里，只见一头母牛卡在铁丝网当中。它身体鼓胀，灰色的皮肤看上去光溜溜。不论大小，那是我们几个见过的第一具死尸。奥林捡了根棍子，戳戳那干瞪着的果冻一样的牛眼，接着又用棍子挑起那尾巴，这里点点，那里碰碰。

我们沿着栅栏继续往河那边走。我们不敢碰那铁丝网，觉得它可能还通着电。可就在一个像是深渠的边上，它突然就没了。地面陡地落入水中，这一段的栅栏也落入其中。我们穿过铁丝网，沿着这条湍急的水道行走，水道直接切开哑巴的地，直通向他那池塘。等走近了，我们看见水道纵向切入池塘，在另一端硬是冲出一道缺口，然后绕了好几道弯，在四分之一英里外又汇入那条河。这池塘现在看来也成了主河道的一部分了，宽阔、奔腾。毫无疑问，哑巴的鱼大多已被洪水卷走，幸免的那些在洪水退去后也得以来去自由了。

这时，我看见了哑巴。见到他我吓了一跳，我向另外几个伙伴示意，我们都蹲了下去。他站在池塘最远端，离水冲出去的地方不远，正凝视着激流。过了一阵，他抬起头看到了我们。我们一下子跳起来，沿来时的路逃走，像受惊的兔子一样跑开。

"可我还是忍不住替老哑巴惋惜，"几个星期后，有天吃晚饭时父亲说道，"对他来说，事情都糟糕透了，毫无疑问。他是自作自受，可话说回来，你还是忍不住替他惋惜。"

父亲接着又说乔治·莱库克上个星期五晚上在运动家俱乐部撞见哑巴老婆跟个大块头的墨西哥人坐在一起。"还远远不止这个——"

母亲抬头严厉地横了他一眼，又看了看我，可我只管吃饭，就像什么都没听见一样。

"真他妈的见鬼，贝亚，孩子已经够大了，该知道生活的真相！可说回来，"他顿了顿，自言自语道，"那儿肯定会惹出什么麻烦来的。"

哑巴变了，变了很多。只要可以，他就尽量避免跟那些汉子们一起。他不再跟大伙儿在同一时间休息，也不再跟大伙儿一起吃午饭。有一回卡尔·罗易掀掉了他的帽子，他就高举一根二英寸厚、四英寸宽规格的木板条追打卡尔，那之后谁都不愿再跟他开玩笑了。他平均每星期会旷工一到两天，有传言说他就要被开除了。

"他正在走入深渊，"父亲说，"他若再不留神，就会疯掉。"

接着就在我生日前，五月的一个星期天下午，我和父亲正在清理车库。那是个和煦、无风的日子，尘土悬浮在车库的空气中。母亲来到后门口说："戴尔，有电话找你。我想是弗恩。"

我也随他进屋去洗脸洗手，我听见他接过电话说："弗恩？你好吗？什么？别跟我说这话，弗恩。不！天哪，不是真的吧，弗恩。好吧，好。回见。"

他搁下电话，转向我们。他脸色煞白，一只手撑在桌子上。

"一个坏消息……是哑巴。昨夜他投水自杀了，还用锤子砸死了他老婆。弗恩刚从广播里听到的。"

一个小时后，我们开车赶到那里。房前，以及房子与草场间的空地上，已停了好些车。两三辆警车、一辆高速公路巡逻车，还有几辆别的车。通往草场的门敞着，我可以看见通往池塘的一道道车辙。

一口箱子抵住纱门，门开着，一个瘦削的麻脸男人立在门口，他穿着便裤和运动衫，挎着肩式皮枪套。他看着我们下了旅行车。

"出了什么事？"父亲问。

那人摇摇头。"这事得去看明晚的报纸。"

"他们……找到他没？"

"还没。他们还在捞。"

"我们走过去行吗？我和他很熟。"

"我无所谓。不过下边那头的人说不定会赶你走。"

"你要不要留在这里，杰克？"父亲问。

"不，"我说，"我想我也一起过去。"

我们顺着车辙，穿过草场，走的这条路跟我们前一个夏天去池塘的几乎是同一条。

随着我们越走越近，听到了摩托艇的声音，看见一团团尾气的黑烟漂荡在池塘上空。眼下，只有一条涓涓细流流经池塘，可你仍看得出大水冲走了哪里的土地，卷走了岩石和树木。两条小艇——每条艇上都有两个穿制服的人——在水面上缓慢地来回巡航。一人前面掌舵，另一人坐在艇尾，用缆绳甩动爪钩。

一辆救护车停在砾石滩上，很久前的那个傍晚我们在那儿钓过鱼，两个白衣男人懒散地靠着车尾，正抽着烟。

离救护车另一侧几英尺远的地方，停了一辆警车，车门开着，我能听见对讲机里传出的噼啪响声。

"怎么回事？"父亲问副警长道，那人靠近池塘站着，手撑屁股，望向小艇。"我跟他很熟，"他又说，"我们在一起上班。"

"谋杀以及自杀，看这情形。"那人说，从嘴里取下一根未点燃的雪茄。他从头到脚看了看我们，又望向小艇。

"怎么发生的？"父亲紧追不舍。

副警长手指往皮带上一扣，挪了挪大号左轮手枪，好叫它更好地贴合他的大屁股。他叼着雪茄，把话从嘴角挤出来。

"昨晚他从一家酒吧把他老婆弄出来，在卡车里用锤子把她打死了。有目击者。接着……管他叫什么名字……他开车来到这个池塘，女人还在车里横着，他就一头栽进水里。搞不懂。我不知道，不会游泳，我估计，但我不知道的是……不过他们说要是一个人会游泳，淹死自己不是件容易的事，那就是彻底放弃，根本不想活了。一个叫加西或加西亚的家伙一直跟踪他们到了家。他正在追那女人，据我们所知，不过他声称他看见这男的从石堆上跳了下去，之后他就发现车里的女人，死了。"他啐了一口，"真他妈的一团糟，是不是？"

一艘摩托艇突然熄了火。我们都抬头望去。其中一艘小艇里坐在后面的人站起来，开始用力拉缆绳。

"但愿他们捞到他了，"副警长说，"我想回家了。"

过了一两分钟，我看见一只手臂从水里露出来，显然钩子钩到了他的侧身或背部。那条手臂又立马沉入水里，接着再浮出水面，连同一坨形状不辨的东西。那不是他，有那么一瞬间我想，是其他什么东西，已经在池塘里泡了好几个月了。

小艇前面那人走到艇尾，他们俩一起用力拽那坨淌着水的东西。

我望着父亲，他嘴唇哆嗦着，背过了身。他沉着脸，脸上显出一条条皱纹。突然之间，他显得苍老了，还显得惶悚。他转向我说："是女人！这就是找错女人的下场，杰克。"

他说这话时结巴了一下，不安地挪动着两只脚，我不觉得他真信这话。只是此时此刻他不知还能说什么。我拿不准他到底真信什么，我只知道那情景让他吓坏了，就像我一样。但我感觉打那以后，日子对他来说变得愈发不好过，他再也开心不起来，也不再无忧无虑。不管怎么说，他不再像从前那样了。对我来说，我知道我是不会忘记那条手臂浮出水面的情形了。它就像某种诡异而不祥的兆头，仿佛预示了之后几年中紧紧尾随我们家庭的种种不幸。

不过，十二岁至二十岁是易感的阶段。如今我有了些年纪，跟父亲那时一样的年纪，在这人世间活了一阵子——见了些世面，像人们说的——那究竟是什么我现在知道了，那手臂。简单说，就是溺死者的一只手臂而已。
我还见识过其他的。

　　"我们回家吧。"父亲说。

馅饼

她的车在那儿，没别的车，这一切让伯特谢天谢地。他拐上车道，把车停在昨夜他掉的那个馅饼旁边。馅饼还在，铝烤盘反扣着，南瓜馅摊在地面上。这天是星期五，圣诞节后的第二天，快到中午了。

在圣诞节当天他来看望他妻子和孩子们。可他还没来，薇拉就告诉他，六点之前他就得走人，她朋友和他的孩子们到时要来吃晚饭。他们坐在客厅里，郑重其事地打开他带来的礼物。圣诞树上的彩灯一闪一闪。树下摆着一只只盒子，裹了光亮的包装纸，扎了丝带和蝴蝶结，塞满了东西，只等六点钟到来。他看着孩子们——特芮和杰克——打开他们的礼物。他等着薇拉用手指小心地解开她的礼物上的丝带和胶带。她拆开包装纸。她打开盒子，取出一件米色羊绒毛衣。

"不错，"她说，"谢谢你，伯特。"

"穿上试试。"特芮对她母亲说。

"穿上吧，妈妈，"杰克说，"干得好，爸爸。"

伯特望着自己儿子，感激他做出的支持。他可以请杰克在这次节日假期间的哪个早晨踩自行车去他那里，他们一起出去吃早餐。

她果真去试穿了。她走进卧室，出来时，两手上上下下抚着毛衣正面。"不错。"她说。

"非常称你。"伯特说，心头感到一阵荡漾。

他打开给他的礼物：薇拉给的是桑德海姆男装店一张二十美元礼品券；特芮送的是一个包含梳子和刷子的套装；杰克送了几方手帕、三双袜子和一支圆珠笔。他和薇拉喝了朗姆酒兑可乐。外面天色暗下来，转眼就到了五点三十分。特芮望了她母亲一眼，站起身，开始摆晚餐桌。杰克回了他自己的房间。伯特觉得自己待着的地方挺好，壁炉前，手里一杯酒，空气里有火鸡喷香的味道。薇拉去了厨房。伯特背靠在沙发上。圣诞颂歌从薇拉卧室的收音机传到他这里。时不时地，特芮会拿着一些布置餐桌的东西走进餐厅。伯特看着她将亚麻餐巾插进葡萄酒杯。桌上出现了一个细长的花瓶，瓶里插了一支红玫瑰。之后薇拉和特芮开始在厨房里窃窃低语。他喝完了自己的酒。壁炉铁架上，一小截由蜡和锯木屑压成的燃木燃烧着，舞出红、蓝和绿三色火焰。他从沙发上起身，把一纸盒燃木，统共八块，全放进壁炉。他看着它们，直到每块燃木都窜起火苗，然后才朝院门走去，这时，他瞥见餐具柜上一字排开的馅饼。他将馅饼一个个码在自己手臂上；一共五个，南瓜馅的和肉馅的——她怕是以为自己要款待一支足球队呢。他托着馅饼走出房子。不过在车道上，在黑暗中，他摸索着打开车门时，失手弄掉了一个馅饼。

现在，他绕过那个摔烂的馅饼，往院门走去。自从那天夜里他的钥匙断在锁眼里，前门就从此关着不再用了。这天阴天，空气湿冷彻骨。薇拉说他昨晚企图把房子烧掉。她跟孩子们是那么说的，今天早上他打电话到家里道歉时，特芮就这么复述给了他。"妈妈说你昨晚想把房子烧掉。"特芮说着哈哈大笑。他想把这件事情澄清一下。他也想把事情总的谈一谈。

院门上装饰着一只松果编的花环。他拍拍门玻璃。薇拉在里面往外瞅见他，蹙起了眉头。她还穿着浴袍。她打开一条门缝。

"薇拉，我想为昨晚的事道歉，"他说，"我干了那样的事，我很抱歉。那是犯傻。我也想跟孩子们道歉。"

"他们不在，"她说，"特芮出去了，跟她男朋友，那狗娘养的和他那摩托车，杰克在打橄榄球。"她站在门口，他站在院子里，靠近一盆蔓绿绒植物。他摘掉大衣袖口处的小绒絮。"昨晚之后，我再也无法忍受那种胡搞了，"她说，"我受够了，伯特。你昨夜真的想把房子给烧掉。"

"我不是。"

"你就是。这里的每个人都可以作证。你该去看看壁炉。你差一点就让墙壁烧起来。"

"我可不可以进去一分钟，说说这事？"他说，"薇拉？"

她瞪着他。她掖紧浴袍领口，然后往屋内让了让。

"进来吧，"她说，"但是我过一个钟头就得出门。另外请你管住自己。不许再胡搞，伯特。看在上帝的分上，可别再想把我的房子烧掉。"

"薇拉，看在老天的分上。"

"的确是这样的。"

他没回答。他看了看四周。圣诞树上的彩灯一闪一闪。沙发一端有一堆软软的薄纸和空礼盒。餐桌中央的大浅盘里只剩火鸡的骨架。肉已被剔净，盘底铺着的欧芹上，硬而韧的遗骨就那么支棱着，像只丑陋的鸟巢。餐巾脏兮兮的，被胡乱丢在桌上。几只餐盘叠了起来，碗盘和酒杯都推在餐桌一端，好像有谁本打算开始收拾，想想又撂下不管了。不错，乌黑的烟痕从壁炉里一直往上顺着砖墙延伸到壁炉架。一大堆灰烬塞满了壁炉，边上还有一只喝空了的萨斯塔可乐罐。

"来厨房吧，"薇拉说，"我煮点咖啡。不过我过不了多久就得走人。"

"你朋友昨晚什么时候离开的？"

"如果你要提这个，你现在就可以走。"

"好吧，好吧。"

他拖出一把椅子，在厨房的桌子旁坐下，面前有只大烟灰缸。他闭上眼睛又睁开。他把窗帘推到一边，望了望后院。只见一辆没了前轮的自行车靠把手和车座支撑在那儿。野草顺着红杉木栅栏一丛丛蔓生。

"感恩节？"她说，她往一只小锅里放水，"你记不记得那个感恩节？我说过那是最后一个被你搞砸的节日。晚上十点吃的是培根和鸡蛋，而不是火鸡。人不能这样过日子的，伯特。"

"我知道。我说过我很抱歉，薇拉。我是真心的。"

"说抱歉已经不够了。不够的。"

煤气的引火又灭了。她站在炉灶前，想要点燃那锅水下的煤气灶头。"别烧着你自己，"他说，"别把你自己也给点着了。"

她没搭腔。她点着了灶圈。

他能想象她浴袍着了火，那他自己就从桌边跳过去，把她扑倒在地，滚呀滚将她滚进客厅，他再用自己的身体盖住她。或者他是不是该先冲进卧室拿条毛毯出来，扔过去盖住她？

"薇拉？"

她朝他看过来。

"家里有没有什么喝的？那瓶朗姆酒还有剩吗？今早不妨让我来上一点。驱驱寒。"

"冰箱里有伏特加，要是孩子们没喝掉的话，朗姆酒就在这附近的什么地方。"

"你什么时候开始把伏特加放进冰箱了？"

"别问。"

"好吧，我不问。"

他从冰箱里拿出伏特加，找杯子，然后往在岛台上找到的一个咖啡杯里倒了些酒。

"你难道就这么来，用咖啡杯喝伏特加？亏你想得出，伯特。你到底想谈什么？我跟你说过，我得出门去个地方。我一点钟要上长笛课。你想说什么，伯特？"

"你还在学长笛？"

"我刚才就说了。怎么了？告诉我你在想什么，然后我得准备出门了。"

"一则，我只是想说昨晚的事我很抱歉。我那时心里有气。我很抱歉。"

"你总是对什么事情有气。你只不过是喝醉了，想拿我们出气。"

"不是那样的。"

"那你昨天干吗过来，你分明知道我们已有安排？你可以前天晚上来。我早就跟你说过昨晚晚餐我已有计划。"

"是圣诞节嘛。我想送礼物过来。你们仍是我的家人。"

她没搭腔。

"我想你对这伏特加的招数不错，"他说，"你有果汁

258

的话，我想往酒里兑一些。"

她打开冰箱，把里面的东西挪来挪去。"只有蔓越莓苹果汁，没别的了。"

"那不错啊。"他说。他起身，往杯子里倒了些蔓越莓苹果汁，又添了些伏特加，用小指搅了搅。

"我得去趟卫生间，"她说，"马上回来。"

他喝着杯子里的蔓越莓苹果汁兑伏特加，感觉好些了。他点燃香烟，将火柴往大烟灰缸里一扔。烟灰缸底部有满满一层烟灰和烟头。他认出了薇拉抽的牌子，可还有些不带过滤嘴的烟头，还有另一牌子的——淡紫色烟头，沾了很多口红。他站起来，将缸里的垃圾倒进水池下的袋子。烟灰缸是一只笨重的蓝色粗陶器皿，边缘凸起，是他们在圣塔克鲁兹那个购物中心从一个留山羊胡的陶艺人那里买的。它大得跟个盘子似的，也许本来就是，一个盘子或上某种菜用的大餐盘，可他们一到手就立马将它当作烟灰缸用了。他将烟灰缸放回桌上，在里面捻灭自己的香烟。

就在煤气灶上的水刚开始沸腾时，电话响了。她打开浴室的门，隔着客厅朝他喊："你接一下电话，好吗？我正要冲个澡。"

厨房的电话在岛台一角，一个烤盘挡在前面。电话响个不停。他小心地提起听筒。

"查理在吗？"一个呆板的声音问他。

"没有，"他说，"你准是打错了。这里是323-4464。你打错了。"

"好吧。"那声音说。

可当他正要去冲咖啡，电话又响起来。他接了。

"是查理吗？"

"你打错了。嗨，你最好再查一下号码。看看区号。"这回他将听筒搁在一旁，没扣回去。

薇拉穿了牛仔裤、白毛衣，梳着头发回到厨房。他往两杯热水中加入速溶咖啡，搅了搅，又往自己的咖啡里倒了点伏特加。他端着两只杯子走到桌边。

她提起听筒，听了听，说："怎么回事？谁打的电话？"

"没谁，"他说，"打错了。谁抽淡紫色香烟？"

"特芮。除了她还会有谁抽那玩意儿？"

"我不知道她如今抽烟了，"他说，"我还没见过她抽烟。"

"嗯，她抽的。我估计她还不想当你面抽，"她说，"想来也是挺好笑的。"她放下梳子，"但那狗娘养的，跟她约会的那个，就是另外一回事了。他是个麻烦。从高中辍学后就不断在惹事。"

"跟我说说。"

"我刚才说了。他是个混蛋。这让我很担心，可我不知该怎么办才好。我的老天，伯特，我都顾不过来了。有时事情真叫你想不通。"

她坐在他对面，喝着她的咖啡。他们抽着烟，烟灰就弹在那只烟灰缸里。有些话他想说一说，有关挚爱和后悔的话，给人安慰的话。

"特芮不但偷我的大麻，还抽上了，"薇拉说，"要是你真想知道这里现在是怎么回事的话。"

"上帝，她抽大麻？"

薇拉点点头。

"我来这里可不是听这个的。"

"那你到这里来干吗？你昨晚不是把馅饼都带走了吗？"

他想起昨晚开车离开前，把馅饼一一堆在了车内地板上。之后他就把馅饼忘得一干二净了。馅饼还在车里。有一瞬间，他想该告诉她才是。

"薇拉，"他说，"是圣诞节，所以我才来的。"

"圣诞节已经过完了，谢天谢地。圣诞节来了又去，"她说，"我已经不盼着过节了。只要我还活着，我就再也不盼着过什么节了。"

"那我呢？"他说，"我也不盼着过节，相信我。嗯，现在只剩一个新年要过了。"

"你还可以喝个醉。"她说。

"我正在努力把持自己。"他说，感到怒火往上直窜。

电话又响了。

"是个找查理的人。"他说。

"什么？"

"查理。"他说。

薇拉拿起电话。她讲话时一直背朝伯特。后来她转身对他说："这电话我去卧室接。我接起后，能不能请你挂上它？我听得出来，所以我叫你挂上你就挂上。"

他没回答，但拿过了听筒。她走出厨房。他耳朵贴住听筒，听着，一开始什么也没听到。接着一个人，是个男的，在电话那头清了清嗓子。他听见薇拉接起了电话，对他说："好，你现在可以挂上了，伯特。我接到了。伯特？"

他将听筒扣回，站在那儿看着它。随后他拉开放刀叉的抽屉，在里面一阵翻找。他拉开另一只抽屉。他往水池里看了看，接着走进餐厅，在那只大餐盘里找到一把切肉刀。他将刀在水龙头的热水下冲洗，直到油脂化开。他用自己的衣袖擦干刀刃。然后，他走近电话，用手将电话线对折，轻而易举就割断了塑料外层和铜线。他查看了电话线的断头。然后，他才将电话往坛坛罐罐旁的那个角落里胡乱一推。

薇拉走进来说："我还在讲话，电话就断了。你有没有在电话上做手脚，伯特？"她朝电话看了看，从角落里提起它来。电话下方挂着三英尺长的绿色电话线。

"狗娘养的，"她说，"很好，够了。滚，滚，滚，该滚哪去滚哪去。"她冲他晃着电话。"够了，伯特。我这就去申请一份限制令，马上就去。趁我还没报警，立即给我滚。"她将电话猛地摔在岛台上，它发出"叮"的一声响。"要是你不马上离开，我这就去隔壁打电话报警。你就只知道搞破坏。"

他已拿起烟灰缸退到桌子后面了。他捏住烟灰缸的边缘，耸起肩膀。那架势就好像他要投掷它，像掷一个铁饼。

"请你，"她说，"马上离开。伯特，那是我们的烟灰缸。请你。马上走。"

他跟她说了再见，便从院门走了出去。他吃不准，但他认为他已经证明了一些事。他希望他已经明白无误地表明他还爱她，并且他还吃醋。可他们话还没谈呢。他们得赶紧严肃地谈一谈。有些事得厘清，重要的事还有待讨论。他们还要谈一谈。也许等节日过去，等一切恢复正常。

他绕过车道上那个馅饼，钻进车里。他启动车子，挂上倒挡，退至街上。随后他挂了低挡，往前开去。

平静

那是星期六的上午。日头短了，空气里有了寒意。我正在理发。我坐在理发椅上，对面有三个男人沿墙并排坐等着。其中两个我从未见过，另一个见过但对不上号。理发师给我理发时，我一直朝这人看。他拿一根牙签在嘴里东戳西戳。他是个大块头，五十岁样子，短发一卷一卷的。我寻思着在哪里见过这人，然后想起见过他戴帽子穿制服，别着把枪，眼镜后的两只小眼睛相当警觉地站在银行大厅里。他是个警卫。另外两个人中，一个相当老，却有满头卷曲的银发。他正抽着烟。另一个，尽管没那么老，但差不多秃顶了，脑袋两侧挂着直直的黑发，盖过了耳朵。他脚蹬一双伐木靴，裤子因为机油而亮光光的。

理发师用一只手摁住我的头顶一拧，好让自己看得更清楚。接着他对警卫说："你猎到鹿了没，查尔斯？"

我挺喜欢这理发师。我们还没熟到彼此直呼其名，不过每次我来理发，他都认得我，还知道我以前常钓鱼，所以我们会聊上几句钓鱼的闲话。我不觉得他打过猎，但他什么话题都能聊，还是个好听众。就这方面而言，他就像我认识的那几个酒保。

"比尔，这是个好笑的事。也蠢透了。"警卫说。他取下牙签，搁在烟灰缸里。他摇摇头。"我既打到又没打到。所以对你的问题，回答是既是又不是。"

我不喜欢他的声音。这么一个大块头与那声音真不相配。我想到"哭唧唧"这个我儿子以前常挂在嘴边的词。有些娘娘腔，那声音，还有些得意劲儿。不管怎样，反正那声音出乎你预料，你也不会乐意整天听到它。另外两个男人都朝他看去。年老的那个在翻杂志、抽烟，另一个拿着份报纸。他们放下在看的东西，都朝他望过去。

"往下说，查尔斯，"理发师说，"说来让我们听听。"他又拧了一把我的脑袋，举着剪刀停了片刻，接着开始剪。

"我们上了菲克尔山岭，我、我家老爷子和我儿子。我们在那些溪谷里打猎。我家老爷子在溪谷的一头把守，我和儿子守另一头。这小子宿醉没全醒，该死的东西。那是下午了，我们天刚亮就出了门。这小子腮帮子发白，一整天都在喝水，我的和他的他都喝。我们指望下方的猎人会把鹿往我们这边的山上赶。我们当时正坐在一根木头后面望向溪谷。我们听见了下方山谷传来的枪声。"

"下方有果园。"拿着报纸的那人说。他不安地动来动去，不断地跷起一条腿，抖抖靴子，再换另一条腿跷起来。"鹿就在那些果园里出没。"

"正是，"警卫说，"它们夜里钻进果园，那些牲畜，把青苹果给吃了。嗯，我们那天早就听见枪响了，就像我说的，我们只是闲坐在那儿。这时，这头高大的老雄鹿从离我们不到一百英尺的灌木丛里窜出来。我儿子和我同时看见了它，当然，那小子趴下来开始砰砰打它，这笨脑瓜。结果，老雄鹿根本没被这小子伤到，只是一开始它辨不清枪弹从哪里来。它不知道该往哪里跳。我便放了一枪，可一阵混乱中，我只让它丢了魂。"

"丢了魂。"理发师说。

"你知道的，丢了魂，"警卫说，"肚皮上中了一枪。它只是丢了魂，就那样。它低下头，开始哆嗦。它浑身哆嗦个不停。那小子还在开枪。我感觉就像回到了朝鲜。我又放了一枪，但没击中。老雄鹿先生又跑进灌木丛去了，不过这下，老天爷，它可再没有你们说的'劲儿'了。那小子白白放完了枪里所有子弹，可我打中了它。我一枪打进它肚皮，打掉了它的神气。这就是我说的让它丢了魂。"

"后来怎样了？"那男的卷起报纸，用它拍打着自己的膝盖，"然后呢？你们肯定去追它了。它们会找一个你到不了的地方去死，不会有变。"

我又朝这伙计瞧了一眼。我至今仍记得这些话。年纪大的那人一直在听，警卫讲这事时，他就望着他。警卫成了大家注目的中心，好不得意。

"可你们去追它了？"那个年纪大的人问道，这委实算不得个问题。

"追了。我和我儿子，我们追着它。可这小子真没甚大用处。一路追着追着，他犯起恶心来，拖慢了我们的速度，那个笨脑瓜。"想起那情形，现下他不由得笑起来，"整夜喝啤酒追姑娘，然后他以为第二天还能猎鹿。老天爷，他现在算是知道了。不过我们去追它，也追得真不错。地上有血，树叶和忍冬上有血。到处是血。就连它靠着休息过的松树上也有血。还从没见过哪头老雄鹿有这么多血呢。我弄不懂它怎么还能跑下去。可天开始黑了，我们得往回走了。再说，我还牵挂着老爷子，结果证明牵挂实属不必。"

"有时候它们会一直跑下去。但它们会找一个你到不了的地方去死，不会有变。"拿报纸的人又一次重复了自己刚才的话。

"我狠狠训了那小子一顿，因为他一上来就没打中它，他正要回嘴时，我一时气极给了他一巴掌。冲这里。"他指着脑袋一侧，歪歪嘴，"我捆了他几记耳光，那该死的笨小子。他岁数还不太大。欠揍。"

"好了，这鹿就要落到郊狼嘴里喽，"拿报纸的那人说，"跟着还有乌鸦和秃鹫。"他展开报纸，捋捋平，搁在一旁。他又跷起一条腿。他扫了我们其余几人一眼，摇起头来。可不管怎样，他看上去并不太有所谓。

年纪大的那人早已转动椅子背过身，正看向窗外惨淡的上午太阳。他点上一支烟。

"我也这么想，"警卫说，"可惜了。狗娘养的，它可是一头又大又老的牲畜呢。我倒是真巴望能把它的犄角挂在车库里。不过所以呢，回答你的问题，比尔，我的鹿嘛，我既打到了又没打到。可不管怎样，结果鹿肉还是上了我们的桌。那会儿同一时间，老爷子自己逮到头小鹿羔子。他已经将它带回营地，吊起来，内脏剜得一干二净。心、肝和腰子都用蜡纸裹好，摞在冷藏箱里。他听见我们回来，就出营地来迎我们。他伸出两只手，满手干了的血。一字不说。老东西先吓了我一跳。我一时不知出了什么事。两只老手像是刷了漆。'瞧瞧，'他说，"——说到这儿，警卫伸出自己肥嘟嘟的一双手——"'瞧瞧我干了什么。'我们走到亮光下，瞧见他的小鹿吊在那儿。一头小鹿羔子。就是头小牲畜，但老爷子可是高兴死了。我和儿子一天下来没什么好显摆的，除了那小子，酒还没醒，又气急败坏，耳朵还痛着。"他哈哈大笑起来，环顾了一圈理发店，像是在回想。随后他又捡起牙签，塞进嘴里。

年纪大的那人掐灭了香烟，转向查尔斯。他吸了一口气，说："此刻你该在那里找那雄鹿，而不是在这里剃你的头。这故事叫人讨厌。"谁都没说话。一丝惊诧之色掠过警卫的脸。他眨眨眼。"我不认识你，我也不想认识你，不过我觉得你或你儿子或你家老爷子，不应当被允许同其他猎人一起进入林中。"

"你可不能这样说话，"警卫说，"你这个老混蛋。我在什么地方见过你。"

"呵，我从没见过你。要是见过你这张肥脸，我是会记起的。"

"伙计们，够啦。这是我的理发店。是我做生意的地方。我不允许这样。"

"我应当掴你的耳光才是。"年纪大的那人说。我一时觉得他会从椅子里霍地站起来。可他肩膀一起一伏的，看得出他正呼吸困难。

"你倒是来试试。"警卫说。

"查尔斯，艾尔伯特是我朋友。"理发师说。他将梳子、剪刀往柜台上一搁，两手压在我肩头，好像我正要从椅子里蹦起来，搅进这事端里。"艾尔伯特，查尔斯的头向来是我理的，他儿子的头也是我给理的，到现在好多年了。我希望你别再说了。"他看看这个又看看那个，两只手却一直压在我的肩头。

"去外面。"那位"不会有变"伙计说，兴奋了起来，盼望着出点什么事。

"够啦，"理发师说，"我不想非叫警察不可。查尔斯，有关这个话题我不想再多听一句。艾尔伯特，下一个到你了，所以请你再等一分钟，我这就替这位理完。嗨，"他转向"不会有变"说，"我根本不认识你，不过倘若你别再从中插一杠子，就算是帮了忙。"

警卫站起身说："我看我还是待会儿再来剪吧，比尔。眼下这帮人有些没劲。"他谁都没看，径直走了，用力带上了门。

年纪大的那人坐着抽起烟。他朝窗外望了片刻，接着又朝自己一只手的手背上细看着什么。然后他站起来，扣上帽子。

"抱歉，比尔。那家伙惹到我了，我想。我可以过几天再来理发。除此之外，我没别的事了。我下星期再来见你。"

"那你就下星期来，艾尔伯特。你请宽心。你听见了吗？没事的，艾尔伯特。"

那人出了门，理发师走到窗前，望着他离开。"艾尔伯特患了肺气肿，快要死了，"他站在窗前说，"我们以前常一起钓鱼。钓鲑鱼该知道的事，每件都是他教我的。女人哪。从前追他的女人成群结队，那老小伙。不过，近几年他是有了点脾气。但我老实说，今天早上是有人激他的。"我们从窗里看着他爬进他的皮卡，关上车门。之后他发动引擎，开走了。

"不会有变"坐不住了。他此刻站起身，在店堂里晃来晃去，时不时停下来看一看摸一摸，把每件东西都仔细研究一番：旧的木质衣帽架，比尔和他朋友提着一串串鱼的照片，五金店送的挂历，上面还有每月都不同的野外风景照——他把每一页都翻了翻，再翻回到十月份——甚至还站着仔细瞧了瞧挂在柜台一端墙上的理发师的执照。他先将重心放在一只脚上站着，然后又换成另一只，读着执照上的蝇头小字。之后他转身对理发师说："我想我也先走一步，回头再来。我也不认识你，不过我得来杯啤酒。"他快步走开，我们听见他发动汽车的声音。

"好吧，那你想要我理完这头发吗？"理发师不客气地对我说，就像这事端是我惹出来的。

就在这时进来个人，一个穿夹克打领带的男人。"嗨，比尔。怎么样啊？"

"嗨，弗兰克。没什么好多说的。你怎么样？"

"没什么。"男士说。他往衣帽架上挂好自己的夹克，松开领带。接着他坐进一把椅子里，拿起"不会有变"看过的报纸。

理发师将我坐的椅子一转，让我面对镜子。他用双手扶住我的脑袋两侧，最后一次摆正我的位置。他低下头，挨着我的，双手仍环绕着我的脑袋，我们一起看向镜子。我望着我自己，他也望着我。就算他看出了什么，他也什么都没问，什么都没说。他开始用手指来来回回地将顺我的头发，很慢，好像同时想着别的事。他顺着我头发的手指如此亲密，如此温柔，如恋人一般。

那是在加利福尼亚州的新月城，靠近俄勒冈州的州界。不久后我就离开了那里。然而今天我想起那个地方，新月城，想到我和妻子本打算在那里开始新生活，想到甚至在那时，那天上午坐在理发椅里，我已打定主意要离开那里，不再回头。我想起，当时我闭上眼睛任那手指在我发间顺过时，我感觉到的那种平静，那些手指间的忧伤，以及那又已开始生长的头发。

宝 ①

　　白天出了太阳，雪化成了脏水。面向后院那齐肩高的小玻璃窗上，水一溜溜往下淌。街上的汽车来来去去溅起污水。天黑下来了，屋里、屋外都是如此。

　　他在卧室里，正将衣物塞进一只行李箱，这时她走到门口。

　　我真高兴你要走了，你走了我真高兴！她说。你听见没有？

　　他继续往行李箱里塞东西，没抬头。

　　狗崽子！你走了我真是高兴！她哭起来。你都不敢面对我，是不是？这时她留意到床上有张小婴孩的照片，便拿了过去。

　　他看着她，她抹了把眼睛，横他一眼，转身往客厅走。

---

① 原题为"Mine"，该词既可作第一人称的名词性所有格（我的）解；也可作宝库、矿、源泉解；还可作地雷解。

把那个拿回来。

收拾好你的东西，滚出去，她说。

他没回答。他扣紧行李箱，穿上大衣，关灯前看了卧室一眼。然后他走进客厅。她抱着小婴孩，站在窄小厨房的门口。

我要孩子，他说。

疯了吗你？

没有，但我要孩子。我会让人来取他的东西。

你见鬼去吧！不许你碰这孩子。

小婴孩哭了起来，她掀开包住他头的毯子。

噢，噢。她说，看着小婴孩。

他朝她走过去。

我的天！她说。她往厨房里倒退一步。

我要孩子。

滚出去！

他走上前时，她朝炉灶背后的角落转过身，想护住小婴孩。

他双手伸过炉灶，紧紧抓住了小婴孩。

放开他，他说。

走开，走开！她哭喊道。

小婴孩涨红了脸，尖声哭叫。一阵扭打中，他们把挂在炉灶后面的一只小花盆撞了下来。

他把她堵在墙边，抓住小婴孩，用整个人的重量顶她胳膊，想叫她松手。

放开他，他说。

不放，她说，你弄伤他了！

他没再说话。厨房的窗户没透进一点亮光。在几乎一团漆黑里，他一只手掰着她紧握成拳的手指，另一只手揪住尖声哭叫的小婴孩靠近胳肢窝的地方。

她感觉自己的手指被硬生生地掰开，小婴孩正离她而去。不，就在她的手指松开前，她说。本该是她的，这仰着胖嘟嘟的脸从桌上照片里望着他们的小婴孩。她拽住小婴孩的另一只小胳膊。她抱紧那孩子的腰，往后倾。

他不肯给。他感觉小婴孩正从他手里松脱，于是他狠命一拽。他下了狠命地往后一拽。

就这样，他们解决了问题①。

---

① 原文为"issue"，该词有多重含义，既可作问题、争议解，也可作子嗣解。

远

她在米兰过圣诞，想知道她儿时的情形。他难得见她，每次都这样。

告诉我，她说。告诉我那时是怎样的。她小口抿着利口酒，等着，眼睛紧盯着他看。

她是个时髦、窈窕、迷人的女孩。父亲为她骄傲，对她安然走过青春期，出落成一个年轻女子感到欣悦和宽慰。

那是很久以前了。二十年前，他告诉她。他们此刻在他维亚 - 法布罗尼路的公寓里，公寓离卡西纳花园不远。

你能记起来的，她说。往下说，告诉我。

你想听什么呢？他问。我还有什么能告诉你的呢？我可以跟你说说当你还是小婴孩时发生的事。你想听听他们最初那次动真格的吵架吗？与你有关，他说，笑望着她。

告诉我，她说，期待地拍起手来。不过，请先给我俩再倒一杯酒，这样你就不用中途停下了。

他端着酒从厨房走回来，在椅子上坐好，慢条斯理地开始说：

他们自己都还是孩子，可他们彼此正爱得死去活来，他们结婚时，男孩十八岁，他女友十七岁，之后没过多久，他们就有了个女儿。

小婴孩是十一月末来到世上的，正赶上一股特强寒流，刚巧也是那一带的水禽狩猎高峰季。男孩热衷打猎，你瞧，这是故事的一部分。

男孩和女孩，此时是丈夫和妻子、父亲和母亲了，住在一个三居室的公寓里，楼上是家牙医诊所。他们每晚替楼上做清洁，换取免费的租住和水电。夏天他们要维护草坪和花木，冬天男孩要铲除人行道上的雪、撒岩盐粒。你还在听我说吗？

我在听，她说。一个对大家都相当不错的安排，包括牙医。

没错，他说。只是后来牙医发现他们用印有诊所抬头的信纸写私人信件。不过那又是另一个故事了。

这两个孩子，就像我告诉你的，彼此很相爱。此外，他们还怀抱大志向，有着大梦想。他们总在聊想做的事情、要去的地方。

他从椅中站起，朝窗外看了片刻，视线越过石瓦屋顶，望向薄暮时分微明的天光中那不紧不慢飘落的雪。

讲故事吧，她细声慢语地提醒道。

男孩和女孩睡在卧室里，小婴孩睡在客厅的摇篮里。那时小婴孩才三个星期大，刚能睡一整夜觉。

在这天星期六夜里，男孩干完了楼上的活，走进牙医的私人办公室，脚跷上牙医的办公桌，给卡尔·萨瑟兰德，他父亲的渔猎老友，打了个电话。

卡尔，那头的男人接起听筒时，他说，我当父亲了。我们有了个小女孩。

祝贺你，孩子，卡尔说。老婆怎么样？

她挺好，卡尔。小婴孩也挺好，男孩说。我们给她取名凯瑟琳。大家都挺好。

那就好，卡尔说。我听了挺高兴。嗯，替我向你老婆问好。倘若你打电话是为打猎的事，那我得跟你说说。大雁飞来了，多得不得了。我想我打猎这么多年，还从没见过这么多的大雁。我今天打了五只，早上俩，下午仨。我明天早上还要去，你想的话，就一起去。

我想，男孩说。我打电话来就为这个。

那你五点三十分来我这，我们一起走，卡尔说。多带些子弹。我们会好好干一把，别担心。明早见。

男孩挺喜欢卡尔·萨瑟兰德。他是男孩已故父亲的朋友。父亲死后，也许是想填补他们俩都感觉到的失落，男孩和萨瑟兰德开始一起出门打猎。萨瑟兰德是个秃顶的大块头，一个人过日子，不爱闲聊。男孩和他一起时偶尔会感到不大自在，他不知自己是否说错了话或做错了事，因为他不习惯和一个长时间闷声不语的人相处。可一旦开口，这位长者又常固执己见，而男孩常常不赞同他的见解。不过这人是条硬汉，对深山老林有一肚子学问，叫男孩又喜欢又羡慕。

男孩挂了电话下楼去，告诉女孩明早打猎的事。要出门打猎，他挺来劲，没过几分钟，他就一一摆开了他那些用具：猎装，子弹袋，靴子，羊毛袜，带皮毛护耳的褐色帆布猎手帽，十二号泵动式霰弹枪，长款羊毛内衣。

你几时能回家呢？女孩问。

大概中午吧，他说，但也可能得到五六点才回来。会不会太晚?

没事,她说。我和凯瑟琳没问题。你去吧,好好玩玩,应该的。也许明天傍晚,我们给凯瑟琳打扮好,去看看克莱尔。

没问题,这主意不错,他说。那就这么计划。

克莱尔是女孩的姐姐,大她十岁,是个美丽出众的女子。我不知道你有没有见过她照片。(你大概四岁时,她在西雅图一家酒店里大出血死了。)男孩有那么一点爱她,就像他也有那么一点爱女孩的妹妹贝琪,那时她才十五岁。有一次他还跟女孩开玩笑说,倘若我们没结婚,我会去追克莱尔。

那贝琪呢?女孩说。我不想承认,可我真心认为她比克莱尔或我都要好看。她怎么样?

贝琪也追,男孩说着哈哈笑了。当然追贝琪。不过和我追求克莱尔不一样。克莱尔年纪更大,可我说不上来,她身上有种什么东西叫你着迷。不,比起贝琪,我认为我更喜欢克莱尔,我想,要是非让我选的话。

可你真正爱的又是谁呢?女孩问。这世界上你最爱的是谁呢?谁是你的妻子呢?

你是我的妻子，男孩说。

我们会一直相爱吗？女孩问，对这番谈论她很是享受，男孩看得出来。

会的，男孩说。而且我们会一直相守。我们就像加拿大雁，他说，刚一想到这比喻，就用上了，因为那段日子里，它们总在他脑中盘旋。加拿大雁只结一回婚。它们年轻时选定一偶，之后就一辈子相守。倘若一只死了，另一只永远不会再婚。它会在某个地方独守，或者即便继续跟随雁群生活，但在双双对对的大雁群中，也会一直孤单地过着。

那是挺悲哀的命运，女孩说。我觉得，孤单地活在大雁群里更悲哀，还不如去哪个地方独守。

是悲哀，男孩说，不过就像其他事情一样，那是天性的一部分。

你有没有断过这种大雁的姻缘？她问。你懂我的意思。

他点点头。有过那么两三次，我打下一只大雁，他说，一两分钟后，就见到另一只离群飞回来，开始绕着倒地的那只盘旋，哀哀鸣叫。

你有没有把那只也打下来呢？她关切地问。

能打就打了，他回答道。有时我会打不中。

这事不叫你烦心吗？她问。

从来没有，他说。真正打的时候你是不能这么想的。和猎大雁相关的，我样样都喜欢。哪怕我不打，光是望着它们也叫我喜欢。生活里有各种各样的矛盾，你没法老惦着所有的。

晚饭后，他燃旺火炉，帮着她一起给小婴孩洗澡。他又一次对小婴孩惊奇不止：她的五官有一半承袭了他，眼睛和嘴巴，另一半来自女孩，下巴和鼻子。他给那小小身体扑了粉，又给手指和脚趾之间也扑上粉。他看着女孩替小婴孩换上尿片，穿上睡衣。

他将洗澡水倒进淋浴池，就上了楼。外面天气阴沉而寒冷。他的呼吸在空中化为白气。已不剩几根草的草坪，在路灯下灰扑扑、硬扎扎的，让他想起帆布来。人行道两旁积了一堆堆雪。一辆车驶过，他听见车轮碾过沙子的刺耳响声。他任由自己想象着明天的情形，头顶上空雁群飞旋，肩膀抵着猎枪一下下的撞击。

随后他锁上门，走回楼下。

他们躺在床上想看看书，可两人都睡着了，先是她，没几分钟杂志就落在被子上了。他眼皮也要合上了，可又让自己清醒过来，查了一遍闹钟，才关掉灯。

小婴孩的哭声吵醒了他。那边亮着灯，女孩站在摇篮旁，怀里抱着婴儿轻轻摇晃。过了片刻，她放下小婴孩，关了灯，回到床上。

这时是凌晨两点，男孩又睡着了。

可过了半小时，他又听见小婴孩的声音。这回，女孩继续睡着。婴孩轻一阵响一阵哭了几分钟，就不哭了。男孩听着，接着打起了盹。

可婴孩的哭声又一次吵醒了他。客厅灯光大亮。他坐起来，拧开台灯。

我不知道怎么了，女孩说，抱着婴孩来来回回走着。我替她换了尿布，又喂了她，可她还是一直哭。哭个不停。我累极了，我真怕自己会一松手让她掉到地上。

你回床上睡，男孩说，我来抱一会儿。

他起来，接过婴孩，女孩又回到床上躺下。

就摇她几分钟好了，女孩在卧室里说。说不定她就能睡着。

男孩坐在沙发上，抱着婴孩，在腿上轻摇她，直到她闭上眼睛。他自己的眼皮也差不多合上了。他小心地站起，把婴孩放回摇篮。

这时是四点差一刻，他还有四十五分钟。他爬上床，倒头就睡。

可没过几分钟，婴孩又哭起来，这次，他们俩都起来了，男孩骂了一句。

老天，你这是怎么回事？女孩对他说。没准她是病了或怎样。没准我们就不该给她洗澡。

男孩抱起婴孩。婴孩蹬蹬小脚，弯嘴一笑。瞧，他说，我真的不觉得她有什么事。

你怎么知道？女孩说。来，让我来抱她。我知道我该给她喂点药，但我又不知道喂什么。

她的声音有点急躁，引得男孩仔细地盯着她看。

过了几分钟，小婴孩没再哭，女孩又把她放进摇篮。他和女孩看着小婴孩，然后彼此看了看，这时小婴孩又睁开眼睛，再次开始哭。

女孩抱起小婴孩。宝贝，宝贝，她说，眼里噙着泪。

说不定是她肚子的问题，男孩说。

女孩没回应。她继续摇着怀里的小婴孩，不再搭理男孩。

男孩等了片刻，之后走进厨房，烧水冲咖啡。他在短裤和 T 恤外面套上羊毛内衣，扣上扣子，又穿上衣服。

你这是干吗？女孩冲他说。

去打猎，他说。

我认为你不该去，她说。也许白天晚些时候，等小婴孩没事了，你就可以去了，可我认为今天早晨你不该去。我不想这样被独自丢下照看她。

卡尔计划好我去的，男孩说。我们已经计划好了。

你和卡尔计划了什么，关我屁事，她突然火了。至于卡尔，他又关我屁事。我根本就不认识他。我就是不想让你去。我认为现在这情形下，你连想着要去的念头都不该有。

你见过卡尔，你是认识他的，男孩说。你说你不认识他是什么意思？

问题不在这里，你知道的，女孩说。问题是我不想被丢在家独自守着一个生病的婴孩。要是你不自私的话就会意识到这个。

且慢，不是这样的，他说。你不懂。

不，你才不懂，她说。我是你老婆。这是你孩子。她病了还是怎么的，看看她。不然她干吗老哭？你不能丢下我们跑去打猎。

别这么歇斯底里，他说。

我是说你任何时候都可以去打猎，她说。这婴孩有什么地方不对头，你却想丢下我们打猎去。

这时她开始哭。她把小婴孩放回摇篮，可小婴孩马上又开哭了。女孩忙撩起睡袍袖子抹去眼泪，又抱起孩子。

男孩慢吞吞地系上靴子的鞋带，穿好衬衫，毛衣，外套。厨房炉灶上的水壶尖啸着。

你得做个选择，女孩说。卡尔或我们，我说真的，你得做出选择。

你什么意思？男孩说得很慢。

你听见我的话了，女孩答道。如果你想要个家，你就得做个选择。你一旦走出那道门，就别再回来，我说认真的。

他们彼此瞪着眼。接着男孩提起狩猎用具，上了楼。他好不容易发动了引擎，又下车去把车窗上面结的冰刮净。

夜间气温下降，但天放晴了，晨星出来了，此刻在他头顶上空闪烁。开着车，男孩抬头望了一眼晨星，想着它们的远，它们的亮，心里一动。

卡尔家前廊的灯亮着，他的旅行车已经停在车道上了，引擎怠速空转着。男孩将车一靠上街沿，卡尔就走了出来。男孩已拿定主意。

你最好别把车停在街边，男孩走上人行道时，卡尔说。我都准备好了，等我去关一下灯。我真是抱歉，真的，他继续说着。我想你没准睡过头了，所以我刚往你那儿打了个电话过去。你老婆说你已经出了门。打那电话真叫我抱歉。

没事，男孩说，搜索着合适的表达。他用一条腿支着身体，竖起衣领。他又将两只手插进外套口袋。她早就起来了，卡尔。我俩都已起来半晌了。我想小婴孩有什么地方不对劲，我不知道。她哭个不停，我是说。是这样的，我想这次我去不成了。他冷得打了个寒战，移开目光望向别处。

你该去电话那里给我打一个过来就行，孩子，卡尔说。没事的。嗐，你明白你不用非得跑一趟来告诉我。去它的，打猎这事可去可不去。没甚要紧。你要不要来一杯咖啡？

不啦，谢谢，我最好先回去，男孩说。

好吧，既然我起来了且已准备就绪，那我就接着去，卡尔说。他望着男孩，点上一支烟。

男孩仍旧站在门廊上，不说话。

瞧这天气的样子是放晴了，卡尔说，反正我也不指望今天一早能打多少。冷倒是够冷的。

男孩点点头。回头见，卡尔，他说。

回见，卡尔说。嘿，甭信别人的话，卡尔冲他背影喊道。你是个幸运的孩子，我这是真心话。

男孩发动车子，等着，眼看卡尔进屋绕上一圈，关上所有的灯。他才挂上挡，开走了。

客厅的灯亮着，女孩在床上睡着了，小婴孩也在她身边睡着。

男孩除下靴子、裤子和衬衫，穿着袜子和羊毛内衣，在沙发上坐下读起周日的报纸来。

不一会儿外面的天就亮了。女孩和小婴孩继续熟睡着。过了一阵，男孩走进厨房，开始动手煎培根。

没过几分钟，女孩穿着睡袍出来了，她伸出双臂搂住他，一句话也不说。

嘿，小心睡袍着火，男孩说。她紧偎着他，同时摸了摸炉灶。

先前的事，我很抱歉，她说。我不知那时脑子是怎么想的，为什么会说出那种话。

没关系，他说。嘿，亲爱的，让我来对付培根。

我不是有意那样说狠话的，她说。实在糟糕。

是我的错，男孩说。凯瑟琳怎么样了？

她现在没事了。我不知道先前她是怎么回事。你走后，我又替她换了尿布，然后她就没事了。她真就没事了，马上睡了。我也不知道是怎么回事。不过请别对我们恼火啊。

男孩呵呵笑起来。我没对你们恼火，别傻了，他说。来，让我来用这煎锅做点什么。

你坐下，女孩说。我来做早饭吧。来块华夫饼配这培根，怎么样？

太好了，他说。我饿坏了。

她从煎锅里倒出培根，然后调了华夫饼的面糊。他坐在桌边，已放松下来，看她在厨房里忙乎。

她去关了卧室门，又走进客厅，放上一张他俩都喜欢的唱片。

我们可别再吵醒那一位，女孩说。

她把一只盘子摆到他跟前，里面有培根，一个煎蛋和一块华夫饼。她将另一只盘子搁上桌，是她自己的。可以吃了，她说。

看上去真棒，他说。他往华夫饼上抹黄油、浇糖浆，切开华夫饼时，却把盘子打翻在自己腿上了。

我真不敢相信，他说，从桌边一跃而起。

女孩瞧着他，又瞧着他脸上的表情，开始哈哈大笑。

要是你能照照镜子就好了，她说，一个劲地笑着。

他低头去看挂在羊毛内衣前襟的糖浆，又看糖浆上粘着的华夫饼、培根和鸡蛋碎块，也开始大笑。

我这是饿坏了，他说，摇摇头。

你真是饿坏了，她说，继续笑。

他脱去羊毛内衣，朝卫生间门那儿一扔。之后他张开双臂，她将自己投入那怀中。他们开始和着音乐缓慢起舞，她一身睡袍，他穿着短裤和 T 恤。

我们不会再吵架了，是不是? 她说。不值得，是不是?

对啊，他说。看看吵过后它带给你什么感觉。

我们不会再吵架了，她说。

唱片放完后，他久久地吻着她的唇。那时是早晨八点左右，十二月里一个寒冷的星期天。

他从椅中站起，又斟满了他们的酒杯。

没了，他说。故事说完了。我承认这谈不上是什么了不得的故事。

我觉得有意思，她说。故事非常有意思，我跟你说吧。可发生了什么呢？她问。后来呢，我的意思是。

他耸耸肩，端着酒杯走到窗前。天黑了，但雪还飘着。

事情变了，他说。孩子会长大。我不知道发生了什么。但事情确实会变的，不管你有没有意识到，或你想不想它变。

是的，真是如此，只是——话到一半，她没再说下去。

她撇下了这个话题。从窗户的倒影里，他见她端详着自己的指甲。之后她扬起头来，欣然问他，到底还要不要带她在城里走走看看。

当然，他说。穿上你的靴子，我们走吧。

可他仍站在窗前，回忆着那段逝去的人生。那个早晨之后，还有一段段不容易的日子等在前方，他有了别的女人，她有了别的男人，可那个早晨，在那个特别的早晨，他们跳了舞。他们跳舞，他们拥抱，似乎那个早晨会永驻，后来他们又为华夫饼的事笑起来。他们依偎着，笑着，直到笑出了泪，而外面的一切都封冻了，至少，一时是那样。

新手

　　我的朋友，心脏病医生赫布·麦克吉尼斯，在说话。我们四个围坐在他的厨房餐桌边，喝着杜松子酒。那是星期六下午。太阳从水池背后的大窗户投进来，照得满厨房敞敞亮亮。在座的有我、赫布、他的第二任妻子特芮莎——特芮——我们这么叫她，还有我妻子劳拉。我们住在阿尔伯克基市，但我们都是外乡人。桌上有个冰桶。杜松子酒和奎宁水在我们之间不断地传递着，不知怎的，我们聊到了爱情这话题上。赫布认为真正的爱不亚于精神之爱。他年轻时在神学院待过五年，之后才退学去上医学院。他也就此不再去做礼拜了，可他说回首在神学院的那几年，他仍视之为自己一生中最重要的一程。

　　特芮说在赫布之前，和她一起生活的那个男人爱她爱得想要她的命。赫布听了她这话就哈哈笑起来。他做了个鬼脸。特芮瞪他一眼。然后她说："一天夜里他揍了我一顿，那是我们在一起的最后一晚。他拽着我的脚踝将我在客厅里拖来拖去，一边跑一边说：'我爱你，你看见没有？我爱你，你这个婊子。'他就这样拽着我在客厅里跑，我的脑袋不断地撞上东西。"她看了一圈桌边的我们，又去看自己捧着酒杯的两只手。"那种爱情，你拿它怎么办？"她说。她是个瘦骨伶仃的女人，有着漂亮脸蛋，深色眼睛，一头棕发垂在后背。她喜欢镶绿松石的项链，喜欢垂荡的长耳环。她比赫布小十五岁，患过几次厌食症，二十世纪六十年代后期，在上护士学校之前，她还辍过学，如她所言成了个"街头浪子"。赫布有时会爱怜地唤她为他的嬉皮。

"我的老天，别犯傻。那不是爱，你明明知道，"赫布说，"我不知道你该叫它什么——我称它为发疯——不过那铁定不是爱情。"

"随你怎么说，可我知道他爱我，"特芮说，"我知道他爱我。也许在你听来是发疯，不过确实是的。人跟人不一样，赫布。当然，有时他做事很出格。不错。但他爱我。是他自己的那套做派，也许吧，但他爱我。其中的确有爱，赫布。这一点，别否认我。"

296

赫布吁出一口气。他举着酒杯转向劳拉和我。"他还威胁说要杀了我呢。"他将酒一饮而尽,伸手去拿杜松子酒瓶。"特芮是罗曼蒂克的人。特芮是'打是疼骂是爱'一派的。特芮,亲爱的,别这副样子。"他隔着桌子伸过手,用手指摸摸她脸蛋。他冲她歪嘴笑笑。

"他现在倒要来补救了,"特芮说,"在想要损我之后。"她没笑。

"补救什么?"赫布说,"有什么要补救的?我就是有一句说一句,如此而已。"

"那你说它是什么呢?"特芮说,"我们到底是怎么转到这话题上来的?"她举杯喝了一口。"赫布脑子里总想着爱情,"她说,"是不是,亲爱的?"这回她微微笑了,我以为这就算没事了。

"我只是不会把卡尔的举动说成是爱情,亲爱的,我要说的就是这个,"赫布道,"你们二位怎么看?"他对劳拉和我说:"你们觉得那像是爱情吗?"

我耸耸肩。"问我是问错了人。我根本不认识那人。我只是偶尔听人提过他的名字。卡尔。我说不上来。你得知道所有的细节。以我之见,不是,但谁又说得上来呢?

示爱的行为和方式五花八门。那做派恰巧不是我的。可你是否在说，赫布，爱情是一种纯粹？"

"我说的那种爱情，"赫布说，"我说的那种爱情，是你不会想着去要人命。"

劳拉，我的心肝宝贝劳拉，心平气和地说："我对卡尔一无所知，对那情形也一无所知。有谁能评判他人的事端呢？但是，特芮，施暴我就不得而知了。"

我抚摸了一下劳拉的手背。她冲我莞尔一笑，又继续望向特芮。我握起劳拉的手。那手摸上去感觉很温暖，涂了指甲油，修得完美。我用手指扣着她宽宽的手腕，如一只手镯，环住她。

"我离开后，他喝了老鼠药，"特芮说，她双手抱臂，"他们把他送到圣达菲的医院，我们那时住在那里，他们救了他一条命，可他的牙龈就此脱开了。我是说牙龈从牙齿上脱开了。自那以后他的牙齿就像狗牙那样龅突。我的天哪。"她说。停了片刻，她松开手臂，端起酒杯来。

"人真是什么事都干得出来！"劳拉说，"我倒是替他难过，而我甚至都不觉得我会喜欢他。他现在在哪儿？"

"折腾不了了，"赫布说，"死了。"他递给我一碟青柠。我拿了一片，将青柠汁挤在我的酒里，然后伸出手指去搅杯里的冰块。

"越来越糟，"特芮说，"他朝自己嘴里开枪，可就连那他也搞砸了。卡尔好可怜。"特芮说着，摇摇头。

"卡尔可怜个屁，"赫布说，"他是个危险人物。"赫布四十五岁。他瘦高个子，长手长脚，一头变灰白的卷发。他的脸和手臂因为打网球晒成了棕褐色。他清醒时，举手投足又到位又仔细。

"不过他是爱我的，赫布，这一点你得承认，"特芮说，"我只要求这一点。他不像你那样爱我，我并不是说这个。但他是爱我的。这一点，你能承认吗？我的要求并不太过分。"

"你说'那他也搞砸了'是什么意思？"我问。劳拉举着酒杯往前凑。她将胳膊肘支在桌上，两只手捧住酒杯。她的目光从赫布扫到特芮，等着下文，开朗的脸上带着困惑的神情，好像惊讶这种事竟出在熟人身上。赫布喝光了酒。"他自杀时是怎么搞砸了呢？"我又说了一遍。

"我来告诉你们出了什么事，"赫布说，"他拿了特地买来威胁我和特芮的那把点二二手枪——唔，我不开玩笑，他是想用它一下的。你们该看看那些日子我们是怎么过的。像是逃犯。我认为自己是非暴力一族，可我甚至买了一把枪。不过我买枪是为自卫，就放在汽车仪表盘旁的小储物柜里。我有时得半夜离开公寓，你们知道，去医院。那时我和特芮还没结婚，房子、孩子、狗和所有东西都在我前妻手里，我和特芮就住这个公寓。有时候，像我说的，我半夜接到电话，凌晨两三点得赶去医院。停车场漆黑一片，我还没摸到车就一身冷汗了。我永远无法知道他会不会从灌木丛或一辆车背后窜出来，朝我放枪。我是说，他疯了。他有能耐把炸弹装上我的车，什么都做得出。他那时会不分日夜地打我的服务专线，说他需要跟医生谈一谈，我回电话过去，他就说：'狗娘养的，你就要活到头了。'这类屁话。恐怖，我跟你们说。"

"可我还是替他难过。"特芮说。她啜了一口酒，注视着赫布。赫布也盯着她看。

"听起来像一场噩梦，"劳拉说，"他给了自己一枪后究竟发生了什么？"劳拉是律师秘书。我们在一个工作场合认识，当时周围还有许多别的人，但我们俩聊了起来，我邀她一起吃晚餐。不知不觉我们就已经开始恋爱了。她三十五岁，小我三岁。除了爱情，我们欣赏对方，享受彼此相伴。她是个好相处的人。"发生了什么？"劳拉又问了一遍。

赫布顿了顿，手转了转酒杯。之后才说："他在自己的房间里往嘴里开了一枪。有人听见枪声，报告给管理员。他们用万能钥匙进去，见到出了事，就呼叫了救护车。他们送他进急诊室时，我恰巧在那里。我正处置着另一位急诊病人。他还没断气，但谁也无法救他一命了。尽管这样，他还活了三天。他的脑袋肿得有正常的两个大，我是说真的。这情形我从来没见过，但愿以后也不会再见到。特芮知道情况后想进去医院陪他。我们为此吵了一架。我认为她不该看到他那副样子。我认为她不该见他，我现在还是这样认为。"

"谁赢了？"劳拉说。

"他死时我在病房守着他，"特芮说，"他再也没有恢复意识，也没希望活下来，但我守着他。他没别的人了。"

"他是个危险人物，"赫布说，"要是你把那叫作爱情，那就请便。"

"那是爱情，"特芮说，"在大部分人眼里，这确实不正常，可他甘愿为此而死。他也真的为此死了。"

"我绝不会把这叫作爱情，"赫布道，"你不知道他为什么而死。我见过相当多自杀的人，而我敢说和他们亲近的人并不都真的知道他们自杀的原因。他们称之为原因的，我就不好说了。"他两手枕着后脖颈，翘起椅腿往后仰。"对那类爱情，我没兴趣。倘若那叫爱情，那就请便。"

过了片刻，特芮说："我们当时担惊受怕。赫布甚至立了遗嘱，还写信给加州的弟弟，弟弟曾是特种兵。他告诉弟弟一旦自己出了蹊跷事，该去找谁是问。哪怕不那么蹊跷！"她摇摇头，笑起这事来。她呷了口酒，继续说："不过我们确实活得有点像逃犯。我们确实怕他，毫无疑问。我有一回还给警察打了电话，可他们也无能为力。他们说不能拿他怎么样，不能抓他办他，除非他真对赫布干了什么。这不是很可笑吗？"特芮说。她将瓶中仅剩的酒倒进自己的杯里，晃了晃酒瓶。赫布从桌边站起，走向食柜。他又取下一瓶杜松子酒。

"唔，我和尼克感情很好，"劳拉说，"是不是，尼克？"她用膝盖顶了顶我的膝盖。"你也该开口说几句，"她说，冲我灿烂一笑，"我们处得相当不错，我觉得。我们喜欢一起做事，我们都还没打骂过对方呢，万幸万幸。好运常驻。我要说我们相当幸福。我想我们也该知足了。"

作为回应，我拿起她的手，做个花哨动作捧到唇边。表演了一个深吻。大家都被逗笑了。"我们够幸运的。"我说。

"你们哪，"特芮说，"就别来这一套啦。你们叫我浑身不爽！你们还在蜜月里，所以你们还能这么干。你们还在对彼此痴迷着呢。等着瞧吧。你们俩在一起有多久了？多少日子？一年？一年多了吧。"

"一年半。"劳拉说，还红脸笑着。

"你们还在蜜月里，"特芮又说了一遍，"等着瞧吧。"她举着杯子看劳拉，"我只是开开玩笑。"她说。

赫布打开了杜松子酒，拿酒瓶绕桌斟了一圈。"特芮，老天，你不该这么说话，就算你不当真，就算你是开玩笑的。会招来厄运的。来来，伙计们。咱们来干一杯。我建议来干一杯。为爱情干杯。真正的爱情。"赫布说。我们碰了碰杯。

"为爱情。"我们说。

外面，后院里，其中一条狗开始汪汪叫。斜过窗户的那株山杨的叶子在轻风里摇曳。下午的阳光就像屋里的一个灵物。桌子周围忽然有种轻松、宽宥的气象，还有友爱和安慰。天涯海角，能有一聚，何其难得。我们再次举起酒杯，彼此咧嘴笑笑，就像终于在某个事上统一了意见的小孩子。

"我来告诉你们什么是真正的爱情吧，"赫布最后说，打破了那魔幻的感觉，"我是说我来告诉你们一个好例子，你们便可以得出自己的结论。"他又往自己的酒杯里倒了些酒。他加进一块冰、一片青柠。我们啜着酒等他开口。我和劳拉又彼此碰了碰膝盖。我把一只手搁在她温暖的大腿上，没挪走。

"我们在座的有谁真正懂爱情吗？"赫布说，"我要说的就是这意思，我这么说请你们多包涵。不过在我看来，我们只是爱情的新手。我们说我们彼此相爱，我们是这样的，这点我不怀疑。我们彼此相爱，我们爱得很深，我们大家都这样。我爱特芮，特芮爱我，你们俩也彼此爱着。你们现在明白我说的是哪种爱了。性欲爱，那种对另一人——伴侣的吸引力，还有平淡的日常爱，爱另一人的存在，爱与另一人相守，这些细小事情构成了日常爱。就是肉体之爱，嗯，还有姑且称之为情感爱的每时每日对另一人的关怀。但有时候，我解释不了这一事实，就是我一定也爱过我前妻。我爱过，我知道我爱过。因此我想你们不用再多说什么，就这点而言，我的确像特芮。特芮和卡尔。"他沉吟片刻，又往下说："可有一阵我觉得我爱前妻胜过爱我的生命，我们还一起有了孩子。如今我却发自肺腑地恨她。我真恨。你们如何看这事呢？那份爱情怎么了？那份爱情完全被抹掉了，好像从未有过、从未发生过？我想知道这到底是怎么回事。但愿有人能告诉我。再就是卡尔了。好吧，我们又说回卡尔了。他爱特芮爱得想要了她的命，结果却要了自己的命。"他顿了顿，摇着头，"你们俩在一起十八个月了，你们彼此相爱，你们举手投足之间都表现出来了，你们因爱而神采焕发，可你们相遇之前各自也都爱过别人。你们俩都结过婚，就像我们一样。没准在那之前，你们还爱过别人。我和特芮一起生活已有五年，结婚四年。但糟糕的事，那糟糕的事，不过也是好的事，不幸中的万幸，你们或许会这么说，就是倘若我们中的一人——原谅我这么说——倘若我俩中的一个明天碰上什么事，我想另一人，另一半，会伤心一阵，你瞧，可过后幸存的那个又会重新去约会恋爱，很快就另结新欢，而所有这一切，所有这些爱情——上帝啊，你又怎么看它呢？——它将只是记忆。也许甚至连记忆都不是。也许本该如此。难道我错了？大错特错了？我知道这会发生在我俩身上，我和特芮，尽管我俩可能彼此很相爱。就这事而言，我们谁都一样。这话我敢担待。总之我们都证实了这一点。我只是不理解。如果你们认为我错了，请纠正我。我想知道。我什么都不知道，我先承认这一点。"

"赫布，看在老天的分上，"特芮说，"这话题叫人丧气。说下去会变得非常叫人丧气。就算你认为那是真实，"她说，"照样还是叫人丧气。"她向他伸出手，抓住他前臂靠近手腕的那部分。"你没喝醉吧，赫布？亲爱的，你醉没醉？"

"亲爱的，我只是说说话而已，不行吗，"赫布说，"我不必非得醉了才可吐真言，是不是？我没醉。我们只是在说话，不是吗？"赫布说，接着他的声音变了，"不过要是我想喝个醉，我就会喝个醉，见它的鬼。今天我想怎样就怎样。"他眼睛盯住她不放。

"亲爱的，我没在数落你。"她说，拿起自己的酒杯。

"我今天不值班，"赫布说，"今天我想怎样就怎样，我只是累了，就这么回事。"

"赫布，我们爱你。"劳拉说。

赫布看着劳拉。好像他一时没认出她来。她脸上盈着笑，也一直看着他。她的脸颊绯红，阳光照进她的眸子，使她看他时眯起了眼睛。他的脸放松下来。"也爱你，劳拉。还有你，尼克。我跟你们说，你们是我们的老朋友，"赫布道，他拿起酒杯，"嗨，我刚才在说什么？对了。我想告诉你们前一阵发生的一件事。我想我要证明一点，如果我能把这事原封不动讲出来，我就得证了。事情发生在几个月前，不过现在还没过去。你们可能会那么说，是的。当我们谈论爱情时，我们说来说去好像很知道自己在说什么，这件事会叫我们大家感到汗颜。"

"赫布，得了，"特芮说，"你喝得太醉了。别这么说话。要是你没醉就别说醉话。"

"你能不能闭一分钟嘴？"赫布说，"让我来说说这件事。它一直搁在我心上。请闭嘴一分钟。刚出事时我只跟你提过几句。就是那对在州际公路上出车祸的老夫妻？一个小年轻撞了他们，他俩都被撞惨了，挺过来的希望渺茫。让我来说说这事情，特芮。就请闭那么一分钟嘴。行吗？"

特芮看了我们一眼，又去看赫布。她看上去有些焦虑，焦虑是唯一贴切的词。赫布将酒瓶在桌上传了一圈。

"那就叫我吃一惊吧，赫布，"特芮说，"叫我惊得摸不着头脑。"

"没准我会，"赫布说，"没准会的。我自己也一直对许多事情感到吃惊。我人生里的每一件事都叫我吃惊。"他盯着她瞧了一会儿。之后他开始说。

"那天夜里我值班。那是五月或六月。医院打电话来时，特芮和我刚要坐下吃晚饭。州际公路上出了车祸。一个才十几岁的小年轻，喝醉了，把他父亲的皮卡一头撞进这对老夫妻开的露营车里。他们都七十五六岁了。那小年轻，十八九岁吧，没送到医院就已经死亡。方向盘刺穿了他的胸骨，他肯定当场就毙命了。但那对老夫妻，他们还活着，也就仅剩一口气了。他们有多处骨折、挫伤、撕裂伤，全齐了，俩人还都有脑震荡。他们的情形糟透了，相信我。还有，他们的岁数也对他们不利。她的伤情比他更糟。除了那些伤，她的脾脏破裂了，双膝膝盖骨也都碎裂了。好在他们系了安全带，苍天有眼，唯有这点救了他们的性命。"

"诸位，这是国家安全委员会的广告，"特芮说，"你们的发言人，赫布·麦克吉尼斯医生，正在讲话。请洗耳恭听。"特芮说着哈哈大笑，接着她又压低声音："赫布，你有时真有点过头。我爱你，亲爱的。"

我们大家都笑起来。赫布也笑了。"亲爱的，我爱你。可你知道的，对不对？"他欠身探过桌子，特芮也探过来迎他，他们亲了亲。"特芮此言在理，诸位，"赫布说着在椅子上坐好，"为了完全，系上安全带。请听赫布医生的话。不过说正经的，他们的情形很糟，那两位老人家。我赶到那里时，实习生和护士已着手急救。就如我说的，那小年轻死了。他被停放在一个角落里，平躺在一张平车上。有人已经通知亲属，殡仪馆的人马上就到。我飞快检查了一下那对老人，告诉急救室护士立刻给我找一位神经科医生和一位骨科医生来。我尽量长话短说。另外几位来了，我们推着老人进了手术室，手术几乎持续一整夜。他们一定具有惊人的忍耐力，那俩老人，你是不多见的。能做的一切我们都做了，快到早晨时，我们估计他们的生还几率是百分之五十，或许更少，妻子也许只有百分之三十吧。她叫安娜·盖茨，她真了不得。第二天早晨，他们都还活着，我们把他们送进加护病房，在那里能监测他们的一呼一吸，二十四小时监护。他们在加护病房待了差不多两个星期，她待得更久些，等他们的状况足够好转了，我们才把他们送进各自的病房。"

赫布停住话头。"嗨，"他道，"喝酒。把它喝完。然后我们去吃晚饭，怎么样？我和特芮知道个去处。是处新地方。我们就去那里，去这个我们知道的新地方。喝完这瓶酒我们就去。"

"那地方叫'读库'，"特芮说，"你们还没去过那里吃饭吧？"她说，我和劳拉都摇了摇头。"是个去处。他们说那是一家新的连锁餐厅，可它不像是一家连锁的，你们明白我的意思。他们那里真的有书架，书架上还有真的书。吃完饭你可以翻翻那些书，带一本走，等下次去吃饭时再带过去。饭菜也好得叫你不敢相信。赫布在读《艾凡赫》①！上星期我们去那里时他带回家的。他只在一张卡上

---

① 享有"欧洲历史小说之父"美誉的英国小说家、诗人沃尔特·司各特（Sir Walter Scott）最为著名的作品，曾被译为《撒克逊劫后英雄略》引入中国。

签了字。就像在一座真正的图书馆。"

"我喜欢《艾凡赫》，"赫布说，"《艾凡赫》真精彩。要是我能重新来一遍，我就去念文学。眼下我正经历着一场身份危机。是不是，特芮？"赫布说。他呵呵笑起来。他飞快晃动着杯中的冰块。"我的身份危机已经好几年了。特芮知道。特芮可以告诉你们。不过让我这么说吧。要是我能再投一次胎，投生到另一个完全不同的时代，过另一种人生，你们知道吗？我想投胎成一名骑士。披盔戴甲全副武装，安全得很。在火药、毛瑟枪、点二二手枪相继问世前，当一名骑士委实不错。"

"赫布就想骑一匹白马，执一根长矛。"特芮说着笑了起来。

"怀中揣一淑女的吊袜带，云游四方。"劳拉说。

"或干脆揣一淑女。"我说。

"不错。"赫布说。"妙极。你懂什么最要紧，是不是，尼克？"他说。"另外，不管你骑马到哪儿，都会把她们的香水手帕随身带到哪儿。那会儿有没有香水手帕？没关系。一些表示'勿忘我'的小玩意儿。一个纪念物，我想说的就是这个。那会儿你得随身带着个纪念物什么的到处

走动。反正，不管怎样，那会儿当骑士比当农奴好。"赫
布说。

"向来更好。"劳拉说。

"那会儿农奴过得可不怎么太好。"特芮说。

"农奴从来就没好过，"赫布说，"可我估计就连骑士，
也是什么人的扑人①。那时的世道是不是这样的？可说来
说去，每个人都是另一个什么人的扑人。难道不是吗，特
芮？可我喜欢当骑士，除了他们的女人外，还因为他们的
盔甲，你瞧，他们不会轻易受伤。那会儿没有汽车，伙
计。也没有喝醉的小年轻来撞你。"

"仆人。"我说。

"什么？"赫布说。

"仆人，"我说，"他们被叫作仆人，医生，不是扑人。"

"仆人，"赫布说，"仆人扑人，心室心事，输精管输
液管。哈，反正你们懂我意思。你们在这些方面的学问都
比我高。"赫布说："我没做过学问。我只是记住了我那点
招数。我是心外科医生，不错，可我其实就是个修理工。

---

① 据下文可知，此处赫布口误将"vassal"（仆人）说成了"vessal"（容器、
船、血管）。

我只是修理修理身体里出毛病的零件。我只是个修理工而已。"

"谦虚可不怎么适合你啊，赫布。"劳拉说，赫布朝她咧了咧嘴。

"他只不过是个谦逊的医生而已，各位，"我说，"不过，有时候他们在盔甲里会憋闷得不行，赫布。碰上天气太热，他们又太累太疲劳的话，他们甚至会心脏病发作。我在什么地方读到过，他们摔下马就起不来了，因为全副盔甲压着他们累得站都站不起来。他们有时会被自己的马践踏。"

"真惨，"赫布说，"那情景够惨的，尼基。我估计他们就只能躺在那里干等，直到有人——敌人，来到，把他们做成烤肉串。"

"别的仆人。"特芮说。

"不错，别的仆人，"赫布说，"正是正是。别的仆人会过来，以爱的名义刺死他的骑士同僚。或以别的他们那时为之而战的名义。如今我们争斗的还是同样的东西，我想。"赫布说。

"政治，"劳拉说，"什么都没变。"劳拉的脸颊还是红红的。她的眸子亮闪闪的。她举杯凑近嘴唇。

赫布又替自己倒了杯酒。他仔细看着那酒标，像是在研究上面的英国国王卫兵小人像。随后他慢条斯理地将酒瓶放到桌上，伸手去拿奎宁水。

"那对老夫妻怎样了，赫布？"劳拉说，"你讲故事可有头没尾呢。"劳拉费劲地点着她的香烟。火柴老是灭掉。屋里此时的光线不一样了，在变幻，越来越暗淡。窗外的树叶上夕阳仍闪着微光，它们在窗玻璃和下方厨台的富美家台面上投下模糊的图案，我望着它们发愣。只听见劳拉划擦火柴的声音，没别的了。

"那老夫妻怎样了？"停了片刻，我说，"我们刚才听到他们出了加护病房。"

"越老越通透嘛。"特芮说。

赫布横了她一眼。

"赫布，别给我这种眼色，"特芮说，"继续讲你的故事。我只不过开个玩笑。之后发生了什么呢？我们大家都想知道。"

"特芮，有时候。"赫布说。

"对不住，赫布，"她说，"亲爱的，别老这样一本正

经的。请接着讲。我开开玩笑，老天。你连一句玩笑都开
不起吗？"

"这根本不是可以开玩笑的事。"赫布说。他举着酒
杯，眼睛紧盯着她。

"后来发生了什么呢，赫布？"劳拉说，"我们真的很
想知道。"

赫布将目光定格在劳拉身上。随即他又掉转视线，歪
嘴笑笑。"劳拉，如果我没有特芮，也不那么爱她，而尼
克也不是我朋友，我会爱上你。我会把你抢走。"

"赫布，你放屁，"特芮说，"讲你的故事。要是我不
爱你，首先我他妈绝对不会在这里，这一点你可以打赌。
亲爱的，你说呢？讲完你的故事。我们就去'读库'。好
不好？"

"好吧，"赫布说，"我彼时在哪？我此刻在哪？这样
问更好。也许我该问这个。"他停了片刻，便开始说。

"等他们终于脱离险境，我们看出他们挺得过去时，
就把他们移出了加护病房。我每天都会分别去看看他们二
位，碰上我在那儿有其他呼叫时，一天会去看两次。他们
两个都裹着石膏、绷带，从头到脚。你们知道的，就算你

们没亲眼见到，但在电影里总见过吧。他们从头到脚都裹着绷带，伙计，我指的是真的从头到脚。他们看上去真是那模样，就像电影里那帮假模假式的演员遭了灭顶之灾的模样。不过这是真的。他们的脑袋缠着绷带——只有眼睛、鼻子和嘴巴处开了窟窿。安娜·盖茨还不得不把双腿吊起。她情形比他更糟，我已经跟你们说过。他们俩一度都得靠静脉滴注和葡萄糖维生。噢，有很长一段时间亨利·盖茨情绪极其低落。即便知道他的妻子能挺过来，能康复，他还是非常低落。并不仅是车祸本身，当然那事也是，这些事情是会影响情绪的。有那么一瞬间，你知道的，一切都是优哉游哉的，接着'砰'一声，你就濒临深渊了。你起死回生了。这像个奇迹。但它在你身上留下了印痕。它是会那样的。一天，我坐在他病床边的椅中，他跟我描述当那小年轻的车冲过中线，冲向他这边的车道，直直撞来时，是怎样一种情形，是怎样一种感觉。他说得很慢，声音从嘴的窟窿深处发出来，我有时得站起来凑近他的脸去听。他说他知道这下完了，那将是他在这世上的最后一眼。就这样了。但他说什么都没飞入他脑海，他这一生也没掠过眼前，根本不是那样。他说他只是遗憾再也见不到他的安娜，因为这美好人生是他们二人共有的。这是他唯一的遗憾。他直直瞪着前方，抓紧了方向盘，看着那小年轻的车朝他们撞过来。他什么都做不了，只能说：'安娜！握紧，安娜！'"

"听得我不寒而栗，"劳拉道，"咝——咝。"她说着抖了抖脑袋。

赫布点点头。他继续说，这时已沉浸其中。"我每天都会到病床边坐一坐。他绑着绷带躺在床上，愣愣地望着床脚那头的窗外。窗户很高，除了树冠，他什么都看不见。一连几个小时他就只看着那个。他要在他人的帮助下才能转动脑袋，每天只允许他转两次。每天早晨几分钟和傍晚时分，他才能转转脑袋。我们去看他时，他只得看着窗户说话。我会说上几句，问几个问题，但多数时候我就听着。他情绪非常低落。最令他情绪萎靡的是——在他得知他妻子会好转、正令人满意地恢复着之后——最令他情绪萎靡的事实是，他们不能待在一起。是他不能每天看见她，和她相伴。他告诉我他们一九二七年结婚，自那之后他们只分开过两次。即便是她生孩子时。他们的孩子个个都在农场出生，亨利和太太仍天天见面，天天说话，到哪儿都一起。他说他们只有两次真正彼此分开——一次是一九四〇年，安娜的母亲去世，她得坐火车去圣路易斯料理后事；另一次是一九五二年，她姐姐在洛杉矶去世，她得去那里认领遗体。我该跟你们提一句，他们在俄勒冈州的本德市外七十五英里左右的地方有一座小农场，他们这辈子大部分时间都是在那里度过的。几年前他们才卖掉农场，搬进本德市住。出事时，他们从丹佛开车过来，他们去那里探望了他姐姐。他们要继续开车去埃尔帕索看望一个儿子和孙子。他们婚后所有的日子里，只有那两次彼此小别过。想象一下吧。可是，上帝啊，他因为没她在身边而感到孤独。我告诉你们吧，他相思她。我以前从来没明白过'相思'这词的意思，直到我亲眼在这位老人身上看到。他想她想疯了。他心心念念只想有她相伴，那老人真这样。当然，当我每天向他报告安娜的进展——她在愈合，她会没事的，问题只是再需要一点儿时间——他会感觉好一些，振作一些。彼时他已除下石膏和绷带，可他仍极度孤独。我告诉他一旦他可以，也许不出一星期，我会让他坐上轮椅，推他去探访，推他去走廊那头他妻子的病房看望她。这段时间里我去看他，我们说了说话。他跟我讲了些从二十年代末到三十年代初他们在农场的生活。"
他将桌前的我们打量了一圈，为他接下来要说的事而摇摇
头，也许仅仅是因为这一切如此不可思议。"他告诉我冬
天除了下雪什么都干不了，路封冻了，也许一连个把月他
们都出不了农场。再说，一整个冬天里他每天都得喂牛。
他们就在那里相守，他们俩，他和他的妻子。孩子们还没
出世呢。他们之后才来。可一个月接一个月，他们就在那
里相守，他们俩，一成不变的作息，一成不变的一切，那
些个冬天里，没别人可聊天，没门子可串。但他们有彼
此。他们彼此，这是他们的唯一，是他们的一切。'你们
拿什么来消遣呢？'我问他。我是认真的。我想知道。我
不明白人怎么能那样生活。我认为现在没人能那样生活。
你们也这样想吧？在我看来是不可能的。你知道他说什
么？你们想知道他怎么回答的吗？他躺着，琢磨那问题。
想了半晌。然后说：'我们每天夜里都会去跳舞。''什
么？'我说，'请再说一遍，亨利。'说着我凑近他，以为
自己听错了。'我们每天夜里都会去跳舞。'他重复了一
遍。我纳闷他这话里的意思。我不知道他在说什么，不过
我等他接着往下说。他又回忆起那段日子来，过了片刻他

说：'我们有一台胜利唱片机和一些唱片，医生。我们每天晚上都会放起唱片机，听唱片，在客厅里跳舞。每晚都这样。有时候外面下着雪，气温跌至零度以下。一二月份的时候，那里气温可真够你受的。我们就听着唱片，穿着长裤在客厅里跳舞，直到把每张唱片都放一遍。然后我烧旺火，关掉所有的灯，只留一盏，我们就上床睡觉。有些夜里，天下着雪，外面静得你能听见落雪声。真的，医生，'他说，'你能听见。你有时候能听见落雪声。要是你心静，心净，对自己、对一切都安分知足，你躺在黑暗里，就能听见落雪声了。你不妨什么时候试试。'他说。'你们这里偶尔也会下雪，是不是？你不妨什么时候试试。反正，我们每晚都跳舞。之后我们上床睡觉，盖好厚厚的被子，暖暖地一觉睡到早晨。你醒来时，可以看见自己嘴里呼出的白气。'他说。"

"等他恢复到能够被移进轮椅时，他的绷带早已拆掉，我和一名护士推着他沿走廊去他妻子的病房。他早晨剃了胡子，还擦了点面霜。他穿着浴袍和病号服，他仍在恢复中，你们知道，但坐在轮椅里的他把身体挺得笔直。他还是神经质得像只猫，你看得出来。越靠近她的病房，他的脸越发红润起来，脸上有了期盼的神情，一种我根本无从描述的神情。我推着他的轮椅，护士走在我边上。这情况她知道一点儿，她也已听说了。护士们，知道吧，他们什么都见识过，见识多了就怎么都不惊诧了，可这位护士那天早上自己就挺紧张的。门敞着，我直接把亨利推了进去。盖茨太太，安娜，她不能动，但她能转脑袋、挪左臂。她本来闭着眼睛，可我们进屋时她突然睁开了。她还绑着绷带，不过只在骨盆以下位置。我把亨利推到病床右侧，说：'安娜，有人来陪你了。来陪你，亲爱的。'我说不出别的话。她浅浅一笑，脸上有了神采。从被子下伸出手来。那手青肿着，还有瘀伤。亨利双手接住那手。他捧住它，亲它。之后他才说：'你好，安娜，我的宝贝可好？记得我吗？'眼泪顺着她的脸颊滚下来。她点点头。'我想你。'他说。她一个劲儿地点头。我和护士赶紧离开。我们一出病房，她就呜呜哭了，她可是个强人，那护士。真是长见识，跟你们说吧。打那之后，他每天早晨和下午都让人推他去她病房。我们做了安排，让他们俩可以在她的病房一起吃午餐和晚餐。两餐之间，他们就拉着手说话。他们有着说不完的话。"

"这事你以前没跟我说过，赫布，"特芮说，"你只是在出事时提了几句。这些你可什么都没说过，你真混蛋。你现在来告诉我这个让我哭。赫布，但愿这故事的结局别是不幸的。不是，对不对？你不是在骗我们上当吧？如果真是，我一个字都不想多听了。你不用再说下去，你可以就此打住了。赫布？"

"后来他们怎样了，赫布？"劳拉说，"把故事讲完吧，天哪。还有后续吗？可我也像特芮，我不想有任何事情落到他们头上。真的很让人受不了。"

"他们现在没事了吧？"我问。这故事也叫我有些投入了，但我喝得上了头。要集中注意很不容易。光线似乎从屋里流走了，从起初流进来的窗户原路流了出去。可没人有要从桌边站起、去开灯的意思。

"当然，他们没事，"赫布说，"过了一段日子，他们出院了。事实上就几个星期前的事。后来，亨利能挂着丁型撑杖走动，接着他换了拐杖，再后来他便能随意走动了。现在他精神好了起来，他精神不错，一旦他又能见到他的妻子，他便一天天好转起来。等她能被移动时，他们在埃尔帕索的儿子和儿媳开了一辆旅行车把他们接了过去。她还得继续一点点康复，但她情形真不错。就在几天前我收到亨利寄来的一张卡片。我此刻之所以想起他们来，估计这是其中一个原因。这一点，加上刚才我们谈论的关于爱情的话题。"

"听着，"赫布往下说，"咱们把酒喝掉。剩下的差不多还够我们喝一轮。喝完我们就去吃饭。我们去'读库'。各位有何高见？我不知道，这整个事件真是让人长见识。它是一日日慢慢展开的。有几次我同他聊着……我忘不了那几次。然而眼下说起这事，叫我觉得抑郁。天哪，可我突然之间就感到了抑郁。"

"别觉得抑郁，赫布，"特芮说，"赫布，你干吗不去吞一粒药丸呢，亲爱的？"她转向我和劳拉说："赫布有时服用那种药丸。这不是什么秘密，对不对，赫布？"

赫布摇摇头。"我偶尔也有什么就吞什么。不是秘密。"

"我前妻也服用那玩意儿。"我说。

"对她管不管用？"劳拉说。

"不管用，她照样还是抑郁。老是哭哭啼啼的。"

"有些人生来忧郁，我想，"特芮说，"有些人生来痛苦。还倒霉。我认识一些人件件事情上都倒霉。另外一些人——不是你，亲爱的，我当然不是说你——另外一些人存心让自己痛苦，而且一直痛苦着。"她用一根手指在桌上搓着什么东西。接着她停止了搓动。

"我想在我们出去吃饭之前，我要跟我的孩子们打个电话，"赫布说，"可以吗各位？我不会打太久。我冲个澡，收拾干净，再给孩子们打个电话。然后我们就出门吃个饭。"

"碰上玛乔里接电话，赫布，那你大概非得跟她说话了。那是赫布的前妻。你们两位，你们听过我们提玛乔里这话题。今天下午你还是别跟她说话吧，赫布。那会让你感觉更坏。"

"不，我不想跟玛乔里说话，"赫布说，"可我想跟我的孩子们说话。我实在很想他们，亲爱的。我想史蒂夫。我昨夜醒着，想起他小时候的那些事儿。我想跟他说说话。我也想跟凯西说话。我想他们，所以我得冒万一他们母亲接电话的险。那泼妇。"

"赫布没有一天不说他但愿她再嫁，或是死掉。一则，"特芮说，"她正搞得我们破产。二则，两个孩子的监护权都在她手里。我们只能在夏天把孩子们接到这里住上一个月。赫布说她没再嫁就是为了要恶心他。她有男朋友，和他们一起住，所以赫布还供养着他。"

"她对蜜蜂过敏，"赫布说，"如果我不祷告她再嫁，就祷告她会到乡下去，被一窝蜜蜂蜇死。"

"赫布，真不像话。"劳拉说着大笑起来，笑出了眼泪来。

"好笑得简直不像话。"特芮说。我们都笑了。我们笑了又笑。

"嗡——"赫布说着，手指作蜜蜂状，朝特芮的喉咙和项链蜇去。接着他垂下双手，往后一靠，突然又严肃了起来。

"她是无赖泼妇一个。真的，"赫布说，"她心思歹毒。碰上我喝醉的时候，就像现在，我就觉得我要去那里，穿得像个养蜂人那样——你们知道，帽子像头盔，前面有块挡板可以拉下来遮住脸，大厚手套，夹层外套。我想去敲敲门，把一窝蜜蜂放进房子里去。当然，首先我得保证孩子们都不在家。"他费了点儿力气将一条腿跷到另一条腿上。又将两只脚都落在地板上，身体前倾，胳膊肘支在桌上，双手捧着下巴。"也许我现在还是不给孩子们打电话了。也许你说得在理，特芮。也许那不是什么好主意。也许我就快快去冲个澡，换件衬衫，然后我们出门吃饭去。听来如何，各位？"

"听来不错，"我说，"吃不吃都行。或者再继续喝。我可以喝到日落方休。"

"什么意思，亲爱的？"劳拉说，白了我一眼。

"就是我说的意思，亲爱的，没别的。我是说我可以继续喝啊喝。就这意思。也许直到日落。"此刻随着太阳落山，窗玻璃上有一抹红晕。

"我自己倒是可以吃点东西，"劳拉说，"我这会儿就觉得饿了。有零食吗？"

"我拿些乳酪和饼干来。"特芮说，可她却坐着没动。

赫布喝完了酒。他从桌边拖泥带水地站起来，说："对不住，我去冲个澡。"他出了厨房，顺走廊慢吞吞去了卫生间。他在背后带上了门。

"我担心赫布，"特芮说，她摇摇头，"我的担心时轻时重，可近来我实在是很担心。"她盯着自己的酒杯。她根本没想着去拿乳酪和饼干。我决定起身去冰箱里找找。劳拉说她饿了，我知道她需要吃东西。"请随便找，不用客气，尼克。什么东西看上去不错，就拿过来。里面有乳酪，还有一段意式香肠，我想。炉灶上方的碗柜里有饼干。我忘了。我们来吃点零食。我自己倒不饿，但你们准饿坏了。我不再有多少胃口了。我刚才说什么来着？"她闭上眼睛又睁开，"我想我们没跟你们讲过，也许讲过，我不记得了，不过赫布第一次婚姻破裂，他前妻和孩子们搬去丹佛之后，他就想自杀。很长一段时间，好多个月，他一直去看精神科医生。他有时还会说他觉得该继续去。"她拿起空酒瓶，底朝天地往自己酒杯里倒。我正在厨台上尽量小心地切香肠。"空瓶啊。"特芮道。接着她又说："近来他又讲起自杀来。尤其在他喝酒时。有时候我觉得他相当脆弱。他根本没有任何防卫。碰上任何事情他都没有防卫。哎，"她说，"酒没了。是时候砍断缆绳赶紧离开了。就像我父亲以前常说的，是时候停止失落了。是时候吃饭了，我想，尽管我没什么胃口。可你们准饿坏了。我挺高兴看到你们吃点东西。那样你们可以在到餐厅前撑一下。如果想喝酒，我们可以在餐厅要。等你们瞧瞧那个地方再说吧，它和其他的地方不一样。你可以把书和打包的饭菜一起带走。我想我也该准备一下。我洗把脸，抹点口红。我就这样出门。要是他们看不顺眼，那可真不幸。我只想说这话，再没别的了。可我不想让人听来觉得消极。我希望并祷告五年，哪怕三年之后，你俩依然像今天这样相爱。哪怕从现在算起的四年，这样说吧。四年，才是见分晓的时刻。关于这话题，我想说的就是这个。"她双手抱住自己瘦削的臂膀，开始上下摩挲。她闭上了眼睛。

我从桌边站起，走到劳拉的椅子后。我朝她俯下身去，双臂在她胸口之下环住她，搂着她。我低头将脸颊贴向她的脸颊。劳拉压着我的手臂。她越压越紧，不肯松开。

特芮睁开眼睛。她看着我俩。随后她端起酒杯。"为你俩干杯，"她说，"为我们大家干杯。"她一饮而尽，冰块磕得她牙齿咯咯响。"也为卡尔干杯，"她说着把酒杯放回桌上，"可怜的卡尔。赫布认为他是个蠢货，可赫布真的怕他。卡尔不是蠢货。他爱我，我也爱他。就是这样。我有时还会想念他。这是真话，这样说我并不羞愧。偶尔我会想到他，他会冷不丁地从我头脑里跳出来。我告诉你们点事吧，我讨厌人生变得那么像一出肥皂剧，以至于它不再是你的人生了，可事实就是那样。我怀了他的孩子。那时他第一次想要自杀，就是他喝老鼠药的那次。他不知道我怀孕了。他的情形越来越糟。我决定堕胎。我自然没告诉他。眼下我说的事没有一件赫布不知道。赫布全都知道。最后一步。赫布帮我堕了胎。世界真小，是不是？我当时认为卡尔疯了。我不想要他的孩子。接着他就自杀了。可那之后，他走了一段日子之后，当我不再有卡尔可以说话，不再听他说他那摊子事，并在他害怕时帮他一把，这些事让我感觉很糟糕，我为他的孩子懊悔，懊悔没能生下来。我爱卡尔，在我心里这没有疑问。我依旧爱他。可天哪，我也爱赫布。你们看得出来，是不是？我不必说给你们听。噢，是不是太过分了，所有这一切？"她双手捂住脸哭了起来。慢慢地，她身体朝前倾，将头磕在了桌上。

劳拉马上放下吃着的东西。她站起来说："特芮，特芮，亲爱的。"她开始摩挲特芮的脖子和肩膀。"特芮。"她低声说。

我正吃着一片香肠。屋子变得相当幽暗。我嚼碎嘴里的东西，把那玩意儿咽下肚去，然后走到窗前。我望向后院。我的目光越过山杨，越过草坪躺椅之间睡着的两条黑狗。我的目光越过游泳池，望见敞着门的畜栏，望见空荡荡的老马厩，望向更远的地方。那边有一片野草地，接着是一道围栏，然后又是一片野草地，之后便是连接埃尔帕索和阿尔伯克基的州际高速公路了。高速公路上车来车往。夕阳已落入山峦背后，山峦黑了下来，暗影重重叠叠。然而仍有亮光，它似乎柔化了我望见的那些东西。山巅附近的天空是灰色的，灰得如一个幽暗的冬日。但就在那片灰色之上是一道练蓝色天空，是那种你在热带风景明信片上看到的蓝，那种地中海的蓝。微风过处，泳池水面起了涟漪，山杨树叶轻颤不止。一条狗像听得了什么信号，扬起脑袋，竖直耳朵，接着又将脑袋埋回了爪子中。

我有种会出什么事的感觉，它就在光与影的迟缓流动间，而不管那是什么，它也许会把我一起带走。我不想让它发生。我望着风从野草地上吹拂过去。我可以看见野草因风过而伏低，之后又挺直起来。第二片野草地斜向高速公路，风吹过那片野草地，一路往山上去了，一浪又一浪，一波紧一波。我站着，等着，望着草在风中伏低。我能感觉到自己的心在怦怦跳。房子后部某处有冲澡的水声。特芮仍在哭。我缓慢而费力地让自己转身朝她望去。

她的头伏在桌上，脸朝着炉灶。她睁着眼睛，但不时会眨一眨，弹去泪珠。劳拉将椅子拖过去坐着，一条手臂搂着特芮的双肩。她还在低语，嘴唇贴着特芮的头发。

"当然，当然，"特芮说，"我怎么会不知道。"

"特芮，亲爱的，"劳拉对她柔声细语，"会没事的，你会看到的。会没事的。"

这时劳拉抬眼看向我的眼睛。她的目光能洞穿我，我的心跳慢了下来。她凝视着我的眼睛似乎看了很久，随后她点点头。就这么一个动作，她给我的唯一示意，但这已足够。就像在告诉我，别担心，我们会挺过这个的，我们会好好过下去的，你会看到的。慢慢来就好。反正，这是我对她那眼神所做的解读，当然我也有可能误读。

冲澡的水声停住了。过了片刻，赫布打开卫生间门时，我听见了口哨声。我一直看着桌边的女士们。特芮还在哭，劳拉轻抚着她的头发。我转身面向窗户。那层练蓝的天色已褪去，变得和其余的天空一样幽暗。不过星星出来了。我认出了金星，还有远在天边的，没那么明亮但毫无疑问就在地平线上的，火星。风变大了。我看着风如何调弄着空旷的野草地。我不甚明智地想，麦克吉尼斯夫妇不再养马真是太糟了。我想要去想象骏马，想象它们天快黑时在野草地上驰骋而过的样子，或哪怕只是凭栏静立马头相背的样子。我站在窗前，等着。我知道我还得沉住气地再等一等，我的眼睛仍看向窗外，看向房外那里，只要还能看见什么东西。

还有一件事

L.D. 的老婆玛克辛，有天晚上下班回家后，发现他又喝醉了，正对着他们十五岁的女儿贝亚骂骂咧咧，她便叫他走人。L.D. 和他女儿正坐在餐桌旁，吵架。玛克辛都没来得及放好包、脱下外套。

贝亚说："告诉他，妈妈。告诉他我们聊过的事。那在他脑子里，是不是？他要是想戒酒，他就只用跟自己说'别喝'。都在他脑子里。所有的事都在脑子里。"

"你以为就这么简单，是不是？"L.D. 说。他转动着手里的酒杯，但没去喝。玛克辛横了他一眼，是凶狠又令人慌神的一眼。"屁话，"他说，"自己压根就不知道的事你少来瞎掺和。你不知道自己在说什么。对一个整天坐着看占星杂志的人说的话，当不得真。"

"这和占星无关，爸爸，"贝亚说，"你不用这样来羞辱我。"贝亚已经有六个星期没去高中上学了。她说谁都不能逼她回学校去。玛克辛说那是一系列悲剧中的又一出。

"你俩都闭嘴，行不行？"玛克辛说，"天哪，我的头已经开始痛了。简直太过分。L.D.？"

"告诉他，妈妈，"贝亚说，"妈妈你也这么认为。要是你跟自己说'别喝'，你就能不喝。脑子能干任何事情。要是你担心掉头发变成秃顶——我不是说你啊，爸爸——头发就会掉。全在你脑子里。随便哪个人只要有点儿常识，都会这么告诉你。"

"那么糖尿病呢？"他说，"癫痫呢？脑子能控制吗？"他在玛克辛的眼皮底下举起酒杯，一饮而尽。

"糖尿病也能，"贝亚说，"癫痫。什么都能！脑子是身体里最有神力的器官。你要它做什么它就能做什么。"她顺手从桌上拿起他的香烟，替自己燃上一支。

"癌症。癌症又如何？"L.D. 说，"它能让你不得癌吗？贝亚？"他认为这下他大概问倒她了。他瞅着玛克辛。"我不知道我们这是怎么开始的。"他说。

"癌症，"贝亚说，为他的头脑简单直摇头，"癌症也能。要是一个人不怕得癌，他就不会得癌。癌症始于脑子，爸爸。"

"疯话！"他一巴掌拍在桌子上说。烟灰缸跳起来。他的酒杯翻倒了，朝贝亚骨碌碌滚过去。"你疯了，贝亚，你知不知道？这屁话你是从哪里学来的？正是。是屁话，贝亚。"

"够了，L.D.。"玛克辛说。她解开外套扣子，把包搁在岛台上。她朝他瞪着眼说："L.D.，我受够了。贝亚也受够了。认识你的每个人都受够了。我一直在想这事。我要你离开这儿。就今晚。就这一分钟。我这是在帮你，L.D. 我要你立刻离开这个家，趁他们还没来把你装进松木棺材里抬出去。我要你离开，L.D.。就现在。"她说："有朝一日你会回头看这事。有朝一日你会回头看，然后感谢我的。"

L.D. 说："我会，我会吗？有朝一日我会回头看这事。"他说："你真这么想，是不是？"L.D. 没打算去任何地方，去松木棺材里横着还是去别的什么地方。他的目光从玛克辛挪向午饭时就在桌上的一罐腌黄瓜。他抓起广口瓶，将它扔过冰箱，掷向厨房窗户。玻璃碎了一地、一窗台，酸黄瓜破窗而出，飞进寒夜。他扳住桌沿。

贝亚从椅中跳起。"天哪，爸爸！发疯的是你。"她说。她站在她母亲身边，张着嘴小口喘着气。

"打电话叫警察，"玛克辛说，"他施暴。趁他还没伤到你赶快离开厨房。叫警察。"她说。

她们从厨房倒退出去。就在那一刻，L.D.错乱地联想到了两个步步倒退的老人，一个穿睡衣、睡袍，另一个穿齐膝的黑外套。

"我走，玛克辛，"他说，"我走，这就走。正中我下怀。反正你们都是疯子。这儿是个疯子窝。别处另有一番人生。相信我，这不是唯一一种人生。"他脸上能感觉到从窗外吹来的风。他闭上眼睛又睁开。他的手依旧扳着桌沿，他说话时，桌子跟着桌腿一前一后地直摇晃。

"我但愿不是。"玛克辛说。她在厨房门口停下来。贝亚小心绕过她，溜进另一间屋子。"天晓得，我每天都在祷告有另一种人生。"

"我走。"他说。他踢开椅子，从桌旁站起。"你再也不会见到我。"

"你留了足够叫我记住你的东西了，L.D.。"玛克辛说。她来到客厅。贝亚站在她身边。贝亚显得迟疑和害怕。她一只手的手指拽着她母亲的外套袖子，另一只手的手指夹着香烟。

"天哪，爸爸，我们只不过是说说话嘛。"她说。

"走吧，快出去，L.D.，"玛克辛说，"这里的房租是我付的，我叫你走人。马上走。"

"我走，"他说，"别催我。"他说："我走。"

"不许再施暴，L.D.，"玛克辛说，"我们知道你破坏起东西来气力很大。"

"离开这儿，"L.D. 说，"我要离开这疯子窝。"

他径直走进卧室，从壁橱里拖出了她的一个行李箱。那是一个旧的褐色瑙歌海德人造革箱子，坏了一个襻扣。以前她用它装着一箱子的简珍毛衣，提着去上大学。他也上过大学。那是好些年以前了，在别的地方。他将行李箱扔上床，开始往里塞内衣、长裤、长袖衬衫、毛衣，一条带铜扣的旧皮带，他所有的袜子和手帕。他从床头柜拿了几本可看的杂志。他拿走了烟灰缸。他把能塞的都往箱子里塞，只要塞得进。他压紧没坏的那侧箱子，扣上那边的攀扣，这才想起他的盥洗用具。在壁橱储物架的高层，在玛克辛的一堆帽子背后，他找到了自己的塑料剃须用具包。剃须用具包是贝亚送他的生日礼物，大约一年前了。

他放进剃刀和剃须膏，他的爽身粉和除臭棒，他的牙刷。他还拿走了牙膏。他能听见玛克辛和贝亚在客厅里低语。他洗完脸，用过毛巾，就把肥皂塞进了剃须包。接着他把盥洗池上的肥皂盒和漱口杯也一起塞进包里。他想，要是有刀和一只小锡盘，他就能混上很久。他没法拉上剃须包的拉链，可他倒是准备好了。他穿上外套，提起行李箱。他走进客厅。玛克辛和贝亚没说话。玛克辛用手臂拢住了贝亚的双肩。

"就这么别了，我想，"L.D.说，顿了顿，"我想我从此不会再见到你了，此外我不知还有什么好说的。"他对玛克辛说："反正我是没这么打算过。你也没。"他对贝亚说："你和你那一脑子怪念头。"

"爸爸。"她说。

"你干吗挖空心思不停找她碴？"玛克辛说，她握住了贝亚的手，"你坑这个家难道还没坑够？走吧，L.D.，走开，好让我们太平。"

"它在你脑子里，爸爸。记住。"贝亚说。"不管怎么说，你去哪里？我能写信给你吗？"她问。

"我走着呢，我只能这么说。"L.D.道。"去任何地方。

离开这疯子窝,"他说,"这是最主要的。"他最后环视了一圈客厅,又将行李箱从一只手换到另一只手,将剃须包夹在胳膊下。"我会跟你联系,贝亚。亲爱的,我发了脾气,很抱歉。原谅我,好吗?请你原谅我,好不好?"

"你把这里弄成了疯子窝,"玛克辛说,"倘若这里是疯子窝,L.D.,是你一手造成的。你干的。不管你去哪里,记住这个,L.D.。"

他放下行李箱,将剃须包搁在行李箱上。他挺直身体,面对她们。玛克辛和贝亚倒退几步。

"别再说了,妈妈。"贝亚道。就在这时,她看见戳在剃须包外头的牙膏管。她说:"看,爸爸拿走了牙膏。爸爸,得啦,别拿走牙膏。"

"给他吧,"玛克辛说,"让他拿好了,随便什么他想拿的都可以拿,只要他离开这里。"

L.D. 又将剃须包夹到胳膊下,再一次提起行李箱。"还有一件事我想说,玛克辛。听我说。记住这个,"他说,"我爱你。不管发生什么我都爱你。我也爱你,贝亚。我爱你们俩。"他站在门口,他朝她们看去,看了他认为可能是最后的那一眼,这时他感到嘴唇开始刺痛。"别了。"他说。

"你管这叫作爱吗，L.D.？"玛克辛说。她松开贝亚的手。她攥起拳头来。然后她摇摇头，将双手塞进外套口袋。她直盯着他，目光随后滑落在他鞋边地板的什么东西上了。

他蓦地惊觉他会这样记住今夜和她。一想到许多年后，她或许就会变成一个他记不清在哪里见过的女子，一个穿长外套、在明晃晃的屋里站着、垂目又默不作声的人，他感到惊恐。

"玛克辛！"他叫道，"玛克辛！"

"难道这就是爱吗，L.D.？"她说，盯着他。她的目光可怕而深邃，他尽量长久地迎着它们。

图书在版编目（CIP）数据

新手 / （美）雷蒙德·卡佛著 ；卢肖慧译 . —— 海口：
南海出版公司，2022.4
（卡佛作品）
ISBN 978—7—5735—0062—5

Ⅰ . ①新… Ⅱ . ①雷… ②卢… Ⅲ . ①短篇小说－小
说集－美国－现代 Ⅳ . ① I712.45

中国版本图书馆 CIP 数据核字（2021）第 276186 号

著作权合同登记号　图字：30—2021—115
BEGINNERS
Copyright © Tess Gallagher, 2008
All rights reserved

新手
〔美〕雷蒙德·卡佛 著
卢肖慧 译

出　　版　南海出版公司　（0898）66568511
　　　　　海口市海秀中路51号星华大厦五楼　　邮编 570206
发　　行　新经典发行有限公司
　　　　　电话（010）68423599　　邮箱 editor@readinglife.com
经　　销　新华书店

责任编辑　黄宁群
特邀编辑　柴晶晶　黄渭然
营销编辑　续　娜　杜珈琦
装帧设计　韩　笑
内文制作　田小波

印　　刷　北京盛通印刷股份有限公司
开　　本　850毫米×1092毫米　1/32
印　　张　11
字　　数　167千
版　　次　2022年4月第1版
印　　次　2022年4月第1次印刷
书　　号　ISBN 978—7—5735—0062—5
定　　价　68.00元